# 十二國記

5

丕緒の鳥

옮긴이 추지나

—

대학에서 일본지역학을 전공했다. 출판 편집자로 일하다 지금은 일본 문학 전문 번역가로 활동하고 있다. 옮긴 작품으로는 오노 후유미의 십이국기 시리즈를 비롯해, 『잔예』, 『귀담백경』, 『시귀』, 『흑사의 섬』, 미야베 미유키의 『지하도의 비』, 오카모토 기도의 『한시치 체포록』, 나쓰키 시즈코의 『W의 비극』 등이 있다.

—



—



이 도서의 국립중앙도서관 출판예정도서목록(CIP)은
서지정보유통지원시스템 홈페이지(http://seoji.nl.go.kr)와
국가자료종합목록 구축시스템(http://kolis-net.nl.go.kr)에서 이용하실 수 있습니다.
(CIP제어번호 : CIP2015020670)

십이국기 5

# 히쇼의 새

小野不由美
오노 후유미 지음, 추지나 옮김

엘릭시르

# 丕緒の鳥

# 차례

## 十二國記 5

십이국 전도

# 십이국 전도

十二國全圖

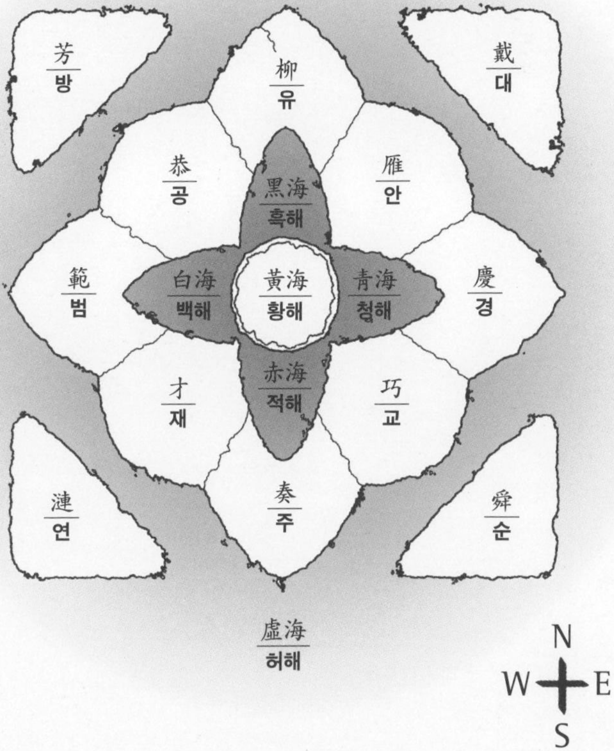
芳
방
柳
유
戴
대
恭
공
黑海
흑해
雁
안
範
범
白海
백해
黃海
황해
靑海
청해
慶
경
赤海
적해
才
재
巧
교
漣
연
奏
주
舜
순
虛海
허해
N
W
E
S

十二國記、丕緒の鳥、小野不由美

# 히쇼의 새

丕緒の鳥

## 001

그 산은 천지를 꿰뚫는 한줄기 기둥이었다. 한없이 수직에 가까운 각도로 치솟은 봉우리는 붓끝을 위쪽으로 세운 붓 같다. 붓은 빽빽하게 한 다발로 묶여 거대한 산괴를 형성한다. 산꼭대기는 구름을 꿰뚫었다. 구름 아래에도 붓끝처럼 뾰족한 봉우리가 즐비하게 잔물결을 그리며 바닥 쪽을 향해 급격하게 꺼졌다. 산기슭의 드넓은 비탈에는 계단 형태로 도시가 펼쳐져 있다. 세상의 동쪽, 경국慶國 도읍인 요천堯天이다.

산은 그 자체가 하나의 왕궁이다. 산꼭대기에는 왕과 고관만이 사는 연조燕朝가 있다. 연조와 요천 사이에는 가감없이 하늘과 땅만큼의 낙차가 있었다. 두 곳은 투명한 바다를 사이에 두고 완벽하게 차단되어 있다. 지상에서는 올려다보아도 그곳에 바다가 있다는 사실을 알 수 없다. 밀려온 파도가 산꼭대기에 엉긴 모습이 하얀 구름으로 보일 따름이다. 구름 아래, 무리 지은 봉우리 사이에는 하급 관리들이 사는 치조治朝가 있다. 허옇게 빛바랜 바윗부리가 거대한 산괴에 달라붙듯 줄지은 그곳에 수많은 관아와 관저가 늘어서 있었다.

치조 남서쪽에는 하관부夏官府가 있다. 안뜰을 둘러싸듯 네모나게 늘어선 건물이 높이를 달리하며 종횡으로 연결되어 광대한 관청을 이루고 있었다. 석조씨射鳥氏의 부서府署는 그 한쪽에 있다. 경국 국력으로 여청予青 7년 칠월 말, 히쇼丕緒는 새로이 임명된 석조씨의 부름을 받고 관저에서 그리로 향했다.

맞으러 나온 하급 관리는 히쇼를 부서의 후미진 건물로 안내했다. 허공에 내단 넓은 노대 옆에 동헌이 있다. 돌을 조각한 난간 너머는 천 길 낭떠러지, 노대 구석에는 버드나무 고목이 서서 흐트러진 머리카락처럼 늘어진 가지를 난간에 걸치고 있었다. 나무 아래에는 백로를 닮은 새가 한 마리 웅크리고 있었다. 난간에 머문 새는 호리호리하게 긴 목을 골짜기 아래로 뻗고 생각에 잠긴 것처럼 꿈쩍도 하지 않았다.

무엇을 보고 있는 것인가. 히쇼는 생각했다.

잠든 것 같지는 않다. 아래 세상이라도 내려다보는 것일까. 히쇼가 무료하게 서 있는 곳에서는 보이지 않지만 새의 눈 아래에는 하계의 경치가 펼쳐져 있을 것이다. 그곳에는 더위와 고립에 지친 요천의 도시와 도시를 둘러싼 피폐한 산야가 있다.

—폐허밖에 보이지 않을 텐데.

무슨 영문인지 새가 바로 그 황폐한 모습을 보고 있다는 생각을 떨칠 수 없었다. 새의 모습이 무언가를 염려하는 것처럼 보인 탓일까.

신기하게도 한 여자가 떠올랐다. 백로와 비슷한 구석이라고는 전혀 없었지만 곧잘 저렇게 골짜기의 경치를 바라보았다. 다만, 여자는 무언가를 근심하는 낌새가 손톱만큼도 없었다. 애초에 그녀는 하계 따위 보려고도 하지 않았다.

—황폐해진 하계 따위 내려다봐도 재미없잖아.

여자는 그렇게 말하며 웃고서 배의 씨앗을 던졌다. 아래 세상에도 황폐해진 모습에도 흥미는 없다, 비참한 모습 같은 건 보고 싶지 않다고 천연덕스럽게 말했다.

어찌하여 저 새와 겹쳐 보이는 것일까. 그런 생각을 하면서 새를 바라다보고 있는데 부산한 발소리가 들렸다. 발소리에 놀랐는지 새가 날아간다. 돌아보니 동헌에 빈해 보이는 얼굴의 남자가 들어왔다. 지금까지 얼굴을 마주한 적은 없지만, 이자가 새로운 석조씨인 스이료遂良일 것이다. 히쇼는 그렇게 추측하고 무릎을 꿇고 인사를 올려 남자를 맞이했다.

"기다리게 했군. 잘 와주었네."

남자는 양팔을 펼치고 환영의 뜻을 내비쳤다. 쉰이 넘어 보이는 외견에 검푸르게 여윈 얼굴이 어색하기 짝이 없는 미소를 한가득 짓고 있다.

"그대가 나씨羅氏인 히쇼로군? 이런, 신경쓰지 말고 일어나게. 이쪽으로 오시게나."

손짓하며 옆에 있는 탁자를 가리킨다. 자신도 의자에 앉으면서 히쇼에게 앉도록 권했다. 히쇼는 별일이 다 있다고 생각했다. 탁상을 끼고 늘어선 두 의자는 본디 주인과 손님 자리다. 히쇼는 당연히 손님이 아니다.

"저어하지 말고 앉으시게나. 제일 먼저 자네를 보려 했네만 이런저런 잡다한 일이 어찌나 많던지. 간신히 시간이 나서 자네를 찾아가려 했지만 아쉽게도 그만한 여유는 없었네. 갑자기 불렀는데도 이리 와주어 고맙군."

스이료는 아부라도 하는 것처럼 정중했다. 석조씨는 나씨를 관리한다. 용건이 있다면 마땅히 불러내야 하고, 히쇼에게는 거절할 권리조차 없다. 불러냈다고 해서 사과하고, 와주었다고 해서 고마워할 필요가 있을 리 만무하다.

"어서 앉으래도."

스이료는 등뒤의 하급 관리를 돌아보았다. 하급 관리는 술병과 술잔을 받들고 있었다. 스이료의 부름에 술병과 술잔을 탁상에 늘어놓는다. 이 또한 관례로는 있을 수 없는 대우였다.

스이료는 연거푸 앉아도 된다고 하고는 술잔을 밀어내듯이 권하면서 몸을 내밀었다.

"듣기로는 자네는 나씨 경력이 아주 오래되었다더군. 이왕悧王 시대부터 나씨를 맡고 있다고 들었네만, 사실인가."

히쇼는 끄덕여 고갯짓만으로 대답했다. 스이료는 "그러한가" 하고 나직하게 감탄하고 히쇼를 빤히 보았다.

"나보다도 젊어 보이는데 훨씬 연상이라는 소리로군. 아, 나는 재작년에 관리가 되어 선적에 올라서 말이지. 선적에 들면 나이를 먹지 않는다는 거야 잘 알고 있네만 도무지 익숙해지지 않아. 그대, 진짜 나이는 어떻게 되나?"

"글쎄요, 기억나지 않습니다."

이 말은 사실이었다. 히쇼가 관리로 등용되어 선적에 오른 것은 이왕 시대, 그것도 이왕이 즉위하고 십 년쯤 되었을 무렵이었다고 기억한다. 관리가 된 지 벌써 백수십 년이 넘었던가.

"기억하지 못할 만큼 오래되었는가. 대단하군. 과연 나씨 중의 나씨라 불릴 만해. 많은 일화를 남겼다는 이야기도 들었네.

선왕인 여왕予王이 즉위하신 때에는 주상께서 직접 말씀을 내리셨다고."

히쇼는 슬쩍 웃었다. 사람의 소문이란 것은 보기에 좋도록 어그러져가는 법이다.

히쇼의 미소를 오해했는지 스이료는 손뼉을 탁 치고 양손을 비비면서 "그랬구만, 그랬어" 하고 활짝 웃었다.

"그 솜씨를 발휘해주게."

스이료는 그렇게 말하고 나서 다시 얼굴을 들이대고 목소리를 낮추었다.

"곧 새로운 왕이 등극하신다네."

히쇼는 스이료의 눈을 바라보았다. 스이료가 고개를 끄덕인다.

"드디어 위왕僞王을 물리치셨다고 하더군."

"……역시 위왕이었습니까."

히쇼가 여쭈었다.

히쇼가 나고 자란 이 나라, 경국에는 지금 나라를 다스리는 왕이 없다. 선왕은 재위한 지 얼마 되지 않아 승하하고 이윽고 선왕의 여동생인 조 에이舒榮가 옥좌에 올랐으나, 궁궐 안에서는 이자가 왕을 사칭한 위왕이라는 설이 유력했다.

애초에 왕은 나라의 재상인 재보宰輔가 고르는 존재다. 재보의 본성은 기린麒麟이고, 천의를 듣고 천명이 내린 자를 옥좌에 앉힌다고 한다. 어떤 자이든 기린의 선택 없이 보위에 오르는 것은 용납되지 않고, 천명 없는 왕은 위왕이라 불린다.

조 에이가 진짜 왕인지 아니면 위왕일 뿐인지 확실히 아는 자는 재보밖에 없다. 그런데 재보는 정작 나라에 없었다. 여왕이 붕어하기 전에 건강을 잃은 재보는 왕이 승하하신 뒤로 기린의 고향이라 할 수 있는 봉산으로 돌아갔다. 재보가 부재중인 가운데 조 에이가 궐기하여 왕궁에 들여달라 요구했으나 새로운 왕인지 아닌지 확인할 길이 없었다. 중론을 모은 끝에 국관들은 이를 거부했다.

히쇼는 그런 사정에 대해 정확히 알지 못한다. 왕궁에 사는 국관 나부랭이지만, 히쇼의 지위는 나라의 중대사에 관여할 수 있을 정도로 높지 않다. 애초에 나씨는 국정과는 전혀 관계없는 관직이다. 소속이야 군사를 관장하는 하관夏官이지만, 군이나 전쟁과는 하등 관계없는 사의射儀를 관장한다. 경사스러운 일이나 빈객이 있을 때 벌이는 제례 때 활을 쏘는 의식을 사의라 하는데, 석조씨의 하명에 따라 사의에서 과녁으로 삼는 도작陶鵲(도자기 새)을 만들도록 지시하는 것이 직무다. 신분으로 치나 직무로 치나 나라의 중대사가 귀에 들어올 위치가 아니다. 그 모든 것은 궁중의 일, 말 그대로 구름 위 이야기였으므로 새어 나온 소문으로 경위를 알고 있을 따름이다.

천명을 받아 기린이 고른 왕이 오르면 왕궁 깊은 곳에서 온갖 기이하고 상서로운 징조가 일어나는 법이라고 한다. 한데 그런 상서로운 징조가 없다. 따라서 위왕으로 보인다는 것이 궁중 사람들의 판단이었던 듯하다. 왕궁으로 입성하겠다는 조 에이의 요구를 거절하고 궁을 닫았다. 진노한 조 에이는 경국 북방에 진영을 갖추고, 관리가 왕궁을 사유화하고 왕인 자신을 궁성에 들이지 않는다고 거세게 규탄했다고 들었다.

"하오나 재보께서 곁에 계시다는 소문도 들었습니다."

아무래도 재보가 조 에이의 진영에 있는 듯하다는 소문이 퍼지자 왕궁은 한때 공황에 빠졌다. 조 에이가 진정 새로운 왕이라면 정당한 왕을 왕궁에서 몰아낸 관리에게 책임을 물릴 것이다. 정식으로 새로운 왕이 궁궐에 입성하였을 때 엄벌을 피할 재간이 없다. 안절부절못한 관리가 왕궁을 도망쳐 조 에이의 진영으로 들어갔다. 스이료의 이전 석조씨도 그렇게 사라진 관리 중 한 사람이다.

"그런 얘기도 있었지. 그 소문을 듣고 온 나라 주후가 조 에이에 우르르 투항했지만 역시 위왕이었다고 하니, 아마도 무슨 착오가 있었겠지. 하늘을 믿고 버틴 우리의 노력이 보상받을 때가 왔다는 소리일세."

스이료는 감격하며 말했지만 과연 그토록 훌륭한 마음가짐으로 버틴 것일까. 위왕인 듯하다는 소문은 있었다. 정당한 왕이 일어서 위왕과 싸운다는 이야기도 들렸지만, 왕궁에 들어오지 못하게 문을 닫아 건 이상 조 에이가 새로운 왕이라면 곤란하다. 그것이 왕궁에 남은 고관들의 진심이리라.

"그래봤자 여자라지만 말이야."

스이료는 입가를 일그러뜨렸다.

"또…… 여왕입니까?"

"그렇다는군."

스이료의 대답에는 불쾌함이 묻어났다. 무리도 아니다. 이 나라는 여왕과 잘 맞지 않는다. 적어도 최근 삼 대에 걸쳐서는 무능한 여왕의 시대가 이어졌기 때문이다.

"여왕이라도 어쨌거나 하늘에 인정받은 정당한 왕이야. 새로운 왕은 곧 재보와 함께 왕궁에 입성하신다. 그러면 머지않아 즉위식이야. 서둘러 대사大射를 준비해주게."

나라의 중대한 제사, 길례에 개최하는 사의를 특별히 대사라 이른다. 사의는 새를 본떠 만든 도기로 된 과녁을 던져 쏘는 의식이다. 이 과녁이 도작이고, 연회석에서 개최하는 연사燕射는 단순히 명중한 도작의 숫자를 겨루며 즐기는 실없는 것이나, 대사라면 규모도 다르거니와 목적도 다르다. 대사에서는 과녁을 빗맞히면 불길하다 여기므로 화살은 반드시 명중해야 한다. 궁수의 기량이 요구됨은 물론이요, 도작 또한 명중하기 쉽게 만든다. 그뿐만 아니라 도기로서도 감상할 가치가 있고, 우아하고 복잡하게 날아올랐다가 화살이 꿰뚫을 때 아름다운 소리를 내면서 화려하게 깨지도록 온갖 기교를 집어넣은 물건이다. 심지어 깨지는 소리를 이용해 음악을 연주하기도 한다. 음악을 연주하는 도작은 히쇼도 과거에 만든 예가 있다. 정확하게 던지기 위해 도작을 쏘아 올리는 투작기를 산더미처럼 만들고, 궁수에는 유명한 명인만을 한데 모았다. 발사한 도작을 차례차례 쏘기 위해 삼백 명의 궁수를 줄지어 앉혔다. 어전의 정원에 다채로운 도작이 날아오른다. 날아오른 도작을 맞히면 화려하고 큰 꽃이 피듯이 깨지고, 돌이나 옥으로 만드는 악기인 경磬과 비슷한 음색이 들리며 화려한 악곡이 흐른다. 음정을 갖추면서 향기까지는 넣을 수가 없어 부족한 향을 보충하기 위해 주위에 탱자나무 화분 육천 개를 준비했다. 오래전 이야기다.

"또 후대에 남을 만한 사의를 부탁함세."

스이료는 말하고서 히쇼의 얼굴을 음미하듯 바라다보았다.

"자네도 좀이 쑤시겠지?"

"글쎄요……. 어찌될는지요."

"나한테까지 겸손할 필요가 무에 있어. 뭐라 해도 왕이 새로 등극하고 열리는 첫 사의야. 훌륭한 사의를 보시면 얼마나 기뻐하시겠나. 주상이 기뻐하시면 우리 하관도 크게 면목이 서지. 치하하는 말씀뿐만 아니라 하사품을 내리실지도 모르네. 그리되면 모든 하관이 그대에게 감사하고, 그대를 자랑스럽게 여기지 않겠나."

그런 것인가, 히쇼는 마음속으로 실소했다. 만약 여왕予王 때처럼 새 임금이 직접 찬사를 내린다면 사의에 관계한 모든 관리의 미래가 트이리라. 그것을 기대하여 이리도 환대를 베풀었던 것인가.

"그래서 주상께서 흡족해하실 만한 구상은 있으십니까."

히쇼가 묻자 스이료가 입을 딱 다물었다. 의아한 듯이 눈살을 찌푸리고 히쇼의 얼굴을 살핀다.

"구상?"

"어떤 도작을 만들지 지시를 받아야지요. 물론 실제로 도작을 만드는 이들은 동관冬官입니다만."

본디 사의를 기획하는 것은 석조씨의 역할이다. 사의를 어떻게 할지 고안하여 나씨에게 명령해 도작을 준비한다. 나씨는 동관부의 동장冬匠, 그중에서도 도작을 만드는 전임 공장工匠인 나인羅人을 지휘해 실물을 만든다.

"그대는 기획부터 전부 해낸다고 들었네만."

"당치도 않습니다."

"그럴 리가 없지. 이전 석조씨는 대사와 연사조차 구별하지 못하였다고 들었어."

사실이다. 이전 석조씨만이 아니다. 히쇼가 처음에 모신 석조씨를 제외하고 역대 석조씨가 모두 그러했다. '나씨 중의 나씨'가 알아서 전부 하니까 자리에 앉아만 있으면 된다. 떨어지는 고물은 없지만 편한 관직이다. 스이료 또한 그렇게 듣고 온 것이리라.

관리에는 바닥부터 업적을 쌓아 지위를 올려가는 자와 고관의 강한 입김으로 위에서 내려오는 자가 있다. 스이료는 확실히 후자였다.

"석조씨가 지나치게 무능하면 제가 도울 수밖에 없습니다. 그런 일이 없지는 않았지요."

노골적인 빈정거림에 스이료는 잠시 불쾌한 표정을 지었지만 이내 억지로 갖다 붙인 듯한 웃는 낯으로 되돌아왔다.

"알다시피 나는 이제 막 석조씨로 임명되었잖나. 당연히 내 할 일을 알고 있고 서둘러 익히려고 애쓰고 있네만 이번 대사에는 맞출 수가 없겠어. 무리했다가 실수를 저지르면 면목이 서지 않지. 이번에는 그대에게 맡기는 것이 좋을 것이야."

"돕고 싶은 심정은 간절합니다만 아무래도 오랫동안 나씨를 맡아온 터라 안타깝게도 영감이 바닥났습니다. 솔직히 말하면 슬슬 직무를 바꾸든 일을 그만두든 해야겠다고 생각하던 참입니다."

"아니, 그런……."

스이료는 어쩔 줄 몰라 하며 중얼거리더니 무릎을 치고 몸을 내밀었다.

"선왕께서 칭찬하셨다는 도작은 어떠했지? 그것을 손보아 더욱 화려하게 하면 될 테지."

"그럴 리가요."

히쇼는 쓴웃음을 지었다. 스이료는 어지간히 '예의 도작'이 마음에 든 모양이지만, 안타깝게도 새 왕에게 선왕 때 같은 말씀을 하사받았다가는 스이료는 이제 막 얻은 관위를 잃을 수도 있다. 진실을 모르는 것은 속 편한 일이다.

"왜 그러는가? 숫자를 늘리든 색을 바꾸든 해서……."

히쇼는 냉담하게 고개를 가로저었다.

"도작은 동장이 만듭니다. 그때 그 도작을 만든 동장은 없습니다."

"같은 것을 만들면 되지. 기록이나 화첩이 남아 있지 않나."

"글쎄요, 어떨는지요. 남아 있더라도 현재의 동장이 만들 수 있을지요. 무엇보다 시간이 없습니다."

과거의 예를 보면 봉산에서 천칙을 받고 정식으로 즉위한 뒤 대사까지 한 달쯤 걸릴까.

"그것을 지휘해 만들 수 있게끔 하는 것이 나씨의 역할이야."

스이료는 결국 노골적으로 낯빛을 붉혔다.

"이제 막 등극한 왕 앞에서 꼴사나운 사의는 용납할 수 없네. 반드시 주상께서 기뻐하실 만한 도작을 준비하시게."

## 002

식식거리며 동헌을 나간 석조씨의 발소리가 사라지자 히쇼는 자리에서 물러났다. 어쩔 줄 몰라 하는 하급 관리의 시선을 느끼면서 건물을 나오자 여름 햇살이 크게 기울어 있었다. 자신의 부서에는 들르지 않고 치조를 동서로 관통하는 큰길을 따라 서쪽으로 향했다.

치조는 대부분 남쪽으로 치우쳐 있다. 중앙 가장 깊숙한 곳에는 산비탈을 파낸 것처럼 거대한 문이 우뚝 솟아 있었다. 노문路門은 구름 위 천상에 펼쳐진 연조로 이어지는 유일한 문이다. 노문을 지나 천상에 발을 디딜 수 있는 자는 한정되어 있다. 왕궁에서 일하는 국관이라 할지라도 예외는 아니었다. 치조와 요천

사이에도 천지에 맞먹는 거리가 있지만 천상 세계에 속하지 않는 점은 두 곳 다 마찬가지다.

히쇼는 노문을 흘끔 보고 큰길을 따라 더욱 서쪽, 동관부冬官府로 향했다. 동관부는 중심인 부제府第(관아)를 가운데 두고 크고 작은 공사公舍가 무수히 둘러싸고 있다. 히쇼는 복잡하게 뒤얽힌 공사 사이를 지나갔다. 익숙한 길인데 요새 발걸음이 뜸했다. 주위의 높은 담 너머로 새어 나오는 소리며 냄새가 그립다. 망치 소리, 달구어진 쇠 냄새, 하나하나 확인하며 앞을 가로막은 문을 지났다.

공사는 정확하게는 동관부에 속한 부서로, 부서의 중심인 장사匠舍는 기본적으로 안뜰을 둘러싼 건물 네 채로 이루어지며 장사에 인접한 여러 규모의 공사를 거느리고 있다. 대부분 장사보다 공사가 훨씬 크다. 때문에 동관부의 부서를 일반적으로 공사라 부르는데, 히쇼가 찾아간 장사는 그중에 서쪽 건물이 없다. 안뜰 서쪽에는 깎아지른 낭떠러지가 있는데 낭떠러지 너머는 거대한 두 봉우리 사이에 낀 협곡이다.

빛바랜 것처럼 허여스름한 봉우리가 좌우 시야를 차단한 채 벽처럼 가로막고 서 있다. 봉우리 사이 하늘로 저녁놀이 지고 있다. 아득히 멀리 어렴풋한 산과 푸르스름하게 줄지은 산등성이를 향해 태양이 지고 있었다. 더욱 아래로는 한때 요천이 보였다. 지금은 요천의 풍경이 울창한 푸른 숲으로 가로막혔다. 안뜰 아래쪽부터 이어진 비탈은 온통 배나무로 덮여 있었다.

쇼란蕭蘭이 심은 돌배나무다. 하계 따위 보고 싶지 않다며 안뜰에서 끈질기게 배씨를 던졌다. 운 좋게 뿌리내린 배나무가 거목으로 자라 또 과실을 떨어뜨렸다. 그렇게 늘어난 나무가 골짜기 밑 비탈을 뒤덮었다. 봄에는 새하얀 꽃을 피운다. 새하얀 구름 같은 배꽃이 골짜기를 덮은 광경은 그야말로 일품이었다.

눈을 가늘게 뜨고 그 정경을 바라보는 쇼란의 모습이 떠오른다. 역시나 그 모습이 이상하게도 석조씨의 노대에서 본 새와 무척 닮았다. 상통하는 부분은 전혀 없건만.

생각에 잠겨 있는데 뒤에서 놀란 목소리가 들렸다.

"히쇼 님."

북쪽 건물에서 모습을 드러낸 청년이 활짝 웃으며 달려왔다.

"히쇼 님, 오랜만에 뵙습니다."

"오랜만이로군. 잘 지냈나."

예, 하고 대답한 그가 이 장사의 주인이다. 도작을 만드는 전문 공장, 나인의 장長이다. 나인은 장사 밑에 속한 공사에 직공 수십 명을 거느리고 있다. 직공의 장을 사장師匠이라 하고, 나인부의 사장이 나인이다. 섬세한 세공에 잘 어울리는, 언동이 부드러운 젊은이로, 이름을 세이코靑江라 한다.

“자, 어서 안으로 들어오세요.”

세이코는 히쇼의 손을 잡아끌었다. 당장 울음이라도 터뜨릴 기세다. 사실 히쇼는 벌써 일 년 가까이 나인부를 찾지 않았다. 한때는 여기에서 살다시피 했다. 나인부를 찾지 않았을 뿐 아니라 아예 관저 밖으로 나가지 않았다. 왕이 옥좌에 없으면 사의는 열리지 않는다. 그것을 구실 삼아 나씨의 부서에도 등청하지 않고 오로지 자택에 틀어박혀 지냈다. 올봄에는 배꽃 구름이 걸렸으니 보러 오라고 세이코가 심부름꾼을 보냈지만 그조차도 거절했다.

전혀 모습을 드러내지 않는 히쇼의 건강을 염려해, 배꽃을 핑계 삼아 심부름꾼을 보낸 것은 알고 있었다. 히쇼의 거절에 세이코가 상처 입으리라는 사실 또한 알았지만 걸음할 마음이 생기지 않았다.

오랜만에 찾은 건물 안은 이전과 조금도 달라지지 않았다. 실내가 비좁게 느껴질 정도로 늘어선 탁자와 선반, 잡다한 도구와 산처럼 쌓인 기록과 화첩. 일 년 전에도 이랬고, 그 이전, 쇼란이 나인이던 시절에도 이러했다. 히쇼가 나씨로 처음 발걸음했을 때와 조금도 변하지 않았다.

감개에 젖어 둘러보자 세이코가 얼굴을 붉혔다.

“여전히 정신이 없죠.”

"원래 이런 법이지. 여기를 깨끗하게 치운 모습은 본 적이 없네."

"죄송합니다."

작게 대답한 세이코가 오래된 기록과 화첩을 서둘러 그러모았다. 탁자 위에 너즈러져 있는 도작은 세이코의 작품일까. 어느 것이고 오래된 도작으로 보인다. 히쇼의 시선을 알아챘는지 세이코는 부끄럽다는 듯이 고개를 숙였다.

"아……. 공부가 될까 싶어서 옛날 도작을 재현해봤습니다."

"그런가."

히쇼가 중얼거렸다. 히쇼가 지시를 내리지 않으니 세이코는 할 일이 없다.

"열심인 것은 좋지만 한동안 이 일은 좀 쉬어야겠어."

세이코는 고개를 홱 들고 희색을 띠었다.

"그럼 도작을 만드는 거군요?"

"만들어야만 해. 곧 대사가 있다는군."

히쇼는 놀란 세이코에게 석조씨에게 불려간 이야기를 했다. 이야기를 들을수록 세이코는 눈에 띄게 풀이 죽었다.

"시간이 없어. 서둘러서 미안하지만, 뭐든 적당히 골라줘."

"적당히 할 수는 없지요."

"상관없어. 요컨대 볼썽사납지 않을 정도로 날아오르고 눈살

찌푸리지 않게 깨지면 돼. 머리 싸맬 필요 없어. 의례가 무탈하게 끝나기만 하면 되니까."

"하오나…… 새로 등극하실 왕의 첫 대사大射이니."

히쇼가 슬쩍 웃었다.

"얼마 안 가 또 바뀐다."

"히쇼 님."

세이코가 나무라듯 소리쳤다.

"이번에도 여자라니까."

여왕의 치세 따위 뻔하다. 몇 년인가 옥좌 위에서 꿈을 꾸다가 얼마 지나지 않아 꿈꾸는 데도 질려 신세를 망칠 것이다. 선왕의 재위는 불과 육 년, 바로 전 비왕比王의 재위 역시 이십삼 년밖에 되지 않았다. 그전의 박왕薄王이 십육 년. 세 명의 여왕이 나라를 다스리는 동안 왕이 옥좌에 있던 시간보다 그렇지 않은 시간이 길었다.

"궁리한들 무슨 소용인가. 적당히 훌륭하고 경사스러워 보인다면 그걸로 됐다."

세이코는 서글픈 듯 눈을 내리뜬 채 발치로 말을 흘렸다.

"……그런 말씀 하지 마시고 다시 한번 이전처럼 훌륭한 사의를 보여주십시오."

"아무것도 떠오르지 않아. 어쨌거나 시간도 없으니 과거의 도작을 돌려쓸 수밖에 없겠지. 손이 덜 가도록 무늬를 조금 더해 외견을 바꾸어야겠군."

세이코는 상처 입은 듯이 고개를 떨구었다.

"……화첩을 들고 오겠습니다. 잠시 기다려주십시오."

동헌을 나가는 세이코의 등이 쓸쓸해 보였다. 세이코는 쇼란의 제자다. 쇼란이 자취를 감추고 직공에서 나인으로 발탁되었으나, 같은 시기에 히쇼는 도작을 고안하는 일에서 손을 떼었다. 도작은 사의에서만 사용되는 것이나 평소에 생각해두지 않으면 갑작스럽게 열리는 의식에 맞출 수 없다. 그럼에도 세이코가 나인이 된 이래 히쇼는 단 한 번도 도작을 만들지 않았다. 세이코가 그것을 자신의 탓이라 생각하는 것은 알고 있다. 세이코의 솜씨에 부족함이 있어 히쇼는 도작을 만들 마음이 들지 않는 것이라고 말이다.

히쇼는 세이코의 자리에 앉았다. 탁자 위에는 오래된 화첩과 시험 삼아 만든 공예품 같은 것이 늘어서 있다. 가지런히 쌓아올린 기록 위에는 푸른 도작이 놓여 있었다. 나인부에 전해지는 오래된 도작이었다. 문진 대신으로 쓰는 모양이다. 세밀한 무늬로 가득한 네모난 도자기 판 중앙에는 꼬리가 긴 새 그림이 염색되어 있다. 까치 그림이다. 원래는 이런 별것 없는 물건이었다는 생각을 하다가 도작에 간 금을 발견했다. 꼼꼼히 살피니 까치의 꼬리가 잘려 나간 것처럼 가느다란 균열이 여러 개 나 있다. 깨진 도작을 이어 붙인 것이다.

"……훌륭한 세공이야."

세이코가 한 것이리라. 쇼란이 눈독을 들여 키울 만하다. 이만한 기량에 불만이 있을 리가 없다.

히쇼는 도작을 손에 들었다. 적당히 두께가 있고 묵직하니 무게도 있다. 가벼운 도작은 잘 날지만 그만큼 빨라서 빗맞을 때가 있다. 적당한 무게가 필요하다. 바닥 면은 살짝 우묵하게 꺼졌다. 그편이 공중에 머무는 시간이 길다. 도작의 가장 초기 형태다.

여기서부터 나씨들은 어떻게 만들지 궁리를 거듭했다. 맨 처음에는 정확하게 맞힐 수 있도록 되도록 천천히 날면서 오래 허공에 머물 수 있는 형태와 무게를 연구했다. 그러다가 외양에도 신경쓰게 되었다. 동그랗거나 네모난 형태의 도자기 판에 지나지 않았던 것이 갖가지 형태를 갖추었다. 공들인 도안을 물들이는 데 그치지 않고, 금이나 보옥으로 상감한 것도 있다. 이윽고 나는 법까지 손을 대고, 소재와 가공을 시험해 어떻게 깨질지까지 궁리하게 되었다. 지금에 이르러서는 도작이라고 반드시 도자기만 쓰지 않는다. 그럼에도 도작이라 불리는 까닭은 오래된 시대의 잔재이리라.

단, 더욱 오래전에는 실제로 새를 쏘았던 듯하다. 까치를 비롯한 갖가지 새를 날려서 맞힌다. 하지만 왕의 재상인 재보는 살생을 꺼린다. 그래서 장래가 걸린 길례임에도 사의에 재보는 자리하지 않는 것이 통례였다. 그래서야 길례가 될 수 없다 생각했는지, 어느 나라 어느 시대인지 모르나 새 대신에 도자기 판을 쓰게 되었다. 쏘아서 떨어뜨린 도작의 숫자만큼 왕궁 정원에 새를 풀어놓게 되었다고 들었다.

어찌하여 까치인지는 아무도 모른다. 까치가 울면 반가운 일이 생길 전조라는 믿음과 관련있을 것이다. 도작을 쏘아 떨어뜨리면 떨어뜨린 숫자만큼 경사의 전조인 새소리가 왕궁에 가득찬다는 것이다.

확실하게 맞혀 깨지도록. 그때부터 역대 석조씨와 나씨가 고안과 궁리를 거듭하면서 사의는 도작을 쏘아 깨뜨리는 것 자체가 목적이 되었다. 음악을 연주하는 도작은 히쇼가 만든 도작 중 최고 걸작이다.

돌이켜보면 그때가 히쇼에게는 가장 활기 넘치는 사의였다. 당시 석조씨는 소켄祖賢, 이왕悧王의 치세가 말기에 접어들었을 때다. 물론 당시에는 말기인 줄 알 길은 없었지만.

히쇼가 손재주를 인정받아 나씨가 되었을 때, 이미 소켄은 석조씨로서 경험이 풍부한 노인이었다. 소켄은 히쇼에게 필요한 지식을 모두 전수해주었다. 온후하지만 천진한 면이 남아 있던 소켄과 함께 사의 구상에 머리를 맞대는 것이 즐거웠다. 한 가지 생각이 성공하면 새로운 바람이 생긴다. 소켄과 함께 나인부를 문지방이 닳도록 드나들며, 나인이던 쇼란을 포함하여 세 사람이 같이 먹고 자며 시행착오를 거듭했다. 소켄은 석조씨 중의 석조씨라 불렸고, 이내 히쇼도 나씨 중의 나씨라 불리게 되었다. 이왕은 악곡을 연주하는 도작에 크게 기뻐했고, 특별히 구름 아래로 내려와 석조씨부射鳥氏府를 찾아 그들에게 손수 하사품을 내렸다. 치조에 사는 자에게 이보다 값진 명예는 없다. 계속 그렇게 지낼 수 있었다면 얼마나 좋았을까.

그러나 왕은 변절했다. 다음에는 어떤 음악을 연주할까, 이번에야말로 까치에 향기를 더해, 깨지면서 그윽한 향이 퍼지게 해야겠다고 방도를 고민하는 사이에 이왕의 치세는 그늘지기 시작했다. 다음 대사는 삼 년 후에 있었던가. 왕의 재위 육십 년을 축하하는 자리였는데, 이때는 폭군으로 변모해 있었다.

왕에게 무슨 일이 있었는지는 알지 못한다. 일설에는 누군가 태자를 암살한 것이 왕과 측근 사이에 깊은 균열을 만들었다고 한다. 태자를 암살한 자는 밝혀지지 않았다. 그래서 이왕은 사소한 일까지 의심하고 불안해했는지도 모른다. 신하에게 모질게 대하는 일이 늘었다고 했다. 그것이 궁중에서 번져 히쇼의 신변에 미치기까지는 얼마 걸리지 않았다. 왕은 매사에 신하를 시험하려 했다. 불가능하다고 생각되는 난제를 들이밀고, 때로는 과도한 충성의 증거를 요구했다. 석조씨에게도 예외가 아니었다. 육십 년 재위를 축하하는 자리에서 지난번보다 훌륭한 사의를 선보이라고 직접 하명했다. 이전보다 훌륭하지 않으면 용서하지 않겠다는 의중이 넌지시 들어 있었다.

당시를 떠올리면 히쇼는 지금도 숨이 막힌다. 그들에게 연구는 즐거움이 아니라 부과된 의무가 되었다. 특히 석조씨의 상관인 사사司士가 공에 눈이 멀어 이리하라 저리하라고 말도 안 되는 참견을 했다. 지난번보다 훌륭해야 한다는 의무감과 현장을 고려하지 않는 사사의 간섭에 손발이 묶인 상태로 사의를 해내는 것은 무척 고생스러웠다.

그래도 사의 자체는 성공했다. 아마도 그렇다. 이왕은 지난번보다 훌륭하다고 기뻐했다. 하지만 소켄도 히쇼도 그것으로 만족하지 못했다. 도작은 훌륭하게 깨졌지만 길조라는 생각이 들지 않았다. 사의를 할 즈음에는 히쇼 주위에서도 낯익은 관리가 대거 사라졌다. 신의를 잃은 왕 앞에서 화살에 맞아 떨어지는 도작은 쓸쓸했다. 아무리 훌륭하게 꽃을 피우고 향기와 함께 훌륭한 음악을 연주해도 마냥 허무할 따름이었다.

그래서 소켄은 더욱 적극적으로 새로운 착상에 골몰했다.

"이번에는 주상의 마음이 풀릴 만한 것으로 하자."

안뜰의 의자에 앉아 히쇼에게 어떠냐고 묻는 소켄은 장난칠 꿍꿍이로 가득한 어린아이 같은 얼굴을 하고 있었다.

"그건 좋습니다만, 어떻게 마음을 풀죠."

히쇼가 묻자 소켄은 "글쎄" 하고 하늘을 올려다보았다.

"떠들썩하고 화려하기만 해서는 안 돼. 좀더 마음이 들뜰 만한 것이어야지. 단순히 흥분되는 게 아니라, 괜히 마음이 따스해지면서 자연스레 미소가 새어 나올 때가 있지. 막 들뜨는 게 아니라 그런 식으로 미소가 떠오르고 주위를 둘러보면 고관들도 똑같이 얼굴에 미소를 짓고 있는 거야. 서로의 웃는 얼굴을 확인하고 친밀함을 느끼면서 마음이 누그러지는 거지. 그런 도작 어떤가."

히쇼는 쓴웃음을 지었다.

"또 그렇게 알 듯 말 듯한 소리를 하시는군요."

"모르겠나? 거 있잖아, 흐뭇한 광경을 보았을 때처럼 말이야. 웃고 있는 서로의 얼굴을 보고 뭔가 통한 기분이 든다고 할까."

"느낌이라면 충분히 압니다. 문제는 그것을 어떻게 형태로 만드느냐 하는 것이죠."

"형태 말인가." 소켄은 고개를 갸웃했다. "형태 말이로군" 하고 중얼거리며 반대로 갸웃한다.

"일단 아악雅樂은 아닌 것 같아."

아악은 아성이라고도 하며, '아정雅正의 악樂'을 줄인 통칭이다. 나라의 위엄 있는 제사나 제례에 쓰이는 고전 음악으로, 사용하는 악기도 고전 악기로 한정되어 있고 노래가 붙는 경우는 가요가 아니라 축문에 가깝다. 악곡 자체도 곡상보다 이론을 중시한 것으로 음악이라기보다 주술적인 힘을 지닌 소리의 배열이라는 편이 옳다. 중후하고 장엄하지만 악곡의 재미는 없다.

"그럼 속곡俗曲을 쓸까요."

"그거야!"

소켄은 펄떡 뛰었다.

"속곡이 좋아. 잔치에서 쓰는 떠들썩한 곡 말고. 더 가벼운……."

"동요처럼요?"

"동요. 나쁘지 않군. 일할 때 부르는 노래도 좋아. 거 있잖나, 냇가에서 빨래하는 아낙네들이 곧잘 한목소리로 노래하지. 그런 곡을 이쪽에서 한 소절 내보내고 또 다른 곡을 저쪽에서 한 소절 내보내는 거야. 어떠한가."

눈을 빛내는 소켄을 쓴웃음 섞인 표정으로 바라보던 히쇼는 쇼란에게 시선을 돌렸다. 안뜰 끄트머리 돌에 앉아 배 씨앗을 던지며 소켄과 히쇼의 대화를 듣던 쇼란의 얼굴에는 못 말리는 어린아이를 지켜보는 듯한 미소가 떠올랐다.

"해보는 건 상관없는데요."

쇼란은 말하고서 마지막 씨앗을 던졌다. 끈기 있게 던진 씨앗 덕택에 골짜기에는 자그마한 배나무 숲이 생겼다.

"속곡은 아악과 비교하면 손이 엄청 가요. 아악이라면 음도 장단도 이론으로 정확하게 정해져 있지만 속곡은 그렇지 않으니까."

"쇼란이라면 할 수 있지?"

노인은 조르듯이 여자의 손을 잡아끌었다. 쇼란은 쓴웃음을 지으며 히쇼를 보았다. 히쇼는 웃음을 참으며 한숨을 쉬었다.

"실제로 하나하나 깨어보면서 음을 조정해가는 수밖에 없겠군. 장단을 맞추는 것도 귀를 의지해야지. 귀로 맞춘 가락에 따라 도작을 날린다. 투작기가 필요하겠어."

"저쪽에서 한 소절, 이쪽에서 한 소절이야."

소켄은 신이 나서 단언했다. 히쇼가 고개를 끄덕였다.

"요컨대 투작기는 여러 개 필요하다는 얘기야. 곡마다 투작기를 만들어 사수가 화살을 도작에 맞히는 지점도 여러 군데 표적을 세워 정확하게 정해야지."

"아이쿠, 어마어마하네. 또 동관을 모조리 동원해야 해."

쇼란도 한숨을 쉬었지만 눈은 역시 웃고 있었다. 소재를 궁리하고, 투작기를 어떻게 만들지 고민하고, 도작을 제작해야 한다. 마침내 언제나 다른 동장의 손을 빌리고, 결과적으로는 동관부를 총동원하는 소동이 일어난다. 하지만 신기하게도 동장이 싫은 내색을 비친 적은 없었다. 쇼란도 그렇지만, 대개 동장은 말도 안 되는 요구를 들으면 온 힘을 기울인다. 소켄이나 히쇼가 꺼내는 이야기는 항상 전례 없는 억지라서 입으로는 이러쿵저러쿵 투덜거리지만 그런 것치고 신바람이 나서 돕는다.

히쇼도 마찬가지다. 지난번보다 훌륭하게 만들라고 남에게 강요당한 도작은 제작하면서 괴로웠다. 하지만 이런 것을 만들자고 건설적으로 내세운 터무니없는 목표는 재미있다. 지난번에 괴로웠던 만큼 즐거웠다.

마침 세이코가 나인부에 직공으로 들어온 것은 이 무렵이었던가. 직공으로서는 아직 서툴렀던 세이코조차 즐겁게 수작업에 몰두했다.

하지만 소켄은 어느 날 갑자기 쳐들어온 병졸에게 끌려갔다.

히쇼는 지금까지도 무슨 일이 있었는지 알지 못한다. 모반죄였다는 것은 알지만 소켄은 왕을 반역할 뜻이 결단코 없었다. 무슨 오해거나 누군가의 허언으로 모반죄에 연루된 것이겠지만, 그 경위가 너무나도 복잡하여 히쇼는 찾아내지 못했다. 모반 따위 있을 수 없다는 히쇼의 절규는 어디에도 닿지 않았다. 어디를 향해 외치면 되는지조차 알지 못했다. 석조씨의 상관인 사사는 연좌를 두려워해 히쇼를 피하고, 그 위의 태위太衛고 대사마大司馬고 구중궁궐에 있으니 호소하려 해도 면회할 방법조차 존재하지 않는다. 상소를 올렸지만 대답은 없고, 고관들의 손에 건네졌는지도 알 수 없었다.

어차피 세상은 천상에서만 움직인다. 그렇게 위로해준 이는 누구였던가. 히쇼나 쇼란 주위에 있던 자들은 그들이 연좌되지 않고 끝난 것만으로도 기뻐해야 한다고 했다.

소켄이 몸을 던져 감싸주었는지, 공모 혐의로 히쇼나 쇼란이 조사받는 일은 끝내 없었다. 그것이 한층 더 괴롭고 힘들었다. 드디어 사사가 면회에 응해주었지만 그것은 최악의 사태를 알리기 위해서였다. 소켄에게는 가족이 없으니 히쇼가 유해를 거두어야 한다고 했다.

분개할 기력도 눈물도 말랐다. 시키는 대로 형장에서 소켄의 머리를 거두어 안고 돌아가는 길에 히쇼는 한 가지 확신에 다다랐다.

까치는 반가운 일을 알리며 운다. 까치를 쏘아 떨어뜨리는 것이 길조일 리가 없다.

화살에 맞아서 깨지는 도작을 보고 기뻐하는 것은 틀렸다. 본디 도작은 쏘아서는 안 된다. 맞혀서도 안 되고 깨뜨려서도 안 된다. 사의란 도작을 쏘는 행사다. 도작을 쏘아 떨어뜨려서는 아니 되건만, 왕의 권세가 의례라는 형태로 그것을 강요한다. 길조가 아니다. 흉조다. 왕이 권력을 잘못 쓰면 돌아오는 것은 흉사뿐이다. 그것을 확인하는 행사가 사의다.

"향기를 없애자."

소켄의 장례를 마친 뒤 어느 날, 히쇼는 공사에 가서 쇼란에게 그렇게 고했다.

"응?"

쇼란은 눈을 동그랗게 뜨고 난처한 듯이 손 언저리를 보았다.

"상관이야 없지만, 애써 여기까지 성공했는데."

작은 접시 위에 자그마한 은빛 구슬 몇 개가 굴러다녔다. 구슬 속에는 소켄이 원하던 향유가 들어 있다. 소켄은 냄새에도 집착했다. 그저 좋은 향기가 아니라 마음이 들뜰 만한 향기였으면 좋겠다. 들뜨면서도 흡족해지는 냄새가 좋다고 주장했다. 동관 목인木人에게 의견을 구하고 공사에 노상 드나들며 향유를 조합했다. 고급스럽게 향이 풍기도록 향유를 집어넣을 구슬 크기까지 고심하여, 그 끝에, 소켄이 숨을 거둔 지금에서야 겨우 완성한 참이었다.

"없는 편이 나아. 도작이 깨지는 소리도 바꾸자. 더 그늘진 소리가 좋아. 연주곡도 떠들썩한 악곡은 안 돼. 차라리 국장 때에 쓰는 아악이면 좋을 지경이야."

쇼란은 조심스레 쓴웃음을 지으면서 한숨을 쉬었다.

"전부 다시 하라는 얘기구나."

쇼란은 작은 접시에 다시금 눈길을 주었다. 아까워하는 듯한, 혹은 슬퍼하는 듯한 기색이 눈에 떠올랐다.

"아무리 그래도 국장의 아악으로 할 수는 없지. 그럼 길례가 아닌걸."

"그럼 속곡이면 돼. 단, 밝은 곡은 아니야. 소리도 줄이자. 더 쓸쓸한 악곡이 좋아."

쇼란은 그러냐며 감정을 살필 수 없는 목소리로 중얼거렸을 뿐 특별히 반대하지 않았다. 향기를 없애고 더없이 쓸쓸한 속곡을 연주하기로 계획했지만 그것을 이왕에게 선보일 기회는 없었다. 이왕은 재위 육십팔 년에 승하했다.

그로부터 공위空位의 시대, 그사이에도 히쇼는 계속 도작을 만들었다. 어느덧 도작에 백성을 겹쳐 보게 된 것은 세이코의 한마디 때문이었다.

"어째서 까치일까요."

세이코는 빼어나게 손끝도 여물고 머리도 좋았다. 소켄을 잃고 나서 쇼란은 마치 그 구멍을 메우려는 것처럼 세이코를 곁에 두고 열심히 가르쳤다.

"까치의 울음소리는 반가운 일을 알린다고 하니까."

히쇼가 설명하자 세이코가 고개를 갸웃했다.

"상서로운 새라면 달리도 있지요? 더 예쁜 새나 진귀한 새가 많을 텐데 까치인 이유가 뭘까요. 신기하네요."

"확실히 그러네."

쇼란은 세공하는 손을 멈추고 흥미롭게 눈을 빛냈다.

"듣고 보니 그 말이 맞아. 봉황이나 난조鸞鳥라도 괜찮을 텐데."

봉황이나 난조를 쏘아 떨어뜨릴 수는 없겠지. 히쇼는 그렇게 생각하며 쓴웃음을 지었지만 새삼 생각하자 확실히 신기했다.

까치는 그다지 진귀한 새가 아니다. 오히려 마을이나 논밭에서 흔히 보는 평범한 새다. 까마귀 같은 검은 머리와 검은 날개를 지니고, 날개 안쪽과 배만 하얗다. 그리고 긴 꼬리. 몸길이만 한 긴 꼬리도 까마귀색이다. 쭉 뻗은 날개와 긴 꼬리는 우아하지만, 유달리 아름다운 빛깔도 아니고 눈길을 끄는 무늬도 없다. 남달리 울음소리가 아름다운 것도 아니었다. 참새나 까마귀 같은 흔한 새로 초봄에는 땅바닥을 쪼고, 가을이 되면 나무 열매를 쫀다. 날아다니는 모습보다 땅을 걷거나 통통 뛰는 모습을 훨씬 자주 본다.

문득 백성을 닮았다고 생각했다.

어디에나 있는 지극히 평범한 사람들. 소박한 의복을 몸에 걸치고 일평생 대부분을 땅을 일구다 마친다. 남다른 재능이 있는 것도 아니고 이목을 끌 정도로 미모가 출중한 것도 아니다. 성실하게 기술을 연마하거나 면학에 힘쓴다고 해도 고작해야 히쇼 같은 하급 관리. 하늘 위로 뛰어오르는 일은 불가능하다. 그것을 원망하지 않고 무심히 평범한 하루하루를 보낸다. 그뿐이다.

까치는 백성이다. 만족하여 자지러지게 웃고 기뻐서 노래하면, 그것은 분명 왕에게 길조이리라. 백성의 기쁨은 왕의 치세가 올바르다는 증좌, 백성이 재잘재잘 지저귀면 왕의 치세는 그만큼 길게 이어진다.

도작을 쏘고 기뻐하는 것이 잘못되었다는 감은 틀리지 않았다. 왕이 가진 권력이 백성을 쏜다. 화살에 맞은 백성은 깨져서 산산이 흩어진다. 화살을 맞혀 떨어뜨리고 기뻐하는 것은 잘못되었다. 일부러 그르쳐서 권력의 두려움을 확인한다. 확인하게 해야 한다.

화살을 쏜 사수가 죄책감에 휩싸일 만한 도작을 만들고 싶었다. 보는 자의 마음이 아플 만한 도작을 만들고 싶다.

하지만…….

"일단 있는 대로 뒤져서 들고 왔어요."

갑작스러운 목소리에 생각에서 깨어났다. 히쇼가 돌아보자 세이코가 두툼한 기록물을 안고 돌아온 참이었다.

"다행히 히쇼 님의 작품은 모두 화첩이 남아 있었습니다."

"그런가."

히쇼가 한숨을 쉬었다.

"그중에서 시간에 맞출 수 있을 법한 걸 골라줘."

세이코는 고개를 떨어뜨렸다.

"……그토록 제 솜씨가 못 미더우십니까."

"그런 게 아니라고 했잖아."

세이코는 입을 다문 채 고개를 가로저었다. 그렇지 않다고 히쇼는 다시 입속으로 중얼거렸다. 손에 다시금 묵직한 무게가 느껴져 내려다보니 아직 그 도작을 쥐고 있었다.

화첩 안에서 적당한 것을 골라 제작에 착수하려 했지만 이는 히쇼 자신의 예상보다 훨씬 어려운 문제였다. 설령 화첩이 남아 있더라도 실제로 도작을 만든 사람은 쇼란이고, 공정 대부분은 쇼란을 비롯한 동장의 정밀한 손대중에 맡겼다. 재질이고 세공이고 자세한 사항은 담당한 동장이 시행착오 끝에 완성한 것이다. 동장의 눈과 손을 거치지 않으면 적당한 수치를 알 수 없다.

실제로는 직공이 만들지만, 사장이 작업 현장에서 말로 전하고 함께 거들면서 지시해왔다. 다시 말해 실제로 그 작업에 관련된 동장이 없으면 시행착오를 되풀이해야 한다는 소리였다. 불행히도 경국은 이왕 시절 말기부터 늘 파란을 안고 있었다. 쇼란과 마찬가지로 동장 대부분이 자취를 감추었고, 손대중을 기억하는 사람이 몇 남지 않았다. 과거의 도작을 당장 만들기는 불가능했다. 공정 대부분을 처음부터 시행착오를 겪으며 작업하는 데는 새로 만드는 것과 비슷한 노력이 필요하다. 오히려 새로 만드는 편이 과거 기록에 얽매일 필요가 없으니 그만큼 수월하다.

그렇게 생각했지만 몸이 움직이지 않았다. 좀처럼 체념을 못하고 과거 화첩을 뒤지는 동안에 정식으로 새로운 왕이 등극했다. 과거 의례에 따라 새로운 왕이 왕궁에 입성했을 때에는 관위를 가진 대소 신료가 궁중까지 출사하여 왕을 맞이하나, 히쇼가 있는 장소에서는 새로운 왕의 모습이 도저히 보이지 않았다. 얼굴도 모르고 사람 됨됨이도 모른다. 구중궁궐에서 흘러나온 확실한 사실은 이경異境에서 온 소녀라는 것뿐이었다. 세상에 익숙치 않고 상식에 어두운 소심한 계집애라고 했다.

'또야.'

그렇게 생각하자 도작을 만들 마음은 한층 더 시들었다.

박왕은 권력을 돌보지 않고 사치에 빠졌다. 지위의 정점에 올라 그곳에서 얻을 수 있는 최상급 사치에 들떠 다시는 지상에 내려오지 않았다. 비왕은 반대로 권력에만 흥미가 있었다. 손가락 하나로 대소 신료와 백성이 좌로 우로 제 뜻대로 움직이는 것을 보고 즐거워했다. 그리고 여왕은 둘 다 흥미가 없었다. 왕궁 깊은 곳에 틀어박혀 바깥으로 좀처럼 나오지 않았다. 권력은커녕 나라도 백성도 거부하고, 마침내 조정에 나타났을 때에는 이미 상식을 벗어난 폭군의 모습이었다.

여왕의 뒤를 잇는 새로운 왕이 왕궁에 입성한 지 얼마 지나지 않아 히쇼는 다시 석조씨에게 불려갔다. 스이료는 이전과 마찬가지로 히쇼의 기분을 맞추려는 것처럼 정중하고 친근하게 굴었다.

"어떤가? 좋은 영감은 떠올랐나?"

"아뇨."

히쇼가 짧게 대답하자 스이료는 곤란한 듯 눈살을 찌푸렸다. 이어서 금세 다독이는 듯한 미소를 지었다.

"다행인지 불행인지 사의는 생각보다 늦추어질 모양일세. 즉위식에서는 대사를 미룰 듯해."

"미룬다고요……?"

히쇼가 미심쩍어하며 되묻자 스이료는 얼굴을 찌푸렸다.

"부탁이니까 이유는 묻지 말게. 나도 통 모르겠어. 새 왕이나 높으신 분들의 의향이겠지만 우리에게 일일이 이유를 설명해주지는 않으니까."

그럴 수도 있겠다 싶어 히쇼는 고개를 끄덕였다.

"아무래도 첫 대사는 교사郊祀가 될 듯하군. 모처럼의 대사를 즉위 때 보일 수 없어 아쉽지만 시간에는 여유가 생겼어."

하늘에 나라의 가호를 비는 교사 의식은 반드시 동지冬至에 한다. 특히 즉위하고 첫 교사는 왕과 나라에 중대한 의식이다. 첫 교사라면 마땅히 대사가 따를 것이고, 이 사실은 무슨 일이 있어도 바뀌지 않으리라. 동지까지는 두 달 남짓, 처음부터 구상을 다시 짜도 아슬아슬하게 맞출 수 있다.

"하관부夏官府의 장래가 걸려 있네. 모두 그대에게 맡길 터이니 반드시 하관부의 면목이 설 만한 물건을 만들어주게."

## 003

반드시 도작을 만들어야 한다. 쓸데없는 생각을 할 여유는 없었다.

포기하고 책상 앞에 앉았다. 히쇼는 나인부에 있는 응접실 중 하나를 자신의 방으로 썼다. 그다지 넓지도 않은 방에 책상이 두

개, 침상을 겸한 탑상榻床(긴 의자)이 두 개. 일찍이 소켄과 붙어살던 장소다. 책상 하나와 탑상 하나는 오래전에 선반이 되어버렸다. 히쇼가 쓰던 쪽은 그래도 치웠지만 오랫동안 접근조차 하지 않았던 터라 사방에 먼지가 쌓여 있다. 우선 책상의 먼지를 닦고 나서 마지못해 종이를 펼쳐 먹을 갈고 붓을 손에 잡았다. 그리고 움직임을 멈추었다. 히쇼 안에는 아무것도 없었다.

무언가를 그리려 해도 머릿속이 하얗다.

히쇼는 늘 영감이 말랐다고 말해왔다. 그러면서 스스로도 만들 의욕을 잃었을 뿐이라고 생각했다. 그걸 하고 싶다거나 이걸 시험해보고 싶다 하는 욕구는 확실히 고갈되었다. 그러나 아무것도 떠오르지 않는 현실은 상상조차 해보지 않았다.

너무 오랜 기간 직무를 내팽개친 탓인가. 히쇼는 예전에 자신이 어떻게 고안을 했는지 떠올려보려 했으나 그조차 어렴풋해서 생각나지 않았다.

다음을 어찌할지, 막힐 때는 많았다. 하지만 그럴 때에도 히쇼의 머릿속에는 이런저런 파편들이 무수히 떠다녔다. 그 안에서 무언가를 고르려 해도 내키지 않는다. 어쩐지 마음이 끌려 끄집어내보아도 이어지지 않는다. 생각이 막힌다는 것은 그런 상황이었다. 정작 머릿속에 아무것도 없는, 파편조차 없이 새하얀 공백밖에 존재하지 않는 경험은 처음이었다.

스스로도 경악했다. 이어서 초조해졌다. 대사라면 제법 많은 도작이 필요하다. 숫자를 갖추는 것만으로도 직공이 잠도 못 자고 쉬지도 못하며 일해야 보름 넘게 걸린다. 숫자를 갖추기 전에 시행착오를 마치고 시험 삼아 활을 쏴보고 조정해서 설계를 완성해두어야 한다. 정말로 처음부터 하려면 당장 시작해야만 때를 맞출 수 있다. 무언가를 끄집어내야 하는데 아무것도 없다.

그래. 자신은 이미 끝났다.

끝난 것이 언제인지는 모른다. 쇼란이 사라졌을 때인가, 아니면 여왕予王의 말씀을 하사받았을 때인가. 어쩌면 그전인지도 모른다. 소켄을 잃은 뒤 도작은 백성이라고 확신하고부터 히쇼는 뭐에 씐 사람처럼 도작을 만드는 데 매진했지만, 어쩌면 그 뜨거운 의욕은 처음부터 '만들고 싶다'는 생각과는 다른 것이었는지도 모른다.

그렇다, 분명히 히쇼는 그사이 도작을 만드는 것으로 기쁨을 느낀 적이 없었다.

좀더 예쁜 걸 만들면 좋을 텐데.

지시를 내릴 때마다 쇼란은 그렇게 말하면서 쓴웃음을 지었다. 그때마다 히쇼는 되풀이했다. 깨지는 도작을 보며 기뻐하는 건 잘못되었다고.

"도작이 활에 맞아서 떨어지는 것은 참담한 일이야."

히쇼는 현실을 직시하라며 창 너머로 보이는 골짜기를 가리켰다. 거대한 봉우리에 낀 협곡, 배나무가 우거져 뒤덮었어도 그 밑바닥에는 왕이 돌보지 않고 권력에 짓밟힌 하계가 가로놓여 있다.

"무능한 왕의 조잡한 시정이 나라를 어지럽히지. 백성을 돌보지 않는 정사에 농락당해 다들 굶주리고 궁핍해. 왕은 손가락 하나로 그들을 구하기도 하고 더한 도탄에 빠뜨리기도 하지. 목숨을 빼앗을 때도 있어. 그것을 주상께서 아셔야 해."

쇼란은 어이없다는 듯이 한숨을 내쉬었다.

"알아주실까. 도작을 보고 알 사람이라면 보지 않아도 알 것 같은데."

"그럴지도 모르지."

쇼란의 말에는 일리가 있었다. 하지만 그렇다면 달리 어쩌면 좋단 말인가.

"달갑지도 않은 왕을 위해 그저 도작을 만드는 건가. 그 자리에서만 왕과 측근을 기쁘게 하는 것이 무슨 소용이야."

"그래도 그게 일이니까."

당연하다는 듯이 말하고 태연히 손을 놀리는 쇼란의 모습에 조바심이 났다. 즐겁고 만족하는 것처럼 보이니 한층 더 부아가

났다.

"알아, 우리는 국관이라 해도 하찮은 하급 벼슬아치에 불과해. 나라의 중대사에 관여할 일도 없고, 직책으로 따져도 국정에 의향을 반영할 수 없어. 그렇더라도 나라의 녹을 먹고 있잖아. 우리의 어깨에는 백성의 삶이 얹혀 있어. 하다못해 자신의 직분을 통해 조금이나마 백성에 보탬이 되는 일을 해야지. 어떻게 그러지 않을 수 있겠어."

쇼란은 고개도 들지 않고 킥 하고 웃었다.

"백성에게 보탬이 되는 일을 말이지."

"그럼 반대로 묻지. 너는 나씨나 나인이 어때야 한다고 생각하지?"

"어떻든."

쇼란은 기가 차다는 듯이 말하고 웃었다.

"인간은 모두 똑같잖아. 주어진 일을 꾸준히 해나가는 거지. 그러니까 까다로운 나씨가 난제를 던져도 잘 해결하고 있잖아."

"그렇게 눈을 돌리면 아무것도 변하지 않아."

"눈을 돌려도, 싫어도 눈에 들어오지. 왕도 마찬가지 아닐까. 보고 싶지 않은 것을 억지로 들이밀어도 눈을 감을 뿐이야."

"네가 아래 세상에서 눈을 돌리고 배나무로 가린 것처럼?"

야유를 담아 말하자 쇼란은 어깨를 으쓱했다.

"폐허 같은 하계를 보고 있어도 아무 소용도 없는걸. 그보다 예쁜 걸 보고 있는 편이 좋잖아? 지긋지긋한 일을 일부러 곱씹으며 불쾌한 기분에 빠지다니 어리석어."

"그래서? 공사 안에 틀어박혀서 진종일 책상 앞에 앉아 고개를 숙이고 있는 건가. 그렇게 꽉 막힌 장소가 아니면 즐거운 일도 없겠지."

"당연하지."

쇼란은 소리 높여 웃었다.

"하지만 그곳에밖에 없는 것이 아니라 그곳에만 있는 거야. 세공은 즐겁지. 잘되기도 하고 안 되기도 하지만 어느 쪽이든 즐거워."

쇼란은 말하고 나서 줄칼을 들었다. 은세공에 윤을 낸다.

"쓸데없는 생각 하지 않고 세공에만 집중하는 건 즐거워……."

쇼란은 혼잣말처럼 말하고 나서 킥킥 웃었다.

"의외로 백성도 그럴지도 모르지. 네가 가여워하는 아낙은 왕이 어떻건 오늘 요리가 맛있게 되었거나, 날씨가 좋아서 잘 마른 빨랫감을 보고 기뻐하며 하루하루를 보내고 있을 거야."

그렇게 말하고는, 히쇼가 불쾌해하는 것을 알아챘는지 허둥지둥 자세를 바르게 고쳐 앉고 진지한 표정을 지었다.

"네. 물론 나씨의 분부대로 두말없이 해야죠."

히쇼가 보기에 쇼란은 현실을 직시할 마음이 없었다. 백성과 나라에 그다지 흥미가 없었다. 그곳에 존재하는 비참함보다 가까이에서 기쁨을 찾으려 했다. 소켄이 처형당했을 때에는 목이 쉬도록 울었지만, 친한 사람의 부고에 대한 반응이었을 뿐이리라. 사실 히쇼가 줄곧 소켄의 죽음에 얽매여 있는 데에 비해 쇼란은 이내 회복했다. 안타깝지만 지난 일이라고 했다.

쇼란이 그런 식이었으니 나인부의 직공들도 다들 그랬다. 내키지는 않지만 나씨인 히쇼가 명령하니까 성실하게 완수한다. 한 사람의 이해도 얻지 못한 채 히쇼는 고립했다.

소켄을 대신해 취임한 석조씨들은 히쇼에게 맡겨두면 된다고 생각하는 모양이라, 히쇼가 무엇을 만들어도 별 흥미가 없어 보였다. 그들은 결과에만 흥미가 있었다. 높으신 분들이 기뻐하느냐 그렇지 않느냐. 그리고 히쇼는 역대 석조씨를 대체로 만족시켜왔다.

히쇼가 만드는 도작은 대부분 환영받았다. 때로는 '화려한 맛이 없다'는 말을 듣기도 했지만 장엄하고 아름답다고 칭찬받을 때가 많았다. 모두가 진심은 아니었을 것이다. 명성이 자자한 '나씨 중의 나씨'가 만들었으니 칭찬해야 한다는 마음도 작용했으리라. 그런 줄 알면서도, 웃는 낯으로 '훌륭하다'고 하는 것만큼 히쇼를 절망에 빠뜨리는 일은 없었다. 마음을 담았지만 통하지 않았다. 일개 병졸에 지나지 않는 사수가 의례 뒤에 히쇼를 찾아와 너무나 괴롭고 슬퍼서 가슴에 사무쳤다고 말하는 것도 얄궂었다. 신분이 낮으면 통한다, 높으면 전혀 통하지 않는다. 전해야 하는 곳에 히쇼의 의도는 조금도 전해지지 않았다.

히쇼는 도작을 만드는 데에 몰두했다. 두 사람의 여왕女王이 나타났다가 사라졌다. 오랜 세월 옥좌에 왕이 없었기에 대사가 열릴 일도 없었지만 히쇼는 연구를 멈추지 않았다. 그리고 마침내 히쇼의 의도가 왕에게 통하는 날이 왔다.

여왕予王의 즉위식이었다.

길고 아름다운 날개와 꼬리를 지닌 도작은 투작기에서 던져지는 것이 아니라 떠밀리는 것처럼 날아올라 미끄러지듯 허공을 날았다. 하늘 높은 곳에서 내려앉는 새처럼 보였다. 사수가 활을 쏘자 가녀린 소리가 나면서 오색의 물보라를 흩뿌리며 두 장의 날개와 꼬리가 깨졌다. 도작은 바르작거리듯이 떨어졌다. 깨졌을 때 난 소리는 그동안 비명처럼 위태위태 여운을 남겼다. 괴로워하며 떨어진 날개는 땅에 내동댕이쳐져 애처로울 정도로 맑은 소리를 내며 깨졌다. 깨지자마자 붉은 유리 파편이 되어 산산이 흩어진다. 사의가 끝나자 어전의 정원은 반짝이는 유리 파편으로 붉게 물들었다.

왕과 고관들이 늘어선 승천전承天殿, 그 앞에 펼쳐진 정원에서는 목소리가 사라졌다. 쥐 죽은 듯 무거운 침묵에, 히쇼는 드디어 자신의 뜻이 통했음을 깨달았다. 사의가 끝나고 왕에게 불려가 발 너머기는 해도 직접 말씀을 하사받았다.

그녀는 입을 열자마자 "무섭다"고 했다.

"어찌하여 그런 불길한 것을. 나는 그 같은 참담한 것을 보고 싶지 않았습니다."

히쇼는 말을 잃었다. 참담하기에 보기를 바랐다. 백성을 잃는 것은 참담한 일이다. 사의를 통해 왕의 양손에 얹혀진 것을 확인하기를 바랐다.

"주상은 무척 상처받으셨소."

그런 재보의 말씀도 들었다. 물론 상처받기를 바랐다. 그 아픔으로 백성의 아픔을 헤아려주기를 바랐다. 상처가 깊으면 잊지 못하리라. 참담한 일이라는 깊은 상처로 마음속에 더 또렷이 새겨주고 싶었다.

참담하다고 눈을 돌리면 참담한 일은 사라지지 않는다. 참담함을 깨달을 수 없게 된다.

가슴을 후볐는데 전해지지 않았다. 히쇼는 어찌할 바를 몰랐다. 달리 어떻게 해야 하는가. 히쇼는 도작을 만들 의욕을 급속도로 잃었다. 즉위 후 교사에서는 아예 대사를 하지 않았다. 이유는 석조씨도 몰랐지만 아마도 왕이 보고 싶지 않다고 했으리라고 희쇼는 짐작했다. 그래도 도작 만들기를 멈출 수는 없었다. 이때는…… 아직.

그때부터 희쇼는 자주 마을로 내려갔다. 백성의 삶을 가까이에서 보고, 때로는 전쟁터나 형장에까지 걸음을 옮겼다. 비참함을 직접 보고 어떤 영감을 얻을 수 없을까. 시들어버릴 듯한 자신을 자극하는 무언가를 찾고 있었던 것 같기도 하다.

거기에서 얻은 무언가를 나인부에 가지고 돌아올 때마다 쇼란은 쓴웃음을 짓고 이것을 받아들였다. 누구에게 선보일 길 없는 도작. 희쇼 자신도 무엇을 만들면 될지 모른 채 그저 만들고는 방치하기를 몇 년이나 되풀이했다. 그러던 어느 날 희쇼가 공사로 돌아와보니 쇼란의 모습이 보이지 않았다.

그날은 구름이 묵직하게 뒤덮고 있었다. 전날 밤, 하계에서는 아직 벼 이삭이 익지도 않았는데 서리가 내렸다. 어찌된 일인가 싶어 불안해하며 천상을 올려다보는 백성의 목소리를 들으며, 희쇼는 짧은 여행을 마치고 요천으로 돌아와 치조에 올랐다. 그때 어디서 어떤 착상을 얻어 왔는지 이제는 기억나지 않는다. 확실히 뭔가를 얻고 분기하며 동관부로 향했다가 늘어선 공사가 이상하게 고요하다는 사실을 깨달았다.

마치 눈에 보이지 않는 거대한 것이 일대를 덮쳐 누른 것 같았다. 불온한 기척을 느끼며 나인부에 들어서자 쇼란이 없었다. 쇼란의 방은 평소와 같았다. 어수선하게 물건을 쌓아놓은 책상과 물건들 사이에 내팽개친 공구, 잠시 자리를 비웠을 뿐인 것처럼 보였다. 그런데 무슨 이유로 방에 들어선 순간, 얼어붙을 것처럼 텅 빈 느낌을 받았을까. 무엇 하나 모자라지 않은데 방은 텅 비었다. 얼이 빠진 채 모자란 것을 찾고 있는데 세이코가 달려 들어왔다.

"히쇼 님, 들어오시는 모습을 보았습니다."

세이코의 얼굴에는 핏기가 없었다.

"쇼란은?"

"안 계십니다. 아침부터 모습이 보이지 않아요. 온갖 곳을 찾았지만 어디에도 모습이 보이지 않습니다. 저도 어떻게 된 영문인지……."

세이코는 눈에 띄게 떨고 있었다.

"그런데 사장뿐만이 아닙니다. 많은 공사에서 공장들이 사라졌어요. 그것도 여자만."

히쇼는 몸을 움츠렸다.

"……여자만?"

"예. 즐인櫛人의 사장은 동트기 전에 병졸이 찾아와 연행해 갔답니다. 장작將作의 직공도 마찬가지로 여자만 끌려갔다고 하고요. 히쇼 님, 이건…….”

세이코의 떨림이 히쇼에게 전염되었다. 무릎이 떨린다. 도저히 서 있을 수 없다.

“……그러니 도망치라고 했거늘!”

왕이 무슨 생각으로 그런 명령을 내렸는지는 모른다. 왕궁 깊숙이 틀어박혀 있던 여왕은 석 달쯤 전에 갑작스레 조정에 나타나, 왕궁의 모든 여관에게 궁을 떠나 나라 밖으로 나가라고 명령했다. 명을 따르지 않으면 엄중하게 처벌하겠다면서 은연중에 가장 중한 형벌을 내릴 것을 내비쳤으나 처음에는 아무도 이를 진지하게 받아들이지 않았다.

당시 옥좌에서 내려지는 법령은 대개 그랬기 때문이다. 요란하게 법규를 반포하지만 목적이 분명치 않거나 구체적이지 않았다. 포고는 냈지만 관리조차 그것을 시행하는 데에 아무런 열의도 없어서 대부분 단순한 알림으로 끝났다. 모든 여관을 왕궁뿐 아니라 나라에서도 추방한다니, 이 명령 또한 전혀 현실성이 없었다.

궁중 관리의 반수 가까이 여자다. 그 많은 여자를 왕궁에서 내쫓는 데에 얼마나 시간이 걸릴지 알 수 없고, 무엇보다 그러고 나면 국정이 바로 서지 않는다.

처음에는 그렇게 가볍게 받아들였으나 이윽고 궁중에서 정말로 여관의 모습이 사라지기 시작했다. 대부분이 간단한 소지품만 꾸려 왕궁을 도망친 듯했지만 명백히 도망쳤다고 생각할 수 없는데 자취를 감춘 자도 적지 않았다.

히쇼는 쇼란에게 도망치는 것이 좋겠다고 이야기했다.

"도저히 믿기지 않지만 아무래도 주상은 진심이신 것 같아. 이건 이제까지처럼 말뿐인 포고가 아니야."

"설마."

여느 때처럼 책상 앞에 앉은 채 쇼란이 웃었다.

"이런 말도 안 되는 포고는 들은 적이 없어."

"실제로 위에 있는 여관들이 자취를 감추고 있잖아."

히쇼가 애타게 말하자 쇼란은 어리둥절한 표정을 지었다.

"여관이랑 다투기라도 하신 걸까. 그렇더라도 나는 걱정 없어. 주상은 내가 있는 줄도 모르시니까. 치조에도 하급 관리가 있고, 그 안에는 여자도 있다는 사실을 상상해보신 적도 없을 거야. 있는 줄도 모르는 사람을 처벌할 수는 없겠지?"

쇼란은 그렇게 말하며 웃었지만 히쇼는 너무 안일하다는 생각을 떨칠 수 없었다. 실제로 그날을 마지막으로 그녀의 모습은 사라졌다. 다른 여자 동장과 마찬가지로 어디서 어떻게 되었는지조차 알 수 없었다. 모든 것이 구중궁궐에서 진행된 일인 듯, 구름 아래에서는 무슨 일이 일어났는지 설명할 수 있는 자가 없었다. 다만 사라진 이는 모두 두 번 다시 돌아오지 않았다. 여왕이 붕어하고 새로운 왕이 즉위한 지금까지도 소식 한 통 없다. 그것만큼은 움직일 길 없는 확실한 사실이었다.

—그러니까 현실에서 눈을 돌리지 말라고 했던 것인데.

히쇼는 줄곧 그렇게 느껴왔다. 쇼란은 참담한 것을 보려 하지 않았기 때문이다. 왕에 대한 인식이 무르고, 권력에 대한 조심성이 부족했다. 현실을 외면하면 끔찍한 일이 피해 가리라 믿었나. 소켄이 죄도 없이 처형당한 것을 잊었나.

애가 타는 동시에 서글펐다. 쇼란이 사라진 뒤 히쇼는 도작을 만들 의욕을 완전히 잃었다.

히쇼는 너무나 무력하다. 소켄도 쇼란도 모두 잃고 말았다. 무슨 일이 일어났는지 누구를 원망하면 되는지조차 알 수 없었다. 그곳에는 아무 죄도 존재하지 않았던 것만은 확실하고, 그럼에도 지킬 수도 막을 수도 없었다. 왕궁 안, 왕의 슬하에 있으면서도.

틀렸다, 그만하라고 외치고 싶었다. 하지만 목소리를 왕에게 전할 방법이 히쇼에게는 없었다. 왕은커녕 왕을 바로 곁에서 모시는 재보와 고관들에게 전할 길조차 없었다. 하늘을 향해 아무리 외친다 한들 어디 닿겠는가. 천상의 사람들에게 히쇼는 처음부터 없으나 마찬가지인 존재였다. 누구 한 사람 귀를 기울일 생각도 없고, 그럴 필요마저 느끼지 않는다. 유일하게 히쇼가 왕에게 무언가를 전할 방법이 있다면 그것은 사의였다. 그렇기에 사의를 통해 열심히 생각을 전하려 했으나 닿지 않았다. 아니, 더 안 좋았다. 전해졌지만 받아들여지지 않았다.

왕이 '무섭다'고 한 사의에서 권력의 무자비함을 읽어냈더라면.

왕은 이해하기를 거부했다. 잔혹한 현실을 외면한 바람에 자신의 잔혹함도 깨닫지 못했다.

—이 나라는 틀렸다.

목소리를 내는 일도, 내야 할 목소리를 찾는 데도 지쳤다. 어차피 히쇼는 왕의 안중에 없다. 먹고살기 위해서 나씨로 남아 있었지만, 도작을 만들 마음도 없거니와 도작에 대해 생각하기도 싫었다. 나라와 조정을 보고 싶지 않았다. 무언가를 생각해봤자 히쇼에게는 생각을 전할 방도가 없고 상대방 또한 들을 마음이 없다.

모든 것이 무의미했다. 모든 일이 귀찮아서 관저에 틀어박혀 지냈다. 그곳에서 딱히 하는 일도 없었다. 무엇을 생각하는 것도 아니었다. 할 일 없이 세월만 보내던 공허한 나날이 쌓이고 쌓여 히쇼를 텅 비게 했을 것이다.

자신 안에는 이제 아무것도 없다. 히쇼는 그렇게 생각하고 체념한 채 붓을 내려놓았다.

아무것도 없다면 예전에 만든 것 중 하나를 쓰는 수밖에 없다. 시간을 맞추기 위해서는 어떤 것을 쓰는 것이 좋을지 세이코와 의논해야 한다.

그런 생각으로 방을 나왔다. 안뜰을 둘러싼 회랑에는 가을의 내방을 알리는 쓸쓸한 밤바람이 불었다.

여왕 때 도작이라면 실수는 없을 것이다. 만든 사람은 쇼란이지만 실제로 직공을 통솔하고 작업 지휘를 한 사람은 세이코다. 세이코가 세부 사항을 기억하고 있으리라. 하지만 그것을 다시 만든다고 한들 또 거부당할 뿐이라는 예감이 들었다. 설령 거절당하지 않는다 하더라도 다시 만들고 싶은 마음이 들지 않았다. 너무하다는 말을 들을 뿐인 도작은 굳이 만들고 싶지 않다. 그렇다면 이왕 때 도작을 만드는 것이 옳겠지. 그러나 그것도 마음이 내키지 않았다.

그렇게 화려하게 깨지는 것은 원치 않았다. 도작을 이용해 무언가를 전달할 마음도 없었지만, 화살에 맞은 도작이 깨지며 화려한 꽃을 피우고 보는 이들이 환호성을 지를 만한 것을 만드는 것만큼은 도저히 내키지 않았다. 여왕의 도작처럼 화살에 맞아 부서지는 것도 괴롭다. 깨지 않으면 의미가 없으나 되도록 망가지지 않기를 원했다.

"……그럴 수도 없는 노릇인가."

히쇼는 혼잣말을 하고 웃었다. 화살을 쏘아 떨어뜨리지 않으면 도작의 의미가 없다. 부수지 않을 수는 없는 노릇이나 깨지면서 음악이 흐르는 것도 마음에 들지 않았다. 중후한 아악도 쓸쓸한 속곡도 아니다. 애초에 음률을 연주하지 말았으면 좋겠다. 좀 더 조용하고 단순한 소리가 좋다. 단, 환호성도 박수도 멈추고 저도 모르게 귀 기울이게 하는 소리. 귓가에 스며드는 음색을 원했다.

골몰하면서 옆방에 들어가 어두침침한 등불을 켜고 책상을 향해 앉은 세이코에게 그런 이야기를 하자 의자에 앉은 세이코가 돌아보고 고개를 살짝 갸웃했다.

"이를테면, 눈의 소리?"

세이코의 옆에 쌓아놓은 상자에 앉으면서 히쇼는 쓴웃음을 지었다.

"눈은 소리가 나지 않잖아."

"그러네요."

세이코는 얼굴을 붉혔다.

"그러면 물소리일까요? 바람 소리나?"

물소리는 아니다. 물이 넘치는 소리, 흐르는 소리, 시냇물 소리, 잔물결 소리도 모두 아니었다. 그렇다고 해서 바람 소리도 아니다. 물소리도 바람 소리도 너무 많은 이야기를 하고 있다.

"좀더 조용한…… 그래, 그렇군, 어쩌면 눈이 내는 소리일지도 모르겠군."

아무것도 이야기하지 않지만 귀를 기울이게 되는 소리.

"눈에는 소리가 없지만 느낌으로는 눈 소리야. 용케 알았군."

히쇼의 말에 세이코는 난처한 표정으로 미소 지었다.

"사장이 비슷한 말씀을 하셨거든요. ……그래, 같은 말씀을 하시는구나 싶었어요."

히쇼가 놀라서 되물었다.

"쇼란이?"

"네. 눈처럼 소복소복한 소리가 좋다고. 자신이라면 그렇게 하겠다고 말씀하셨어요."

히쇼는 말을 잃었다.

그러고 보니 히쇼는 한 번도 쇼란이 만들고 싶은 대로 만들게 해준 적이 없었다.

그러기는커녕 히쇼는 단 한 번도 쇼란에게 어떤 도작을 만들고 싶은지 물은 적조차 없었다. 쇼란도 스스로 희망 사항을 이야기하지 않았다. 히쇼가 고집스럽게 참혹한 도작을 만드는 동안 좀더 예쁜 것을 만들면 좋을 것 같다고 말하긴 했지만 구체적인 바람은 꺼낸 적도 없었고 바라는 것이 있다는 사실도 내비치지 않았다.

그랬던가. 쇼란도 그것을 바랐나.

"……또?"

"예?"

"달리 무슨 말을 하지 않았나? 어떻게 깨지면 좋겠다는 말은 하지 않았어?"

히쇼의 물음에 세이코는 고개를 숙이고 생각에 잠겼다.

"여왕의 새는 괴롭다고 말씀하셨어요. 애처로운 느낌이 든다고요. 그렇다고 지나치게 화려하게 깨지는 것은 너무 밝게 느껴져서 재미가 없다고 하셨던 것 같아요."

말하고 나서 세이코는 퍼뜩 생각난 듯이 고개를 들었다.

"그러고 보니 새가 좋다고 하셨던 기억이 납니다. 새를 쏘아 떨어뜨리는 것은 괴로우니 깨져서 다시 새가 되면 좋겠다고요."

"새가 된다……."

세이코는 그립다는 듯이 고개를 끄덕였다.

"거침없이 말씀하셨어요. 새니까 날려보내주고 싶다고. 날아오르기만 해서는 사의가 되지 않지만 하다못해 화살을 맞았을 때 애석한 느낌이 들었으면 좋겠다고요. 아쉽게도 맞았다는 생각이 들었을 때 거기에서 새가 태어나는 겁니다."

"그리고 새가 날아간다……?"

히쇼가 무심코 던진 말에 세이코는 만족한 듯이 웃었다.

"네, 그렇게 말씀하셨어요. 도작이 깨져서 진짜 까치가 태어나면 좋겠다고요. 그렇게 날아가버리는 겁니다."

"나쁘지 않군."

도작을 던진다. 화살을 쏘아 깨뜨리면 거기에서 진짜 까치가 태어나 구경하는 사람들 눈앞에서 날아간다. 왕도, 옥좌의 위광도 백관의 권위도 속셈도 모든 것을 내버려두고…….

"모처럼 태어난 새가 정원에 떨어져 남는 것도 깨지는 것도 싫다고 하셨어요. 사라져버리는 편이 어울린다고."

"어울린다……."

히쇼는 고개를 끄덕였다. 쇼란은 아무 말도 하지 않았지만 똑같은 마음이었다. 아니, 히쇼가 들으려 하지 않았을 뿐이다. 고집스럽게 자신의 바람만을 좇다가 희망을 잃은 지금에서야 같은 곳에 이르렀다.

히쇼는 서쪽 창을 돌아보았다. 어둠밖에 보이지 않았지만, 낮이라면 골짜기의 풍경이 보였을 것이다. 바위에 구름이 옅게 깔려 있고, 눈 아래에 도시가 보여야 할 곳을 배나무 숲이 가로막는다.

"쇼란은 곧잘 저 경치를 보곤 했지."

세이코는 히쇼의 시선을 좇다가 어리둥절해하며 눈을 동그랗게 떴다.

"……골짜기요? 아, 예."

"사실은 무엇을 보고 있었을까."

새삼 신기했다. 쇼란은 무엇을 생각하고 골짜기를 바라보았을까.

"하계 따위 보고 싶지 않다고 했어. 본인이 그렇게 말했으니 그런 줄 알았는데. 그런데 곰곰이 생각해보면 하계를 보고 싶지 않다면 애초에 골짜기를 보지 않으면 되지. 곧잘 정원 가장자리에 있는 돌에 앉아 골짜기를 내려다보았는데, 그쪽에서는 하계밖에 보이지 않았겠지."

세이코 역시 뜻밖의 소리를 들은 것처럼 고개를 살짝 갸웃했다.

"그 말을 듣고 보니…… 그러네요."

언젠가 본 새의 모습이 눈앞에 떠올랐다. 그 새는 바로 그 황폐해진 국토를 보고 있다는 생각이 들었다. 그와 마찬가지로 어쩌면 쇼란은 '보고 싶지 않다'고 하면서 황폐해진 국토를 보고 있지 않았을까.

"그럴 리가 없나……."

히쇼가 쓴웃음을 짓자 세이코가 되물었다.

"무엇이 말입니까?"

"아니. ……하계밖에 보이지 않는데, 바로 그 세상을 보고 싶지 않다면서 끈기 있게 배를 심었어. 참으로 느긋한 이야기지만 정말로 그렇게 아래 세상의 비참함을 감춰버렸군."

"감춘…… 걸까요?"

"아닌가?"

"글쎄요."

세이코는 더욱 알쏭달쏭한 얼굴을 했다.

"분명히 사장은 아래 세상을 보고 싶지 않다고 하셨습니다. 그러면서도 늘 하계를 보고 계셨죠. 맞아요, 사장은 틀림없이 하계를 보고 있었을 겁니다. 시선은 요천 쪽을 향해 있었으니까요."

"정확하게는 배 숲이겠지. 특히 꽃이 피면 실눈을 짓고 하염없이 바라보았어."

"하지만 한겨울에도 역시 같은 곳을 보고 계셨어요. 겨울이 되면 배나무 잎이 떨어져버립니다. 그곳에는 아래 세상 경치밖에 없어요."

"확실히 그렇군……."

세이코는 일어나서 창으로 향했다. 소슬바람이 적적한 냄새를 머금고 불어왔다.

"하계를 보고 싶지 않다고 하신 것은 그곳에 비참함이 있다는 사실을 잘 알고 계셨기 때문이 아닐까요. 괴로운 소식은 듣고 싶지 않다고 하셨지만 제가 소식을 알릴 것도 없이 잘 알고 계셨어요."

"쇼란이?"

"예. 듣고 싶지 않은 소리일수록 신경쓰여서 귀를 기울이지 않고 못 배기는 법이니까요. 마찬가지로 알고 있으니까 보고 싶지 않은, 하지만 보지 않을 수 없는 일이 아니었겠습니까. 배나무를 심은 것도 나무로 뒤덮으려는 것이 아니라……."

세이코는 단어를 찾듯이 어둠 너머로 하계를 응시했다.

"꽃이 피면 참으로 기뻐하셨죠. 정말 예쁜 경치라고 하시면서. 그것이 차마 눈뜨고 보기 힘든 하계를 꽃이 덮어 없애주었다는 의미는 아니었을 겁니다. 아마도 사장은 하계에 꽃을 덧대어 보신 것이 아닐까요. 꽃을 볼 때, 언젠가 이룰지도 모르는 아름다운 요천을 보고 계셨던 것 같아요."

히쇼는 그럴지도 모른다고 생각했다.

"나는 쇼란이 늘 현실에서 등을 돌리고 있는 것 같았어……."

세이코는 돌아보고 미소 지었다.

"분명히 그랬습니다. 결코 현실에 정면으로 맞서지는 않으셨죠. 등진 채 자신의 두 손만 마주하며 살아오신 분입니다. 다만, 그렇다고 해서 현실을 거부하고 계셨던 것은 아니에요."

히쇼는 고개를 끄덕였다. ……어쩐지 알 것 같았다. 현실을 거부한다는 것은 히쇼처럼 전부 차단해버리는 것을 말하리라. 관저에 틀어박혀 할 일 없이 세월을 보내는 것. 세상을 등지고 틀어박혀 있기는 쇼란도 마찬가지였지만, 쇼란은 도작을 만들고 양손을 움직여 그곳에서 기쁨을 찾아내는 것을 포기하지 않았다. 그것이야말로 세상과 대치하는 쇼란 나름의 방법 아니었을까, 새삼 생각했다.

늘 하계를 보고 있었다. 황폐한 세상은 보고 싶지 않다고 하면서 언젠가 아래 세상이 꽃으로 뒤덮이는 날을 애타게 기다렸다.

“쇼란이 바라는 도작을 만들어보자.”

히쇼의 말에 세이코는 안타깝지만 진심으로 기쁜 듯이 고개를 끄덕였다.

“가능한 한 기억을 더듬어 떠올려줘. 쇼란이 어떤 것을 원했는지.”

## 004

처음 등장한 새 한 마리는 물처럼 파랗고 투명했다.

왕과 고관들이 발 너머에 늘어앉은 승천전 서쪽 높은 누각에서 날아오른 새는 길쭉한 날개와 긴 꼬리를 지녔다. 담청색 겨울 하늘이 엉긴 것처럼 보이기도 하는 그 새는 누각을 둘러싼 드넓은 정원을 천천히 한 바퀴 돌더니 방향을 휙 바꾸어 유리처럼 빛나며 하늘 높은 곳으로 날아올랐다.

층계 아래에 늘어선 사수 한 사람이 화살을 쏘았다. 화살은 창궁에서 새를 쫓다가 관통했다. 그와 동시에 청아한 소리를 내며 새가 깨졌고 새파란 작은 새가 태어났다. 법랑처럼 반들거리는 작은 새 십여 마리가 선명한 남빛을 띠고 날갯짓하듯이 반짝이면서 좌우로 사뿐히 내려앉더니 서서히 색이 엷어졌다. 날갯짓하듯이 흩날릴수록 색이 빠지고, 색이 사라진 끝 부분부터 투명한 파편이 되어 깨진다. 파랗고 투명한 파편은 꽃잎처럼 허공에서 떨어진다. 땅에 닿자 들릴락 말락 한 희미한 소리를 내며 깨졌다. 파르르 소리를 내며 투명한 파편이 정원에 흩뿌려진다.

다음에는 햇살처럼 금빛 투명한 새 두 마리였다. 커다란 두 마리 새가 뒤얽히듯이 정원을 돌다가 함께 천상을 향해 교차하듯 올라간다. 두 사람의 사수가 화살을 쏘았다. 화살은 새를 맞히고, 맞은 새는 황금빛 작은 새 떼로 바뀌었다. 작은 새들이 선명한 날갯짓을 빛내며 높은 곳에서 사뿐히 내려오자 날개 끝부터 투명해지며 깨졌다. 투명한 금색 꽃잎이 흩날린다. 팔랑팔랑 흩날리는 황금빛 꽃잎 사이로 연보라색 새가 날아올랐다. 이번에는 세 마리. 세 마리가 활에 맞아 선명한 자줏빛 새로 바뀔 무렵에는 네 마리 새가 연분홍색으로 날아올랐다. 상공에서 태어난 붉고 작은 새 무리는 날면서 깨지고, 투명한 연분홍색 꽃잎을 마당 가득 내렸다.

형형색색으로 새가 날아올랐다. 새들은 화살에 맞아 아름다운 작은 새로 모습을 바꾸고, 작은 새는 무리를 지어 내려앉으며 부서지기 쉬운 꽃잎이 되어 산산조각 난다. 꽃잎이 깨지는 은밀한 소리가 합쳐져 사각사각 진눈깨비 같은 소리가 장내에 가득찼다.

마지막은 은빛 새 서른 마리였다. 화살에 맞고 깨지자 순백의 날개를 지닌 작은 새 무리로 바뀌었다. 새하얀 작은 새 무리는 반들반들하게 햇빛을 반사하며 내려앉아 파닥이던 날개 끝 부분부터 부서져 유백색 투명한 꽃잎으로 바뀌었다. 수없이 많은 연약한 꽃잎이 하얗게 내린다. 정원 한가득 배꽃이 일제히 지는 것처럼.

히쇼는 억누른 한숨 같은 소리를 내며 깨지는 마지막 한 조각을 지켜보았다.

승천전 앞에 펼쳐진 정원에서 쥐 죽은 듯이 소리가 사라졌다. 숨을 한번 들이쉬고 나니 사람들이 내쉰 한숨이 잔물결처럼 퍼지는 소리가 들려왔다. 이윽고 한숨이 감탄으로 바뀌어 들끓기 전에 히쇼는 조용히 퇴출했다.

—끝났다.

사의를 지켜본 누각을 떠나 의식을 올리는 서원을 나온다. 신기할 정도로 히쇼는 만족스러웠다. 그저 아름다울 뿐인 경관이었지만 히쇼의 마음에 잘 들어맞았다. 그것을 만들고 싶었고, 실제로 해냈다. 이 이상의 것은 없다.

홀로 노문을 내려가 구름 아래로 돌아가 곧장 나인부로 향했다. 사의의 결과를 걱정하며 백지장 같은 얼굴로 안뜰을 왔다 갔다 하던 세이코에게 "훌륭했어"라고 큰 소리로 말했다.

"그러면 무사히……."

세이코는 와락 울 것 같은 얼굴로 달려왔다.

시간이 충분하지 않았다. 기한까지 숫자를 갖추는 것만으로 아슬아슬해서, 도저히 대사와 똑같이 시험해볼 여유가 없었다. 투작기를 쏘는 시험은 몇 번이나 했지만 문제는 날아오르는 도작이 내려오는 작은 새의 작은 파편과 부딪히지 않을까 하는 점이었다.

작은 파편은 단순히 작은 새를 본떴을 뿐인 물건, 그 형상으로 날갯짓하듯이 나부끼며 내려앉을 뿐이라 날아가는 궤적을 조작할 수는 없다. 날아오르는 도작에 맞으면 중요한 도작 궤도가 바뀐다. 사수가 놓칠 우려가 있었다.

“작은 파편의 높이와 위치가 계산대로 들어맞았어. 덕분에 한 마리도 놓치지 않고 끝났어.”

세이코는 다행이라며 힘이 풀린 것처럼 주저앉았다.

“만약 빗맞히기라도 하면, 아니, 화살에 맞기도 전에 도작이 떨어져버리면 어쩌나 하고…….”

“처음에는 전전긍긍했지만 이내 괜찮겠다는 생각이 들더군. 안심하고 지켜볼 수 있었어. 무척 아름다웠지……. 자네한테도 보여주고 싶었어.”

“네.”

세이코는 울다 웃으며 대답했다.

다시 없을 광경이니 보여주고 싶었다. 하지만 나인의 관위로는 설령 감독을 위해서라 할지라도 천상의 의식에 참가하는 것이 허락되지 않는다.

“네 말대로 마지막 새를 흰색으로 하길 잘했어.”

히쇼는 안뜰 바깥을 보았다. 거대한 협곡에 겨울 해가 지고 있었다. 일 년 중에 가장 목숨이 짧은 태양이 떨어지는 곳에는 이제 막 새로운 왕을 맞이한 요천이 엿보였다. 쇼란이 심은 배나무는 잎을 떨구고 새로운 봄을 기다리며 잠들었다.

“……같던가요?”

아주 작게 중얼거린 탓에 세이코의 말은 잘 들리지 않았지만 히쇼는 세이코가 무슨 말을 하는지 알았다. 쇼란이 기다리던 봄의 경치다. 새하얀 배꽃 구름이 골짜기에 걸리고 바람이 불면 일제히 꽃잎이 흩날린다. 기억 속의 광경을 바라보듯이 세이코의 눈은 골짜기 밑바닥으로 향해 있었다.

"그래."

히쇼는 고개를 끄덕였다.

그날 밤이었다. 히쇼가 세이코와 직공들과 축배를 들던 자리에 석조씨가 뛰어들어왔다. 흥분한 것처럼 얼굴이 새빨개진 스이료가 주상께서 부르신다는 말을 전했다.

솔직히 말하면 히쇼는 아무 말도 듣고 싶지 않았다. 히쇼는 자신이 만든 경치에 만족했다. 남의 평가는 방해가 될 뿐이지만 자신에게 거절할 권리가 있을 리 없었다. 한껏 들뜬 스이료에게 끌려가다시피 하여 다시 궁궐로 향했다. 노문을 넘자 천관天官의 안내로 왕이 기다린다는 외전으로 갔다. 가는 길 내내 마음이 무거웠다. 외전에 가기는 이번으로 두 번째다. 지난번의 실망이, 의미가 없어진 지금까지 마음속에 되살아나 씁쓸했다.

외전은 조의에 쓰이는 거대한 궁전으로 중앙에는 옥대가 우뚝 서 있고, 주위에 발이 쳐져 있었다. 히쇼는 천관이 재촉하는 대로 어전으로 나아가 머리를 조아렸다. 발 너머에서 고개를 들라는 목소리가 들렸다. 남자의 목소리이니 왕의 말은 아닐 것이다. 명령대로 고개를 들자 똑같은 목소리가 천관에게 물러가라고 이르고는 히쇼에게 일어서서 가까이 오라고 했다.

히쇼는 머뭇거리며 몸을 일으켰다. 광대한 궁전 안에 이제 히쇼 혼자였다. 등불도 옥좌 주변에만 남아, 히쇼가 있는 장소에서는 건물 끝이 보이지 않았다. 거대하기 그지없는 텅 빈 공간에서 자신의 존재는 더없이 불안했다. 머뭇머뭇 어전으로 나아가 명령대로 무릎을 꿇고 인사를 올렸다.

"……그대가 나씨인가?"

이번에는 젊은 여자 목소리가 들렸다. 목소리의 주인은 가까웠지만, 발 탓에 모습은 전혀 살필 수 없었다.

"그러하옵니다."

"사의는 그대가 직접 지휘했다고 들었다. 불세출의 나씨라고."

"평가에 대해서는 아는 바가 없으나 제가 나인과 함께 도작을 만든 것은 사실입니다."

"그러한가."

젊은 왕은 나직하게 말했다. 잠시 무슨 말을 해야 할지 고민하듯이 목소리가 끊어졌다.

"……미안하군. 일부러 걸음하게 했는데 솔직히 무엇을 어떻게 말하면 될지 모르겠어. 다만…….”

마른침을 삼킨 히쇼를 향해 왕은 말했다.

“……가슴이 아릴 정도로 아름다웠다.”

철렁했다. 저도 모르게 쫑긋 세운 히쇼의 귀에 아주 희미한 한숨이 들렸다.

“덕분에 잊지 못할 것을 보았어. ……고맙군.”

진지한 목소리를 들은 순간, 무슨 까닭인지 히쇼는 통했다고 생각했다. 도작으로 이야기를 전하려 한 것은 아니었지만, 왕은 그것을 만든 히쇼의, 쇼란의, 세이코의 마음을 이해해주었다.

“과분한 말씀이십니다.”

인사를 올리며 이걸로 됐다고 생각하고 있었다. 정말로 사직하자. 히쇼가 해야 할 일은 이제 끝났다. 뒷일은 세이코에게 맡기면 된다. 그렇게 생각했을 때 다시 목소리가 들렸다.

“다음을 기대하고 있겠다.”

안 되겠다고 대답할 새도 없이 새로 즉위한 왕은 말을 이었다.

“……가능하면 혼자서 보고 싶었어. 거추장스러운 발 따위 치우고. 조금 더 작은 규모라도 좋으니 그대와 나 단둘이서.”

왕의 목소리는 꾸밈없이 솔직했다. 목소리를 들은 순간 히쇼의 머릿속에 한밤중의 정원이 떠올랐다. 달빛과 횃불로 밝게 비춘 정원에는 아무도 보이지 않는다. 사수도 그늘에 숨어 있고,

그 자리에 서 있는 이는 자신 한 사람, 지켜보는 이는 왕 한 사람, 말도 없이 환호성도 없이 한없이 고요한 정원에 도작이 아름답게 깨진다.

희쇼는 도작으로 이야기한다. 왕은 그 이야기에 귀를 기울인다. 왕의 말은 이야기를 나누고 싶다는 것처럼 들렸다.

새는 하얀색이라고 희쇼는 생각했다. 밤에도 밝게 보이고, 깨지면 파편이 횃불에 비쳐 반짝인다. 밤바다가 달빛을 반사하듯이 떨어진다. 그렇다면 소리는 파도치는 듯한 음이다. 잠을 부르듯 조용하고 희미한 파도 소리…….

희쇼는 깊이 머리를 조아리면서 머릿속에 한 마리 하얀 새를 보고 있었다. 파도 소리 속에서 나는 마지막 한 마리. 그 한 마리는 사수의 화살을 피해 곧장 왕의 품으로 날아간다. 이 왕이라면 그것을 불길하다며 거부하지는 않을 것이다.

"바라신다면 언제든지……."

희쇼의 입에서 대답이 흘러나왔다.

경에 새로운 왕조가 시작되었다.

# 낙조의 옥

# 落照の獄

## 001

"아버지가 사람을 죽이는 거야?"

등뒤에서 불쑥 묻는 소리에 에이코瑛庚는 움찔하며 걸음을 멈추었다. 칼로 위협받은 듯한 심정으로 돌아보자 바로 뒤에 어린 여자아이가 서서 앳된 눈으로 쳐다보고 있었다.

뜰에서 돌아오는 길인지, 회랑을 가로지르다 말고 멈추어 선 딸아이는 작은 양손에 유리 수반을 들고 있었다. 투명한 수반 안에는 맑은 물이 가득 담겨 있고 새하얀 수련 한 송이가 떠 있었다. 여름 막바지, 처마가 강한 햇살을 가로막아 회랑에는 짙은 그림자가 드리워졌다. 딸의 가슴께에 떠오른 하얀 꽃이 흐릿하게 빛을 밝힌 것 같았다.

"무슨 말이냐."

에이코는 어색하게 미소를 지으며 딸을 향해 몸을 수그렸다.

"아버지는 사람을 죽이지 않는단다."

머리를 쓰다듬자 리리李理는 맑은 눈망울로 에이코를 쳐다보았다. 하고 싶은 말이 있는 듯한 모습으로 한참 올려다보더니 까딱하고 고개를 끄덕였다. 수반 안의 연꽃이 흔들린다.

"어머니께 가져가는 거니?"

에이코가 수반을 눈짓으로 가리키자 리리는 활짝 웃었다. 앳된 얼굴은 구김살 없이 미소 지었다.

"호게쓰蒲月 오라버니 거야. 오늘 모주茅州에서 돌아온대."

에이코는 그러냐며 미소 지었다.

"조심히 가려무나."

에이코의 말에 딸은 고개를 끄덕이고 진지한 얼굴로 걷기 시작했다. 수반의 물을 흘리지 않으려고 조심하면서 엄청난 임무를 떠맡은 얼굴로 걸어갔다.

그런 뒷모습을 지켜보고 있으려니, 딸은 회랑 층계를 따라 안뜰로 내려간다. 하얀 석재를 깐 안뜰을 세 걸음쯤 나아가 깊은 처마가 드리운 그림자를 나왔다. 새하얀 햇살 속으로 걸어들어간 순간 딸아이의 모습이 빛 속에 슥 녹아들었다.

윤곽이 하얗게 흐려지자 작은 뒷모습이 반쯤 투명하게 비쳤다. 그것이 사라지듯 멀어진다.

에이코는 저도 모르게 불러 세우려다가 간신히 그만두었다.

숨 한 번 내쉴 잠깐 사이에 눈이 빛에 익었다. 건물이 사방으로 둘러싼 작은 안뜰에는 햇볕이 한가득 내리쬈다. 그 사이로 고운 치마저고리를 입은 어린 딸이 여전히 진지한 얼굴로 수반을 조심조심 나르고 있었다.

에이코는 안도의 한숨을 쉬었지만 마음속 한구석이 욱신거렸다. 아주 잠시 빛에 홀려 딸을 놓친 한순간의 상실감이 무겁고 단단하게 응어리가 되어 남았다.

리리는 여덟 살이 되었다. 지초芝草에 살던 그 아이도 여덟 살이었다. 아이의 이름은 슌료駿良, 아마도 지금 지초에서 가장 유명한 아이일 것이다.

슈다쓰狩獺라는 짐승만도 못한 놈에게 살해당했기 때문이다.

세상의 북쪽에 위치한 유국柳國의 도읍이 지초이다. 지초는 나라의 수도이자 삭주朔州의 주도, 나아가서는 심현군深玄郡과 원의향袁衣鄕, 옹현翁縣 세 곳의 행정부가 설치되어 있다. 올여름 초에 슈다쓰는 원의향 사사士師에게 붙잡혔다.

슈다쓰는 지초에서 그리 멀지 않은 고갯길에서 모자를 습격했다. 두 사람을 해치고 짐에서 금품을 빼내려다가 비명을 듣고 달려온 사람들에게 붙들려 범죄자를 단속하는 사사에게 체포되었는데, 슈다쓰는 이 건 말고도 지초 근처에서 일어난 네 건의 살인 사건의 범인으로 지목되었다. 추정된 죄가 중대했기 때문에 슈다쓰의 신병은 심현군 군청으로 압송되었다. 죄를 심판하고 시비를 가르는 옥송獄訟(법정)은 현 이상의 행정부에 설치되어 있으나, 오형五刑이라 불리는 중죄를 심판할 수 있는 형옥刑獄은 군 이상의 행정부에만 있다. 따라서 슈다쓰는 원의향을 관할하는 심현군 추관부秋官府로 보내졌는데, 여기서 범인으로 지목된 네 건의 형안刑案(형사사건)뿐 아니라 다른 열한 건의 형사사건에 대한 죄를 인정했다. 붙잡힌 계기가 된 사건을 포함해 무려 열여섯 건. 모든 사건에서 살인을 저질렀으며, 희생자는 전부 스물세 명에 이른다. 그중 한 명이 슌료다.

슌료는 여덟 살, 지초에서 작은 가게를 경영하는 부부 사이에서 태어났다. 지극히 평범하고 밝고 건강한 아이라는 것이 슌료에 대한 주위의 평가다. 그런 평범한 어린아이가 일 년쯤 전에 집 근처 으슥한 골목에서 시체로 발견되었다.

슌료는 죽기 바로 전에 복숭아를 사러 점포를 겸한 집을 나섰다. 부근에 있던 노점상은 슌료를 골목으로 끌고 들어가는 남자를 목격했다. 남자는 태연한 동작으로 슌료를 불러 골목으로 들어가더니 이내 혼자 나왔다. 모습에 수상한 점은 없었지만 낯선 얼굴이었던 터라 어릴 때부터 순료를 잘 아는 노점상은 남자가 누구일까 의아해했다. 그러고서 얼마 지나지 않아 지나가던 이웃 주민이 순료의 시체를 발견했다. 가여운 아이는 으스러질 정도로 세게 목이 졸려 살해당했다.

순료를 으슥한 곳으로 끌고 들어간 남자가 누구인지는 알 수 없었다. 끌고 들어가자마자 한 치의 망설임도 없이 살해한 점으로 보아 죽이기 위해 골목으로 끌고 들어간 것은 확실했다. 그러나 여덟 살 아이가 살해당할 만한 이유가 있을 리 없다. 다만, 집을 나올 때 손에 쥐고 있던 푼돈이 근처 어디에서도 발견되지 않았다. 액수는 고작 십이 전.

설마 십이 전 때문에 죽인 것은 아니리라. 그렇다면 순료는 어째서 살해당한 것인가. 단순히 죽이기 위해 죽였다고 생각할 수밖에 없었다. 게다가 살해당한 것은 집 바로 옆, 작은 가게가 늘어선 저잣거리 한복판인데다 대낮이라 오가는 사람도 많았다. 있을 수 없는 흉악한 범죄에 지초 사람들은 술렁거렸다.

하지만 순료는 '고작 십이 전 때문에' 살해당했다.

슈다쓰는 푼돈을 쥐고 집을 나가는 순료를 우연히 보았다. 그래서 뒤를 쫓아 으슥한 곳으로 끌어들여 아이를 죽이고, 손에 쥐고 있던 돈을 빼앗았다. 빼앗은 십이 전으로 술을 한 잔 사 마셨다. 품에는 지난번에 노부부를 죽이고 훔친 열 냥 가까운 돈이 들어 있었다.

심현군 추관의 국문으로 이 사실이 밝혀지자 지초 사람들은 경악했다. 너무나도 무의미한 순료의 죽음에 모두가 분노했다. 에이코도 예외가 아니다.

에이코는 이해할 수 없었다. 이 나라 백성의 평균 한 달 수입이 닷 냥쯤 된다. 그 두 배의 돈을 품에 지닌 슈다쓰에게 고작 십이 전을 빼앗을 이유가 어디에 있었겠는가. 게다가 슈다쓰는 성인 남자다. 여덟 살 아이와는 체격으로도 힘으로도 비할 바가 아니리라. 으슥한 곳으로 끌고 들어갔다면 돈을 내놓으라고 협박하면 그만이었다. 내놓지 않으면 그냥 빼앗으면 된다. 그럼에도 슈다쓰는 순료를 대수롭지 않게 살해했다.

태연히 저지른 이 범행이 슈다쓰에게는 평범한 일상이었다. 순료의 죽음은 스물셋 중 하나일 뿐이었다.

열여섯 건, 스물세 명.

에이코는 서재 책상 앞에 앉아 수북이 쌓인 서장을 훑어보았다. 서장에는 슈다쓰의 모든 죄상이 상세하게 기재되어 있다.

그중 하나는 지초 옆에 있는 작은 여廬에서 일어났다. 부부와 나이든 모친, 그리고 아이 두 명이 살해당했다. 작년 말에 일어난 사건이다. 극한기에는 여에 살던 사람들도 이里로 이주한다. 여는 기본적으로 논밭을 일구기 위해 존재하기 때문인데, 그들은 겨울 동안 이에서 살 집이 없었다. 아이가 큰 병을 앓았을 때 나라에서 받은 집을 팔아버렸다. 여 안에 남은 가구는 일가뿐이었다. 슈다쓰는 그 집에 쳐들어가 일가를 죽이고 그곳에서 태평하게 지냈다. 한겨울에 불편한 점이 있지 않을까 염려해 방문한 이웃 사람은 집 문을 두드렸다 낯선 남자를 마주쳤다. 남자는 무척 붙임성 있는 얼굴로 일가는 근처 마을까지 길을 떠났고, 자신은 집을 지키고 있는 친척이라고 했다. 하지만 이웃 사람은 그때까지 일가에 그토록 친한 친척이 있다는 이야기를 들은 적이 없었다. 의아하게 여기며 마을로 돌아갔다가 신경쓰여 며칠 뒤에 찾아가니 일가는 아직 돌아오지 않았다고 했다. 수상쩍게 여긴 이웃 사람은 이부里府(관아)에 신고했다. 고을 관리가 방문했을 때 남자는 자취를 감춘 뒤였다. 집안, 침실 중 하나에는 일가의 시체가 난잡하게 쌓여서 얼어 있었다. 남편의 시체만 그곳에 없었다. 관리들은 주위를 수색해, 집 바로 뒤에 있는 계곡에 방치된 유체를 발견하고 격분했다. 계곡을 가로지르듯 놓인 유체에는 몇 번이고 왔다 갔다 한 흔적이 남아 있었다. 일가를 죽인 남자는 계곡 너머에 있는 밭에 가기 위해 얼어붙은 시신을 말 그대로 다리로 이용했던 것이다.

친척이라 말한 남자는 연령대는 서른 전후. 비쩍 마르고 보통 키, 검은 머리에 검은 눈을 한 특징 없는 남자였지만, 오른쪽 관자놀이에 '균대일윤均大日尹' 네 글자를 도안화한 작은 문신이 있었다. 경면黥面, 다시 말해 형벌로 새긴 문신이다.

살인죄 등의 중죄를 저지른 범죄자는 머리카락을 밀고 머리에 문신을 새긴다. 문신은 십 년쯤 지나면 지워지지만, 지워지기 전에 그자가 다시 중죄를 저지른다면 머리에 두 번째 문신을 새긴다. 거기서 또 중죄를 저지르면 이번에는 오른쪽 관자놀이에 문신한다. 반드시 네 글자를 도안화한 문신으로, 그 글자를 보면 어디에서 처벌받은 누구인지 알 수 있다. '균'은 균주均州에서 처벌받았음을 나타내고, '대'는 처벌받은 해를, '일'은 도형徒刑(징역)으로 복역한 환토圜土(감옥)를 나타낸다. '윤'은 이 남자에게 주어진 글자다. 이 글자 덕에 남자의 정체도 금방 밝혀졌다. 통칭 슈다쓰, 성명은 가 슈何趣. 유국 북방에 있는 도주道州 출신으로, 도주, 숙주宿州, 균주 세 주에서 처벌을 받았다. 죄상은 모두 살인. 첫 사건은 금품을 빼앗기 위해 폭행한 상대가 결과적으로 사망에 이르렀고, 숙주에서의 사건도 역시 금품을 갈취하려고 다투는 가운데 상대를 죽였지만, 균주의 사건만은 처음부터 작정하고 저지른 살인이었다. 동기는 역시 금전이었다.

책상에 펼친 기록을 읽어나가면서 에이코는 몇 번이나 한숨을 쉬었다.

징역은 징벌임과 동시에 범죄자가 죄를 깨우치고 교화하기 위해 존재하지만, 슈다쓰를 놓고 보면 징역은 명백히 무의미했다. 균주에서 처벌받아 징역 육 년을 마치고 사회로 돌아와 불과 반 년 만에 다음 범죄를 저질렀다. 이후 이 년여 동안 열여섯 건의 죄를 더했다.

심현군 추관 사법司法은 이러한 죄상으로 슈다쓰에게 판결을 내렸다. 단, 슈다쓰 같은 중죄인은 최소한 한 번은 더 상위 행정부의 논단論斷(심리)이 행해지게 되어 있다. 규정에 따라 슈다쓰의 신병은 주의 사법에 송치했다. 슈다쓰는 여기서 다시 결옥決獄(판결)을 받았는데, 주 사법에서 주저됨이 있다 하여 다시 신병을 국부國府로 송치했다. 슈다쓰는 국부에서 또다시 판결을 받게 된다. 판결을 내리는 것은 사법, 그 아래에 둔 사형司刑, 전형典刑, 사자司刺가 합의로 심리하고 최종적으로 사형이 판결을 내린다.

즉, 에이코가 판결을 내려야 한다.

## 002

여름의 끝자락에 이르면 해는 천천히 기운다. 우울한 심정으로 기록을 읽고 있는데, 해가 저물 무렵에 아내 세이카清花가 등불을 들고 왔다.

"쉬지 않아도 괜찮으세요?"

서재의 촛대에 불을 옮기면서 그리 물었다. 응, 하고 에이코가 건성으로 대답하자 나직하게 묻는다.

"……역시 살형殺刑(사형)은 아니지요?"

놀라서 고개를 든 에이코가 서장을 두고 아내의 젊어 보이는 얼굴을 쳐다보았다. 불그스름한 등불에 비친 세이카의 하얀 얼굴은 상기된 것처럼 붉은빛을 띠고 있다. 그럼에도 표정은 딱딱했다.

"리리가 당신이 슈다쓰를 죽이지 않는다고 했대요. 그게 결론인가요?"

세이카의 말투에는 나무라는 기색이 배어 있었다. 에이코는 억지로라도 미소를 지었다.

"무슨 이야기지? 리리는 나에게 사람을 죽일 거냐고 물었어. 그래서 아니라고 한 거야."

"모르는 척하지 마세요."

쌀쌀맞은 대꾸에 에이코는 입을 다물었다. 물론 에이코도 리리가 물었을 때 그것이 무엇을 뜻하는 질문인지 알고는 있었다. 요새 지초의 만백성이 사법부를 주목하고 있었다. 다른 관부도 예외가 아니어서, 관부와 관저에서 허드렛일을 하는 사람들까지 사법을 주시하는 형국이었다. 슈다쓰를 살형에 처할 것인가 처하지 않을 것인가.

슈다쓰는 맨 처음, 심현군 사법의 판결을 받았다. 결론은 대벽大辟, 곧 살형이었다. 슈다쓰의 신병은 삭주 사법에 송치되었는데 여기서도 결론은 대벽이었다. 그러나 심리에서 주장이 크게 엇갈려, 판결은 나왔으나 국부의 판단을 청해야 한다는 의견이 대세를 이루었다. 그리하여 슈다쓰의 장래는 국부의 사법, 에이코 손에 맡기게 되었다.

여기에서 에이코가 살형이라는 판결을 내리면 형은 확정된다. 슈다쓰는 처형당한다. 리리는 관저에서 일하는 누군가에게 이 이야기를 들었으리라. 그래서 '사람을 죽일 거냐'고 물었으리라 짐작이 갔다. 리리는 아직 살인과 살형의 차이를 모를 것이다.

"정말로 슈다쓰의 이야기는 하지 않았어. 하지만…… 살형을 명령하면 내가 죽이는 것이나 진배없으니 분명 리리는 무척 슬퍼하겠지."

마음씨가 곱고 총명한 아이다. 어리지만, 그 나름대로 가슴 아파할 것이 분명하다. 그렇게 생각하고 있자니 세이카가 강하게 주장했다.

"리리를 생각하신다면 당신은 그 짐승을 살형에 처해야만 해요."

에이코는 놀라서 아내의 얼굴을 보았다. 세이카는 관리가 아니다. 신분상으로는 서胥라는 직책을 가지고 있지만, 이는 에이코의 시중을 든다는 명목으로 편의상 주어진 신분에 지나지 않았다. 관리가 아닌 가족을 선적에 넣기 위한 방편일 뿐이라 세이카는 정사에 일절 관여하지 못한다. 여태껏 에이코의 일에 참견한 적도 없었다.

"갑자기 왜 그러지?"

"그 짐승은 아이를 죽였어요. 희생자 중에는 갓난아이까지 있다고요. 리리를 어여삐 여기신다면 똑같이 어여뻤던 제 자식이 살해당한 사람들의 원통함도 생각해주세요."

"그거야 물론……."

말을 꺼낸 에이코를 세이카가 가로막았다.

"아뇨, 저는 알아요. 당신은 망설이고 계세요."

그게 사실이었으므로 에이코는 침묵을 지킬 수밖에 없었다. 분명히 에이코는 망설이고 있다. 주저하고 있다고 해야 할 것이다.

"어찌 망설이십니까. 아무 죄도 없는 사람들을 무자비하게 죽인 짐승에게 온정이 필요할까요."

세이카의 말에 에이코는 무심코 쓴웃음을 지었다.

"이건 온정을 베풀고 말고 할 문제가 아니야."

"온정의 문제가 아니라면 어째서 살형을 내리면 안 되죠? 만약 그 짐승에게 살해당한 아이가 슌료가 아니라 리리였다면……."

"그런 문제도 아니야."

에이코는 젊은 부인을 깨우치듯 말했다. 세이카는 에이코의 두 번째 아내다. 겉보기에도 에이코보다 스무 살은 어려 보이지만 실제 나이로는 여든 가까이 차이가 난다.

"그럼 어떤 문제죠?"

세이카의 표정이 굳었다. 요즘 자주 보는 얼굴이다.

"……자네는 이해하기 어려울지 모르지만 법은 인정으로 운용하는 게 아니야."

"그 짐승에게 정당한 이유가 있다는 말씀이신가요."

"그런 것도 아니야. 슈다쓰의 행위는 용서받지 못할 짓이고 온정을 베풀 여지도 없지. 자네나 민중의 분노도 잘 아네. 슈다쓰를 증오하는 마음은 나도 똑같아. 하지만 살형이란 용서할 수 없으니 죽이겠다는 간단한 문제가 아니야."

되도록 차분하고 부드럽게 말할 생각이었지만 세이카의 표정은 험악해지기만 했다. 에이코를 쏘아보는 눈길로 응시한다.

"당신은 또 그렇게 저를 아무것도 모르는 어리석은 인간처럼 취급하시는군요."

얼음장처럼 차갑고 나직한 목소리였다.

"그런 것이……."

아니라고 하려던 말을 세이카가 가로막았다.

"당신은 요즘 지초에서 아이가 사라지는 사건이 연달아 일어난 것을 아시나요?"

"소문으로는 들었어. 하지만 그것은 슈다쓰가 저지른 범행이 아니야."

"알아요."

세이카의 목소리에 가시가 돋쳤다.

"제가 얼마나 멍청하다고 생각하시는 거예요? 이미 영어囹圄(감옥)에 잡혀 있으니 당연히 슈다쓰는 관계없죠. 제가 하는 말은 근자에 지초에서는 그런 께름칙한 사건만 일어난다는 얘기예요."

"아아……."

"춘관부春官府의 하관 저택에서 하인들이 몰살당한 사건은 아시나요? 사내종 하나가 주인에게 질책당한 것에 원한을 품고 분노의 화살을 주인이 아닌 함께 일하는 동료에게 돌린 거예요. 요사이 이 나라는 그런 이야기뿐이에요. 나라가 대체 어떻게 되어버린 거죠."

이에 대해 에이코는 입을 다물 수밖에 없었다. 요즘 이해하기 어려운 사건, 게다가 흉악하기까지 한 사건이 자주 일어나는 것은 사실이다.

"제게는 세상이 사나워진 것처럼 보여요. 여기서 슈다쓰 같은 짐승을 용서한다면 백성에게 죄를 권하는 거나 마찬가지잖아요. 엄벌이 필요하지 않겠어요? 사람을 죽이면 자신도 죽는다고 널리 알릴 필요가 있지 않겠어요?"

에이코는 우울한 심정으로 한숨을 쉬었다.

"그것으로 슈다쓰 같은 놈들이 범죄를 단념하지는 않아."

세이카는 뜻밖이라는 듯이 에이코를 보았다.

"살형에는 범죄를 막는 효과는 없어. 안타깝지만 형벌을 엄격하게 한다고 범죄가 사라지는 것은 아니야."

타이르듯이 말하자 세이카는 입가를 일그러뜨렸다.

"당신은 리리가 살해당해도 범인을 용서하시겠군요."

"그렇게 말하지는 않았어. 이거랑 그건 다른 이야기라고 했잖아. 리리에게 무슨 일이 생긴다면 나는 범인을 용서하지 않아. 하지만 그것과 사법관으로서 법을 운용하는 것은 별개야."

자신도 모르게 목소리가 거칠어졌다. 세이카는 무슨 말을 하려다 말고 경멸하듯이 에이코를 보았다.

"별개의 이야기니까 만약 리리가 살해당하더라도 당신은 그 범인을 살형에 처하지는 않겠다는 소리군요."

그렇지 않다고 대답하려고 했지만 세이카는 등을 휙 돌려 빠른 걸음으로 서재를 나갔다. 어느새 날이 완전히 저물어 쌀쌀한 밤바람을 타고 벌레 소리가 들렸다.

에이코는 사라진 아내의 등을 향해 중얼거렸다.

"……그런 것이 아니야."

법에는 인정이 파고들 여지가 없다. 있어서는 아니 된다. 그러니까 리리가 살해당한다면 당연히 에이코는 그 형옥에서 제외된다. 그것이 사법이라고 말하고 싶었다. 그러나 말해봤자 세이카는 납득하지 않으리라. 형사사건을 담당하는 사형에게 살형을 청할 수는 없느냐는 이야기가 나올 뿐이다. 그러면 에이코는 마음으로 바라도 실제로 말하지는 못한다고 대답할 수밖에 없다.

에이코는 깊은 한숨을 내쉬고는 어정쩡하게 일어났던 자세를 거두고 도로 의자에 앉았다. 책상에 팔꿈치를 괴고 가볍게 이마를 짚었다.

어리석은 사람 다루듯이 여길 마음은 없다. 에이코는 아내를 어리석다고 생각하지 않았다. 하지만 실질적인 문제로 법은 인정으로 움직이지 않는다. 법은 그런 차원에서 운용해서는 안 된다. 어떻게 설명하면 될지 고민했지만 에이코는 갈피를 잡지 못했다.

세이카는 절대로 어리석지 않고, 실생활에서는 오히려 슬기롭고 영특했다. 하지만 그녀는 인정을 접어두고 도리만으로 생각하지 못했다. 세이카는 자신도 도리를 안다고 주장하지만 그녀의 도리는 자신의 인정이 곧 바른길이라는 대전제를 둔 '도道'리일 때가 많다. 그것이 꼭 도의는 아니라고 하면 인정 없는 도의 따위 있을 수 없지 않느냐고 반박한다.

세이카의 말로는 에이코가 인정도 없이 관리의 말장난 같은 공리적인 핑계를 도의로 착각하고 있다. 모르는 사람은 에이코고, 그럼에도 고관대작들이 늘 그렇듯 관위가 없는 자신을 어리석은 인간으로 취급한다.

세이카는 요새 자주 그렇게 말하며 화를 냈다. 화내다 못해 헤어지고 싶다는 말까지 꺼냈다. 혼인을 없던 일로 하고 선적을 반납해, 저잣거리의 백성으로 돌아가고 싶다는 것이다.

에이코는 어떻게 이야기하면 세이카가 이해해줄지 알지 못했다. 에이코는 매사에 직책상 이치를 빼고 인정만으로 이야기하는 것에 서툴렀다. 그 탓인지 늘 다독이려고 하면 할수록 세이카를 화나게 했다. 이러면 세이카는 언젠가 떠날 것이다. 첫 번째 부인이 그랬던 것처럼 말이다. 게이시惠施가 마지막으로 남긴 말은 "나는 당신이 생각하는 것만큼 어리석지 않아"였다.

두 아내가 똑같은 말을 퍼부었다는 것은 사실은 두 사람이 옳다는 증좌일지도 모른다.

울적하게 생각하며 바라보는 시선 끝에는 비참한 범죄의 경과를 적은 기록이 있었다.

피해자는 슌료, 여덟 살. 리리도 여덟 살이 되었다. 그 생각을 하면 참기 어려운 마음이 들끓었다. 회랑에서 리리와 헤어진 이후로 마음속에는 여전히 응어리가 쌓여 있다. 응어리는 한숨을 몇 번이나 쉬어도 뱉어낼 수가 없었다.

## 003

그날 밤늦게 서재를 찾은 이가 있었다.

"아직 안 주무십니까?"

그리 물으면서 서재에 얼굴을 내민 사람은 호게쓰였다. 세이카인가 싶어 긴장했던 에이코는 안도하고 어깨에 힘을 뺐다. 그러고 나서 오늘 호게쓰가 돌아온다고 했던 리리의 말을 떠올렸다.

"이제 돌아왔니? 리리가 이제나저제나 기다리는 것 같더구나."

"예."

호게쓰가 미소 지었다. 다기를 갖춘 쟁반을 양손으로 들고 있었다.

“좀더 일찍 돌아왔어요. 리리랑 한바탕 놀아줬지요. 사형司刑께서는 바쁘신 듯해서 말을 걸지 않았습니다.”

“그랬구나.”

에이코가 웃었다. 리리는 ‘오라버니’라고 부르지만, 호게쓰는 에이코의 아들이 아니다. 손자다.

에이코는 쉰을 목전에 두고 지방 관아의 하급 관리에서 주의 관리로 발탁되어 승선昇仙했다. 첫 아내인 게이시와의 사이에 이남 일녀를 두었는데, 그때 벌써 장남 장녀는 성인이 되어 독립한 상태였다. 에이코가 승선했을 때 함께 승선할 수도 있었지만, 이미 혼인하여 배필을 얻은 두 사람은 지상에 남기를 선택했고, 어느새 에이코보다 나이들어 죽어갔다. 에이코 곁에는 당시 아직 성인이 되지 않은 둘째 아들만 남았고, 훗날 삭주 소학少學을 나와 관리가 되어 승선했다. 지금은 유국 서쪽에 있는 모주에서 주의 관리로 일하고 있다. 차남이 얻은 아들이 호게쓰다. 조부인 에이코를 의지해 지초로 와서 부친과 마찬가지로 삭주 소학에 들어갔다. 부친과 조부인 에이코보다 훨씬 우수한 호게쓰는 대학 진학에 성공해, 작년에 졸업하여 국관이 되었다. 이제 겨우 직무에 익숙해져 휴가를 얻을 여유가 생긴 김에 모주의 부친에게 인사를 다녀온 참이었다.

“잠시 숨 좀 돌리세요.”

호게쓰의 말에 에이코는 고개를 끄덕였다. 창가에 둔 탁자로 옮겼다. 호게쓰가 그곳에 다기를 늘어놓았다.

"신경쓰게 했구나. 미안하다."

에이코의 말에 호게쓰는 고개를 내저었다.

"사형이시니까요. 지금은 중대한 시기잖아요."

국관에 등용된 뒤 호게쓰는 에이코를 대하는 태도를 고쳤다. 호게쓰는 천관 궁경보宮卿補로, 왕궁의 법도를 담당하는 궁경의 보좌관이다. 지위로 치면 국관 중에서는 최하위인 중사中士다. 에이코는 추관 사형으로 지위는 하대부下大夫, 고관 부류에 들어간다.

호게쓰가 다기에 뜨거운 물을 부었다.

"누님이 기분이 상하셨어요."

그는 세이카를 누님이라 부른다. 조부의 아내지만 겉으로 보이는 나이는 그 또래다.

"사형이 슈다쓰를 용서할 마음이라더군요."

"그런 말을 했다고 생각지는 않지만…… 어렵군."

호게쓰가 묻듯이 에이코를 보았다. 에이코는 씁쓸하게 웃었다.

"인정만으로 슈다쓰를 다스릴 수는 없다고 했지. 애초에 슈다쓰의 심리는 아직 시작도 안 했어. 분명히 최종적으로 형을 결정하는 것은 내 소임이지만, 형을 결정짓기 위해서는 전형, 사자와 충분히 합의해야 해. 아직 결론을 낼 단계가 아니고 설령 마음속으로 판결을 내렸더라도 누설할 수야 없지."

"……지당하신 말씀입니다."

호게쓰는 긍정했지만 궁금한 점이 남은 듯한 눈빛이었다. 에이코는 고개를 내젓고 이야기를 중단했다. 먼 길을 다녀온 호게쓰에게 모주는 어떤지, 부친은 어찌 지내는지 물었지만 마음은 그 이야기 속에 없었다. 가슴속에 묵직한 응어리가 있다.

슈다쓰를 살형에 처하라고 하는 세이카의 말은 지당하다. 세이카뿐이 아니다. 백성은 한목소리로 그리 말했고, 에이코에게도 그 소리가 들렸다. 에이코 역시 개인적인 심정으로는 이의가 없다. 그러나 사법관으로서는 살형이 주저되었다. 주의 사법도 마찬가지로 주저했기 때문에 이 사건을 국부로 보낸 것이다.

문제는 슈다쓰가 아니다. 현 유왕劉王이 등극하여 백이십 년 남짓, 그동안 이 나라에서는 백 년 넘게 살형이 중지되었다.

아무리 흉악한 죄인이라도 무기징역 또는 종신금고. 살형은 법에는 존재하지만 선택지로서는 존재하지 않는다. 지금까지 줄곧 그랬다.

"주상의 선지宣旨는 없습니까."

질문을 받고 에이코는 퍼뜩 정신을 차렸다. 호게쓰를 앞에 둔 채 어느 틈에 생각에 잠긴 모양이다. 호게쓰는 난처한 듯이 미소지었다.

"대벽을 금하기로 정한 분은 주상이시지요. 주상의 의향은 어떠십니까?"

"그건……."

에이코는 대답하려다 입을 다물었다. 차갑게 식은 찻그릇이 손바닥 안에 있었다.

"주제넘은 말을 여쭈었다면 용서하십시오. 다만, 저는 무슨 소리를 들어도 절대로 남에게 말하지는 않을 겁니다."

부드러운 말씨에 에이코는 한숨을 내쉬었다. 호게쓰는 지금이야 궁경보지만 대학을 마치고 국관에 발탁된 이상 앞으로 고관으로 승진할 것이다. 그렇다면 슈다쓰의 건을 알아둘 필요도 있으리라는 생각과 함께 호게쓰라면 알아주리라는 믿음이 있었다.

"……그게 분명치 않아."

"분명치 않다고요?"

에이코가 고개를 끄덕였다.

"살형을 막은 분은 주상이시다. 그럼에도 군 사법, 주 사법의 판결은 살형, 조정은 이를 따라야 할지 고려해야만 해. 그래서 사법을 통해 주상께 의향을 여쭈었더니 사법에 맡기겠다고 말씀하셨다는군."

호게쓰가 의아한 표정을 지었다.

"사법에 말입니까?"

"사법이란 직책을 말씀하시는지 사법관, 요컨대 사법 이하 형옥에 관련된 우리를 말씀하시는지는 알 수 없어. 어쩌면 추관에게 맡기겠다는 뜻인지도 모르지. 너무 애매해. 게다가 주상의 '대벽을 금한다'는 하명이 있는 이상, 우리는 그것만으로는 운신할 수가 없어. 선지를 받고 싶다고 고한 참이네."

"대사구大司寇와 소사구小司寇는 어떠합니까?"

에이코는 고개를 설레설레 저었다.

"대사구는 단호하게 살형은 아니 된다는 입장이네."

"대사구가 인정하지 않으신다면 살형은 불가한 것 아닙니까."

"그렇다고만 할 수는 없지. 본디 심리는 다른 사람의 의견에 구속되지 않아. 또한 주상께서 우리에게 맡긴다고 하셨으니 이번 소송은 사법의 판단이 결론이 된다."

"사법인 지인知音 님의 의견은요?"

"고심하고 계시지. 소사구 역시 그렇고."

죄인이 형옥에 끌려 나왔을 때 그곳에서 문제 삼는 것은 죄인이 어떤 죄를 저질렀는가 하는 점이다. 죄가 명백하다면 형벽刑辟(형법)에 따라 형벌도 자연히 분명해진다. 전형이 죄를 밝히고 형벌을 적용하는 것을 형찰刑察이라 한다.

슈다쓰가 저지른 죄는 주로 살인죄. 미리 죽이려고 계획하고 실행한 적살賊殺이 태반을 차지한다. 게다가 대부분 금품을 빼앗기 위해 저지른 범행으로 굳이 죽일 필요가 없는 자까지 살해했다. 슈다쓰의 희생자는 저항하지 못하는 노인과 여자, 어린아이가 압도적으로 많다. 사리를 위한 살인, 무의미한 살인, 약자를 대상으로 한 살인, 어느 사건을 놓고 보아도 법률상으로 살형에 처할 범죄다. 심지어 이런 범죄를 여러 차례 저질렀으니 이는 수사殊死, 즉 지은 죄업이 너무나 커서 사면에서 제외되니 반드시 죽음에 처해 마땅할 큰 죄이다.

형찰을 정한 뒤에 죄를 경감할 요인이 있다면 형벌은 경감되지만, 슈다쓰에게는 죄를 경감할 요인이 없었다. 원칙대로라면 대벽(살형), 이는 너무나도 명백하다.

하지만 유북국에서는 유왕이 '대벽을 금한다'고 선포했다. 대벽에 처해야 할 죄인은 보통 징역 또는 구제拘制(금고), 애당초 수사에 해당하는 것을 고려하면 종신금고가 타당한 판단이었다.

그럼에도 민중은 살형을 요구한다. 처음부터 슈다쓰 같은 죄인도 금고형이냐고 분개하는 목소리가 컸던 상황에서 군 사법, 주 사법이 살형이라고 판결을 내렸다. 살형도 가능하다는 사실을 안 사람들은 살형 외에는 없다고 말한다. 왕의 말을 인용해 '대벽은 금한다'고 공표하는 것은 가능하지만 그러면 민중은 사법에 거세게 불만을 드러내리라. 자칫하다가 분노한 민중이 국부에 쇄도할 수도 있다. 폭동을 우려해야 할 정도로 살형을 요구하는 민중의 목소리는 컸다. 아무리 사법관이라도 이를 무시하기는 어려웠다.

에이코가 그렇게 말하자 호게쓰는 난처해하며 중얼거렸다.

"……확실히 어려운 문제네요."

"맞아."

에이코는 한숨지었다. 난처하기 짝이 없는 상황이었지만 호게쓰가 '어렵다'고 한 말에 숨통이 트이는 기분이었다.

"누님도 강조하고 계시지만, 요새 지초의 치안은 악화되고 있어요. 백성이 살형에 처하라고 목소리를 높이는 데는 그에 대한 불안감도 있겠지요. 엄벌을 모범으로 삼아 질서를 바로잡지 않으면 치안이 더 나빠지지 않을까 하고요."

"그러하겠지……."

확실히 근자에 지초에서는 범죄가 늘었다. 아니, 지초뿐 아니라 나라의 치안이 악화되었다. 실제 수치상으로는 미미하다고 해도 이제껏 평화로웠던 만큼 백성은 몹시 불안해하고 있다. 왕이 펼친 교화주의와 그런 불안을 결부하는 것도 무리가 아니다. 다시 말해 지금까지의 형법이 미온적이지 않았느냐는 주장이다.

하지만 에이코를 포함한 사법관은 알고 있다. 수치상으로 이

나라의 범죄는 결코 많지 않다. 왕이 등극한 뒤 범죄 자체가 눈에 띄게 줄어들었다. 왕의 의향으로 살형이 집행되지 않고 나서도 범죄는 늘지 않았다. 특히 왕이 살형 대신 타국에서는 폐지가 대세인 경면을 부활시킨 뒤부터 범죄자의 숫자는 눈에 띄게 줄었다.

죄인의 얼굴에 형벌로 문신을 새기면 죄인의 갱생을 방해한다고들 한다. 적어도 주국奏國에서 폐지된 이후 타국에서도 폐지하는 추세였다. 왕조에 따라 부활한 적도 있지만 기본적으로 경면은 인도에 어긋난다는 것이 상식이었으므로 유국에서도 오래전에 폐지되었다. 하지만 왕은 굳이 그것을 부활시켰다. 단, 두 번은 머리에 새긴다. 머리카락이 자라면 문신을 숨길 수 있기 때문이다. 죄인은 죄인의 낙인을 감출 수 있고 십 년쯤 지나면 지워진다. 지워지도록 동관이 고안한 먹을 사용한다. 이를 특별히 저묵沮墨이라 한다.

저묵은 맨 처음에야 까맣지만 점점 색이 옅어진다. 검은색에서 남색으로, 남색에서 청색으로 옅어지다 청색에서 보라색, 불그스름한 색을 거쳐 십 년쯤 지나면 거의 보이지 않게 된다. 피부색에 따라 다소 차이는 있다. 따라서 죄인이 진지하게 반성하고 이후 죄를 멀리한다면 언젠가 죄 없는 사람으로 돌아갈 수 있는 구조다.

하지만 죄를 반복하면 세 번째부터 숨길 수 없는 곳에 새긴다. 세 번째는 오른쪽 관자놀이, 네 번째는 왼쪽 관자놀이, 이후 오른쪽 눈 아래, 왼쪽 눈 아래로 장소가 정해져 있는데, 네 번 이상 경면에 처한 자는 웬만해서 없다. 그도 그럴 것이 경면이 네 번에 이르면 이를 형진刑盡이라 하여 모든 문신이 사라질 때까지 징역, 또는 금고에 처하게 된다. 저묵이 하나뿐이라면 십 년쯤 지나 지워지지만, 아직 사라지지 않았을 때 다음 문신을 새기면 지워지기까지 기간이 늘어난다. 경면 네 번이면 최소한 삼십 년은 사라지지 않는다. 다른 문신의 농도와의 균형도 있지만 모든 문신이 시커먼 상태라면 거의 평생 사라질 리 없다고 보아야 한다. 사라지기 전에 죄인의 수명이 다한다.

처음에는 경면을 본 사람들의 멸시 때문에 죄인의 갱생을 막지 않을까 우려했으나 뜻밖에 이것은 죄인의 갱생을 도왔다. 반성한 죄인은 조금이라도 색이 옅어지도록 노력하고, 사람들도 옅은 문신이 본인의 결의와 노력을 나타낸다고 받아들였다. 검은 문신을 꺼리는 것이야 별수없지만, 그동안은 나라가 정성껏 원조하고 문신이 서서히 옅어지면 나라에서도 주위에서도 칭찬하니까 본인도 바람직하게 바뀐다. 실제로 경면 세 번에 이른 죄인의 재범률은 극적으로 줄어들었다.

덕분에 치안이 악화된 현재도 유국의 흉악 범죄는 다른 나라보다 훨씬 적다. 살형을 실시하는 나라와 비교하면 필요조차 없을 정도다. 이것이야말로 살형에 죄를 막는 효력이 없다는 증좌이나, 민중은 항상 이전의 분위기와 지금을 비교한다. 몇 년 전까지는 이렇지 않았다는 것은 분명 틀림없는 사실이었다.

"단순히 치안이 문란해졌을 뿐 아니라 슈다쓰 같은 짐승이 늘어났다는 느낌이 들지 않으십니까?"

호게쓰의 말에 에이코는 한숨을 내쉬었다.

"그처럼 보인다는 것은 인정하마."

"슈다쓰는 이미 세 번 처벌을 받았습니다. 반성하지 않고 새로이 열여섯 건의 죄를 더했어요. 이는 지금까지와 같은 형벌로는 슈다쓰 같은 죄인은 바로잡을 수 없다는 뜻 아니겠습니까."

"그럴 수도 있지만……."

나라가 죄인의 갱생을 위해 애쓰고는 있지만 죄를 뉘우치지 않는 인간도 있다. 갱생을 거부하는 것처럼 원조를 등지고 죄를 되풀이한다. 그런 자도 있음을 에이코는 사무치게 잘 알고 있었다.

"징역으로 안 된다면 그 이상의 형벌이 필요하다는 것 아니겠습니까."

"나는 슈다쓰를 살형에 처하기를 망설이는 것이 아니야. 문제는 살형 자체에 있어."

호게쓰는 의아해하며 에이코를 바라보았다.

"이 사건에 살형을 내리는 것은 사실상 살형의 부활을 의미하지."

호게쓰는 뜻을 파악하지 못한 듯했다.

"네 말대로 나라의 치안이 문란해졌어. 그렇기에 살형의 부활에 불안감을 느끼는 게야."

"어째서죠?"

"……모르겠느냐?"

에이코가 되묻자 호게쓰는 흠칫 놀라 숨을 삼키고 겁을 먹은 것처럼 눈을 돌렸다.

그렇다, 호게쓰도 아는 것이다. 어째서인지는 모른다. 하지만 이 나라는 요새 분명히 기울기 시작했다. 요마가 발호하고, 기후도 불안정하여 재해가 많다. 형벌이 가벼운 것이 아니다. 나라가 기울어서 사람들 마음이 거칠어진 것이다. 그래서 범죄가 늘었다.

범죄만 늘어난 것이 아니다. 에이코는 요즘 국정의 자리에서 삐걱거림을 느낄 때가 많다. 이전 같으면 똑바로 나아가던 것이 비뚤어진다. 이유는 갖가지지만, 나라 또한 황폐해졌다는 사실만은 분명하다. 이럴 때야말로 어진 통치로 명성이 자자한 왕이 바로잡아주기를 바라고 있으나 근자에 들어 왕은 바로잡을 의욕을 잃은 듯이 보였다.

"……주상은 어찌되신 걸까요."

호게쓰가 중얼거렸다.

"그것은 천관인 네가 잘 알지 않느냐. 천관은 뭐라 말하고 있지?"

"그것이…… 모르겠습니다. 주상이 눈에 띄게 정도를 벗어나신 것 같지는 않습니다. 도를 잃으신 것처럼 보이지는 않는다고 하였습니다."

"그러나 틀림없이 주상께서는 이전과 달라지셨다."

호게쓰는 고개를 끄덕였다.

"이건 다른 사람이 한 말인데, 어떤 분은 주상께서 무능해지셨다고……."

지나친 말에 에이코는 호게쓰를 나무라려 했으나 동시에 그 말이 맞다고 생각했다. 결코 왕이 무자비해진 것도 도리를 잃은 것도 아니다. 백성을 학대하는 왕이야 얼마든지 있지만 유왕은 백성을 괴롭히려는 것처럼 보이지 않는다. 그럼에도 국정이 엉망이다. 그렇다, 확실히 시정에 대한 왕의 수완이 예전만 못하다.

에이코는 한숨을 내쉬었다.

"주상이 어찌되신 것인지는 우리 같은 것이 알 도리가 없지.

믿고 싶지는 않지만 나라는 확실히 기울기 시작했어. 앞으로 인심은 더욱 사나워질 게야. 아마도 슈다쓰 같은 짐승이 늘겠지. 만약 여기서 살형을 부활시키면 이후에 살형이 남용되기 십상이야."

에이코가 진짜 불안하게 여기는 것은 이것이다.

전례가 생기면 이후에 살형을 선고하는 데에 망설임은 사라진다. 세상이 문란해지고 슈다쓰 같은 범죄자가 늘어나면 그때마다 살형을 내리게 되리라. 한번 선을 넘으면 작은 죄에도 살형을 내리게 되고, 상대적으로 살형이 지닌 충격의 강도도 줄어든다. 이것으로 살형에 처한다면 이보다 무거운 죄에는 더욱 무거운 형벌을 내려야 한다. 방국芳國처럼 무참한 형벌이 만연하기까지는 오래 걸리지 않을 것이다. 그렇게 살형이 남발되어 가혹한 형벌이 늘어나면 늘어날수록 나라는 더욱 기운다.

에이코가 그렇게 말하자 호게쓰는 고개를 끄덕였다.

"맞습니다, 분명히 그럴지도 몰라요."

"기울어가는 나라가 살형을 남용하게 된다고 생각해보게. 여기서 살형을 부활시키는 것은 기울어가는 나라에 백성의 생살여탈권을 쥐여주는 것이나 다름없어. 전례가 생기면 국가는 그의 형편에 따라 얼마든지 살형을 남발할 수 있어."

그렇기에 살형은 피하고 싶다.

피하는 데에 문제는 없다. 애초에 왕의 하명이 있다. '대벽을 금한다'. 이것을 들어 금고를 선언하면 그만이다. 관례로는 그것이 바른길이다. 하지만 그러면 사법에 대한 백성의 신뢰가 흔들린다.

세이카의 싸늘한 눈빛이 머릿속에 되살아났다. 에이코가 살형을 피하면, 세이카는 이번에야말로 에이코를 버리고 집을 나갈지도 모른다. 그와 같이 민중도 사법을 등지고 만다. 어떤 의미로는 살형을 남발하는 것과 맞먹을 정도의 위기다.

"……어쩌면 좋단 말인가."

## 004

이튿날 에이코가 사법부에 출사하자 심리를 위한 방에는 이미 전형인 조큐如翕, 사자인 소쓰유率由가 모여 있었다. 두 사람 다 고뇌하다 지친 분위기가 감돌았다.

세 사람이 모이자 저마다 데리고 온 수하들은 별실로 물러났다. 형옥의 주최자인 사법도 이 자리에는 없다. 형옥은 형사사건을 담당하는 사형과 전형, 사자만으로 운영된다. 그들의 판단에 영향을 줄 만한 것은 모두 배제한다.

마지막 수하가 방문을 닫고 나가고도 한동안 입을 여는 자가 없었다. 묻지 않아도 얼굴을 보면 안다. 조큐도 소쓰유도 어찌 줄 몰라 하고 있다.

"……침묵만 지킨다고 될 일이 아니지."

별수없이 에이코가 입을 열었다.

"일단 전형의 의견을 듣지."

조큐는 가볍게 한숨을 쉬었다. 용모는 서른 중반, 세 사람 가운데 외견상 가장 젊어 보인다. 전형인 조큐는 죄인의 죄를 밝히고 형법에 따라 형벌을 적용한다.

"특별히 드릴 말씀은 없습니다. 군 사법, 주 사법으로 올라온 국문이 전부입니다. 적어도 주 전형은 잘 조사했어요. 제가 덧붙일 것은 없습니다."

에이코는 물었다.

"전형은 슈다쓰를 만났겠지. 슈다쓰는 어떤 남자였나."

"짐승입니다."

조큐의 대답은 짧은데다 거칠었다. 어지간히 혐오감을 건드렸구나 싶어서 에이코는 더는 언급하지 않고 다른 것을 물었다.

"주 전형의 기록에서는 명료하지 않은 부분이 있어. 이를테면 인근 여에서 일가가 살해되었지."

동기를 추궁하자 슈다쓰는 갈 곳이 없어서 그랬다고 대답했다. 그 직전에 슈다쓰는 살해 현장을 들켰다. 그래서 사람 눈에 띄는 도시를 나와 아무도 없는 여에서 겨울을 나려고 마음먹었다. 그러나 우연히도 점찍은 여에는 사는 사람이 있었다. 그래서 일가를 죽였다고 하는데 석연치 않다. 기본적으로 극한기의 여에는 사람이 없다. 주민이 방해된다면 아무도 없는 여를 찾으면 그만이지 않은가. 근처 여 대부분이 텅 비어 있었다.

에이코가 그렇게 지적하자 조큐가 대답했다.

"사는 사람이 없으면 식량도 없기 때문입니다. 땔감도 마련되어 있지 않을 가능성이 있죠. 처음에는 아무도 없는 여에 몸을 숨길 작정이었지만 사람이 있는 집을 발견하고 그쪽이 편하겠다 싶어 마음을 고쳐먹었다는군요."

"편하겠다고……."

에이코가 되뇌었다.

"그랬군. 슈다쓰는 일가의 유해를 그대로 두고 같은 건물에 머물렀는데, 집을 바꿀 마음은 들지 않았을까."

"계절상 냄새가 나는 것도 아니니 필요를 느끼지 않았다고 합니다."

말없이 귀를 기울이던 소쓰유가 한숨을 쉬며 고개를 내저었다. 그 심정은 에이코도 이해한다. 이것이 슈다쓰라는 남자인가. 엄청나게 비뚤어지기는 했지만 합리적이다. 하지만 그리 생각해도 알 수 없는 일이 있다.

"슌료의 건은 어떤가. 어째서 품속에 열 냥에 가까운 금전을 가졌으면서 슌료를 죽여 고작 십이 전을 빼앗은 거지."

"대답하지 않았습니다. 말을 이랬다저랬다 하며 분명하게 밝히지 않고 있어요."

"무언가를 감추고 있는 걸까? 그렇다면 그것을 명확히 밝힐 필요가 있네."

"모르겠습니다. 살인 자체에 대해서는 소란을 피우면 귀찮아질 것 같았다고 진술했습니다. 하지만 애초에 어째서 십이 전을 빼앗으려 했는지는 본인도 그냥 그랬다는 말밖에 하지 않았습니다."

에이코는 그러냐고 나직하게 말했다.

"주 전형은 슌료의 건을 적살이라고 했는데, 이는 어떠한가."

"……저로서는 의문이 남습니다. 처음부터 죽일 작정으로 뒤를 쫓았는지 아니면 푼돈을 빼앗기만 할 작정이었는지. 처음부터 죽일 작정이었다면 적살이지만 단순히 돈을 빼앗기 위해 뒤쫓았다가 소란이 날 것을 우려해 죽였다면 투살鬪殺이지요."

"본인은 어찌 말하고 있나."

"푼돈을 빼앗을 작정이었다고만 했습니다."

"그러나 죽일 생각이 전혀 없고 소동이 나는 것이 두려웠다면 인기척이 없는 장소에 도착할 때까지 기다리면 됐지 않은가."

"그럴 수는 없었습니다. 슈다쓰는 슌료가 근처 가게로 복숭아를 사러 간다는 사실을 알고 있었지요. 슌료가 자기네 가게 앞에서 모친과 그렇게 얘기하는 소리를 들었답니다."

아이는 집을 나서는 참이었다. 모친이 불러 세우고 돈은 잘 챙겼느냐고 물었다. 그래서 슌료는 손바닥을 펼쳤다.

—복숭아 하나가 사 전이지, 세 개면 십이 전. 잘 챙겼어.

"슌료의 집은 유복하지 않았습니다. 여덟 살인 슌료에게 용돈을 줄 만한 여유는 없었습니다. 그래서 슌료는 용돈이 필요하면 부모님 심부름을 하고 심부름값을 받는 수밖에 없었어요. 부모를 도와 그때마다 심부름값으로 일 전을 받았던 모양입니다. 열흘쯤 걸려 십이 전을 모은 겁니다. 복숭아가 꼭 먹고 싶었다면서."

조큐는 안타까운 듯이 말했다.

"자신이 먹을 복숭아 두 개, 여동생 하나, 그게 슌료의 바람이었습니다. 그래서 부모님 심부름을 해서 받은 심부름값을 끈기 있게 모았어요."

에이코는 고개를 끄덕였다. 다시 마음속에서 응어리가 욱신거렸다. 힘들게 모은 십이 전, 아이 엄마는 잘 챙겼느냐고 묻고 아이는 자랑스럽게 돈을 내보였을 것이다. 의기양양하게 웃는 앳된 얼굴이 눈앞에 어른거린다. 사랑스럽게 바라보는 어머니의 얼굴도. 흐뭇한 대화다. 그런데 이 대화가 아이의 운명을 결정지었다.

"슈다쓰는 이 대화를 들었습니다. 그 자리에서 행동을 일으키지 않으면 슌료는 인적이 드문 장소를 지나지 않고 금세 가게에 도착하고 맙니다. 그래서 슈다쓰는 슌료를 미행해 맨 처음 지난 골목으로 아이를 끌어들였습니다."

"한데 주위 상황은 일목요연하지 않았나. 보는 눈이 있다는 건 잘 알고 있었어. 소란이 일지 않기를 원했다면 빼앗을 때 죽여야 한다는 것은 처음부터 알고 있지 않았나."

조큐는 고개를 끄덕였다.

"그렇습니다. 그러니 주 전형은 적살로 간주했겠지요. 하오나 석연치 않은 점이 있습니다. 과연 슈다쓰가 그렇게까지 분명한 살의를 품고 슌료를 뒤쫓았을까요. 저에게는 슈다쓰가 좀더 병든 인물로 보입니다. 필요하니까 빼앗기로 마음먹고 실행했고, 탈없이 빼앗기 위해 결과적으로 죽여버린 것 같다는 말입니다."

"흠."

에이코가 신음했다. 조큐가 하는 말은 너무나도 미묘하다. 하지만 확실히 적살이라고 치는 데에 망설임을 느끼는 심정은 이해한다. 어쨌거나 적살인지 아닌지 결론지어야만 한다. 심증만으로 결론을 내려서는 안 되지만 심리 첫날부터 이 문제에만 매달릴 수는 없는 노릇이다.

그렇게 생각한 에이코는 소쓰유를 보았다. 예순 전후의 용모인 소쓰유는 에이코보다 세상을 더 많이 겪었을 법한 노인이지만 실제 나이는 세 사람 가운데 가장 젊다.

"사자는 어떠한가."

사자는 삼사三赦, 삼유三宥, 삼자三刺의 법을 관장하고, 죄인의 죄를 사면할 만한 사정이 있다면 이를 고하여 죄의 감면을 제기하는 직책이다. 삼사란 죄를 용서해야 할 세 가지를 이른다. 일곱 살 이하의 유약幼弱, 여든 살 이상의 노모老耄, 판단 능력이 모자란 용우庸愚가 그것이다.

"먼저 삼사에는 해당하지 않으니 이는 논할 필요도 없지요."

소쓰유의 말에 에이코와 조큐도 고개를 끄덕였다.

"동시에 어느 사건도 삼유에 해당하지 않는다고 판단할 수밖에 없습니다."

삼유란 불식不識, 과실, 유망遺忘 세 가지를 이른다. 불식이란 죄가 되는 줄 몰랐거나 결과적으로 죄에 이르리라는 것을 알지 못한 것을 말한다. 이를테면 높은 곳에서 짐을 던졌다가 아래에 있는 타인이 맞아 죽은 경우, 그곳에 있는 사람을 인지하지 못했다면 불식이다. 과실은 실수를 말한다. 짐을 떨어뜨릴 생각이 아니었는데 놓친 경우, 또는 사람을 피해 던질 작정이었는데 힘 조절을 잘못하여 맞힌 경우가 이에 해당한다. 유망은 깜빡한 경우이다. 짐을 떨어뜨리면 맞는다는 것을 알면서 그곳에 사람이 있다는 사실을 깜빡했다면 유망이다. 하지만 이 중 어느 것도 슈다쓰에게 해당하지 않음은 자명하다.

에이코는 한숨을 내쉬었다.

"문제는 삼자인가……."

소쓰유가 고개를 끄덕였다.

삼자란 모든 신하에게 묻고, 모든 벼슬아치에게 묻고, 모든 백성에게 묻는 것을 이른다. 죄를 용서해야 한다는 목소리가 있다면 이로써 죄를 감면할 것을 제기한다. 소쓰유는 자신의 직무에 따라 널리 육관에게 조언을 구하고, 관리의 의견을 듣고, 백성의 목소리에 귀를 기울였다.

"죄를 용서해야 한다는 목소리는 없습니다. 전무합니다. 백성은 모두 그를 살형에 처하라고 합니다. 살형밖에 있을 수 없다고 합니다. 관리들도 대부분 마찬가지지만 살형에는 어정쩡한 태도인 자도 있습니다. 육관은 대부분 신중하게 정하라고 하십니다. 주상의 의향을 문제삼는 자가 태반이지만 여기서 경솔하게 살형을 내렸다가 살형의 남발로 이어지지는 않을지 우려하는 목소리도 상당수 있습니다."

"역시 그렇군. ……육관이 신중론을 말하는 것은 고맙네만."

"신중론이 있는 이상 삼자에 해당하지 않는다고 할 수는 없습니다. 단, 백성의 분노는 격렬합니다. 살형이 아니면 허용치 않겠다는 소리도 많아요. 사형이 목숨을 살릴 작정이라면 슈다쓰의 신병을 자신들에게 넘기라는 말까지 하고 있습니다."

"그러한가."

에이코가 중얼거렸다. 역시 살형을 피하면 폭동이 일어날 가능성이 높다. 폭동 자체는 진압할 수 있지만 사법에 대한 분노, 나라에 대한 분노는 진압할 길이 없다. 강제로 제압하면 사법을 향한 신뢰는 붕괴하고 나라를 향한 신뢰 또한 무너진다.

"희생자의 유족은 어떠한가."

에이코는 물었다. 때로는 범죄 피해자나 관계자가 죄인의 사면을 요청하기도 한다. 죄인이 죄를 회개하고 피해자에게 사죄하거나 속죄하여 뉘우침이 인정되는 경우에 있는 일인데, 이는 삼자에서 절대적인 효력을 가지고 있었다.

"사면 신청은 없습니다. 애초에 슈다쓰는 희생자 가족에게 한 번도 연락하지 않은 듯합니다. 오히려 유족은 슈다쓰를 살형에 처해달라는 탄원서를 제출했습니다. 날마다 국부를 찾아오는 자도 있습니다."

그러하리라고 에이코는 생각했다.

"……유족의 노여움은 상상이 가네. 범인을 죽여도 시원치 않겠지."

"그 말씀이 맞습니다. 실제로 단순한 참수에 그치지 않고 방국처럼 잔혹한 형벌을 내리자는 목소리도 있습니다. 살인만 열여섯 건, 희생자는 스물세 명에 이릅니다. 따라서 능지처참에 처해 스물세 조각을 내라고 합니다."

능지처참이란 죄인을 조금씩 토막 내어 죽이는 형벌을 이른다. 조금씩 자르다가 목숨이 끊어지면 목을 베어 효수하는 방식도 있고, 목숨이 끊어지기 직전에 허리나 목을 베어 숨통을 끊기도 한다. 나라나 시대에 따라서 다양하지만, 미리 몇 조각으로 자를지 정하는 예도 있어, 이를 본떠 희생자의 숫자만큼 토막 내라는 목소리가 있다는 이야기는 에이코도 들었다. 요즘 지초에서는 타국의 잔혹한 형벌을 뒤져서 슈다쓰를 살형하는 데 어울리는 형벌은 어느 것인지 왈가왈부하는 일까지 벌어지고 있다.

조큐가 분개한 듯이 언성을 높였다.

"능지처참하라는 자는 능지처참이 얼마나 끔찍한 형벌인지 알고 있나. 일부러 죽이지 않고 소도로 살점을 도려내는 거야. 필요 이상으로 괴로워해야 하는데다 그 고통이 오래가지. 오래가도록 고의로 급소를 피한다. 타국의 왕 중에는 고통을 더욱 오래 끌기 위해 죄인을 선적에 올리는 예도 있었어. 그렇게 하라는 주장까지 있어."

"하지만 능지처참은 다름 아닌 슈다쓰가 한 짓이에요."

소쓰유의 말에 조큐는 입을 다물었다. 그렇다. 분명히 슈다쓰는 어느 부부를 토막 냈다. 감춘 재물을 내놓게 하려고 부인 눈앞에서 남편의 살점을 조금씩 도려냈다. 손가락을 하나씩 자르고, 귀를 도려내고, 코를 도려냈다. 살점을 파고, 배를 갈라 고통을 견디지 못한 남편의 숨이 끊어지자, 아내 또한 똑같이 토막 냈다. 부부는 처음부터 재산 같은 건 없다고 호소했다. 실제로 없었다. 부부는 소유한 토지를 내놓아 매각했지만, 이는 소학을 목표로 공부하는 아들을 사숙(글방) 기숙사에 넣기 위해서였다. 땅을 판 대금은 벌써 학비로 사라졌다. 부부는 무의미하게 고통스러워하다 무의미하게 죽었다.

"죄도 없는 사람을 능지처참해놓고 능지처참은 너무 끔찍하다고 어떻게 말하겠습니까. 슈다쓰 자신에게는 잔혹하다고 말할 자격이 없을 테고, 저희도 지나친 처사라고 함부로 말할 수는 없습니다. 슈다쓰를 능지처참에 처하는 것은 너무하고, 죄도 없는 부부가 능지처참을 당한 것은 너무하지 않느냐고 떠들어대는 자가 반드시 있을 테지요."

에이코도 조큐도 침묵을 지킬 수밖에 없었다.

"저는 민중을 설득할 말을 찾지 못하였습니다."

조큐가 "하지만……" 하고 나직하게 말했다.

"슈다쓰는 살형을 바라고 있어."

에이코는 의아해서 조큐를 보았다. 조큐는 분개하는 눈빛으로 에이코와 소쓰유를 번갈아 보았다.

"평생 구금될 바에야 차라리 단숨에 죽여달랍니다. 그래서야 살형은 벌이 되지 못하지요. 금고야말로 벌이 되지 않겠습니까."

소쓰유는 잠시 허둥거렸다.

"말만 그리하는 것이 아니라고 어찌 단언할 수 있겠습니까? 그것이 슈다쓰의 본심이라 할지라도 실제로 형장에 끌려 나가면 목숨을 구걸할지도 모릅니다."

"그것은…… 그러네만."

"마지막까지 목숨을 구걸하지 않더라도 슈다쓰의 허세일 뿐이겠지요. 솔직히 슈다쓰가 처형당하는 것을 두려워하지 않을 리가 없습니다. 자신의 죽음이나 고통이 두렵지 않은 인간이 있겠습니까. 아무리 자포자기하더라도 죽음의 공포는 반드시 밑바탕에 깔려 있는 법입니다. 존재하기 때문에 자포자기하는 것이 아니겠습니까."

조큐는 한참 고민하다 고개를 내저었다.

"허세일지도 몰라. 하지만 슈다쓰는 자포자기한 것은 아니라고 보네. 잘 표현할 수 없지만 슈다쓰는 살형을 받는 것으로 자신이 승자가 되겠다는 것처럼 보였어."

에이코는 의미를 이해할 수 없었고, 소쓰유 역시 마찬가지 같았다. 유일하게 슈다쓰 본인을 면회한 조큐는 어떻게 설명할지 고민했다. 세 사람이 입을 다물자 어지러운 발소리와 말다툼하는 소리가 가까워졌다.

"대사구, 잠시만요."

문 바깥에서 들린 소리는 사법인 지인의 목소리이리라.

"지금은 한창 심리중입니다. 설령 대사구라 할지라도……."

지인이 말을 마치기도 전에 문이 열렸다. 그곳에는 분노한 듯한 표정을 띤 대사구가 서 있었다.

"판결은 어찌되었는가."

에이코는 어리둥절해하면서 무릎을 꿇고 깊이 공수했다.

"심리는 이제 막 시작되었습니다."

"좋다."

대사구 엔가淵雅는 세 사람을 보았다.

"미리 말해두지. 살형은 불가하다. 그것만은 유념해두게."

세 사람은 얼굴을 마주보았다. 물론 사법을 비롯한 상위 관리가 심리 때에 의향을 말하는 일은 있다. 그러기 전에 사자가 삼자를 위해 육관장을 비롯한 고관의 의견을 구한다. 하지만 어디까지나 심리는 전형, 사자, 사형 세 사람의 식견으로 결정된다.

"대사구, 법규에 어긋납니다."

지인은 눈에 보일 정도로 분개하고 있었다. 사법의 결론을 타인이 좌지우지하는 것은 용납되지 않는다. 설령 대사구라 할지라도 예외가 아니었다. 대사구나 총재冢宰가 상위의 권력으로 이미 나온 판결에 이론을 주장하고, 관리들에게 의견을 묻고 나서 심리를 되돌려 보내는 것은 가능하지만 그것도 딱 한 번뿐이다. 하물며 판결의 내용을 미리 지시할 수 없다. 유일하게 예외가 있다면 왕의 선지다.

그렇게 생각한 에이코는 깜짝 놀라 지인을 보았다.

"혹시 주상의 의향이십니까?"

그렇다면 이해할 수 있다. 그렇게 생각했건만 지인은 고개를 가로저었다.

"역시 주상은 나에게 맡기겠다고 하셨어. 그대들 세 사람의 심리에 맡겨도 된다는군."

"주상께서는 우를 범하고 계시네."

엔가는 지인을 밀어냈다.

"어찌하여 지금 와서 약한 소리를 하시는가. 백성의 목소리를 고려하셨는지도 모르나, 그것이 정비된 길을 부술 이유가 되는가."

엔가는 말하고서 에이코와 두 사람을 둘러보았다.

"형벌은 형벌이 사라짐을 기초로 한다고 한다. 형의 목적은 사람을 벌함이 아니라 형벌이 필요 없어지도록 함에 있다. 또한 형조불용刑措不用이라고도 하지. 형벌을 폐지하여 쓰지 않는다는 이 말은 곧 천하가 태평하여 죄를 저지르는 분별없는 어리석은 백성이 줄고, 형벌을 이용할 필요가 없어짐을 말한다. 이것이 국가의 이상임은 논할 여지가 없다. 지금까지 이 나라는 이러한 이상을 향해 나아왔고, 이제 와서 이상을 버릴 이유가 없어."

"그러할까요."

입을 연 사람은 소쓰유다.

"그렇다면 어찌하여 슈다쓰 같은 짐승이 나타날까요. 저희가 형법을 재검토해야 할 시간이 온 것이 아니겠습니까."

"사법관은 농이라도 짐승이라는 표현을 써서는 안 되네."

엔가는 단호하게 말했다.

"죄가 있다고는 하나 슈다쓰 또한 백성 중 한 사람이다. 짐승이라는 말은 이해하기 어려운 죄인을 인간이 아닌 것으로 멸시하는 말이다. 사람 이하라고 무시해버리면 죄인을 교화할 수 없지."

에이코는 부끄러운 심정으로 일리 있는 말이라고 생각했지만 소쓰유는 굽히지 않았다.

"십이 전 때문에 여덟 살 아이를 죽이는 남자는 사람이 아닙니다."

"소쓰유."

에이코가 작은 목소리로 나무랐지만 소쓰유는 돌아보지도 않았다. 소쓰유를 대하는 엔가는 냉엄한 눈길로 바라보았다.

"슈다쓰 같은 이해하기 어려운 죄인이 나타난 것은 다름 아니라 이렇게 죄인을 인간 이하의 존재로 판단하는 사법 탓이 아닌가. 인간 이하라고 단정해놓고 마음을 고쳐먹기를 요구한다면 따르는 자가 있을까. 그런 마음으로 죄인을 대하니까 죄인이 또다시 죄를 저지르는 것이야."

"하오나……."

"고작 십이 전을 위해 정말로 살인을 저지를 자가 있겠는가. 슈다쓰 자신이 주 사법의 국문에서 그렇게 대답한 모양이다만, 어쩌면 주 사법이 인간 이하의 짐승이라 일방적으로 단정지으니까 슈다쓰도 굳이 해명하지 않았던 것이 아닌가. 인간을 인간 이하의 존재로 단정짓는 행위는 그런 식으로 안타까운 죄인을 만들지."

소쓰유는 입을 다물었다.

"슈다쓰가 그 아이를 죽인 데에는 얼마나 이해하기 어렵든 나름의 이유가 있을 것이다. 이유만 분명히 밝힐 수 있다면 슈다쓰 같은 어리석은 백성을 구제할 방도도 알 수 있지. 교화하여 구해낼 수 있지 않겠는가."

"말대답 같으시겠지만, 슈다쓰는 특별한 이유 따위 없다고 했습니다."

조큐는 말했지만 엔가는 고개를 가로저었다.

"말만 그리하는 것이 아닌가. 자신을 잘 표현하지 못하는지도 몰라. 아니면 슈다쓰 스스로도 파악하지 못하는지도 모르지. 그 점을 타이르고 충분히 설명하여 슈다쓰와 함께 이유를 찾는다. 그리하여 앞으로 백성을 다스리고, 어리석은 백성을 교화하는 데 그것을 활용하는 것이야말로 사법의 역할 아닌가."

조큐는 잠자코 있었다.

"사법의 직책은 죄인을 벌하는 데에 있는 것이 아니야. 교화하고 반성을 촉구하고 재기시키는 것에 있다. 그 점을 결코 잊지 말라."

엔가는 에이코와 두 사람을 보았다. 에이코가 입을 열려고 했지만 엔가의 뒤에서 지인이 눈짓으로 제지하는 듯하여 입을 다물었다. 지인이 엔가 앞으로 나섰다.

"대사구의 의향은 잘 알았습니다."

엔가는 고개를 끄덕였다.

"대벽만은 불가한다. 알겠지?"

엔가는 강경하게 말하고 발길을 돌렸다. 지인은 아무 말도 하지 않고 깊이 고개만 숙였다. 에이코와 두 사람이 지인을 따랐다. 고개를 숙인 채 발소리를 전송한다. 소리가 사라지기를 기다렸다가 지인이 고개를 들었다. 몹시 불쾌한 표정이었다.

"대사구는 저리 말씀하셨지만 그대들은 종전대로 타인의 의견에 좌지우지되지 말고 자신의 맡은 바를 다하라."

"하오나……."

"다름 아닌 주상께서 사법에 맡기겠다고 하셨네. 대사구의 낯빛을 살필 필요는 없어."

소쓰유가 머뭇머뭇 물었다.

"저희에게 맡기겠다 하심은 주상께서 친히 내리신 '대벽을 금한다'는 하명을 철회하셨다고 이해해도 되는 것이옵니까."

지인은 얼굴을 찡그렸다.

"……모르겠네."

"모르신다니요."

소쓰유가 묻자 지인은 고개를 내저었다. 손짓으로 세 사람을 자리에 앉도록 재촉했다. 자신도 힘없이 긴 의자에 앉았는데, 이 의자는 심리에 불러들인 증인이나 범인이 앉는 자리다. 지인은 그 사실을 알아차렸을까.

"주상을 직접 뵙고 '사법에게 맡긴다'는 선지의 뜻을 여쭈었지만 분명한 대답은 얻지 못하였다……."

왕은 알현을 요구한 지인에게 해야 할 말은 했으니 만날 필요 없다는 태도였던 듯하다. 하지만 그 말씀만으로는 지인뿐만 아니라 에이코, 조큐, 소쓰유도 판단하기 곤란하다. 몇 번이나 알현을 요청하고, 끝내는 총재와 재보가 애원하여 가까스로 알현할 수 있었다.

"주상은 '사법에 맡긴다'는 말씀만 되풀이하실 뿐이네. '대벽을 금한다'는 판단을 철회하시는 것인지 여쭈었으나 그것도 사법에게 맡긴다고 하셨어. 사법이 철회해야 한다고 판단한다면 그래도 된다고 말이네."

"그렇다면 살형도 있을 수 있다고 판단해도 되겠습니까."

"그건 확인했네. 살형을 포함해 그대들이 그리 판단했다면 그것으로 괜찮다고 하시네. 이론은 없지 않겠다 하시는군."

에이코는 복잡한 심경이었다. 이것을 사법의 판단에 신뢰를 두고 맡기겠다고 생각해도 될까. 오히려 책임을 전부 떠넘기겠다는 소리가 아닐까. 솔직히 말하면 처음 '사법에게 맡긴다'는 말을 들었을 때부터 에이코는 의심을 품고 있었다. 이는 망설인 끝에 내린 말이 아니고, 하물며 사법을 신뢰한다고 표명한 것도 아니라 흥미가 없다는 완곡한 표현이 아닌가.

저도 모르게 한숨지었다. 조큐, 소쓰유도 마찬가지였는지 신음에 가까운 목소리가 들렸다.

유국의 왕은 치세 백이십여 년을 쌓은 어진 왕이지만 요새 들어 신하를 의아하게 만드는 일이 많았다. 이따금 정사에 흥미를 잃은 것처럼 행동한다. 그만한 현군이, 하물며 법치국가로 명망 높은 유국의 명성을 쌓은 인물이 법 구조를 무시하는 듯한 행동을 할 때가 있다. 즉흥적으로 아무렇게나 판단을 내린다. 법질서를 무너뜨리는 듯한 법을 친히 신하에게 요구한다. 그때마다 신하가 간언하지만 받아들여진다는 보장은 없다.

지인은 깊은 한숨을 떨구었다.

"어쨌거나 주상은 사법에 맡기겠다고 하셨다. 그대들은 잡음에 현혹되지 말고 심리를 진행하시게. 나는 그대들의 판결을 지지한다."

"하오나, 그렇게 하면 대사구께서……."

에이코의 말에 지인이 대답했다.

"대사구인 이상 형옥에 의견을 개입할 수 있지만 그대들이 따를 의무는 없어. 하물며 주상께서 맡기셨다면 이 건은 설령 대사구라도 판결을 거부할 수는 없지. 물론 내가 판결을 보고한 뒤에 대사구가 직접 주상을 설득하실지도 모르네만."

불가능한 일은 아니다. 대사구 엔가는 다름 아닌 유왕의 태자太子다. 공적인 자리뿐만 아니라 사적으로도 왕을 직접 설득할 수 있는 입장이다.

"설득할 수 있을까요."

소쓰유가 나직하게 물었다.

"어렵겠지."

지인은 짤막하게 대답했다.

대사구 엔가는 유왕 이상의 유왕이라 불린다. 물론 이는 신하 사이에서 은밀히 부르는 별명이다. 현군으로 이름난 아버지에 대한 대항심의 표출일까. 엔가는 유달리 왕 이상으로 왕 같으려고 한다. 살형은 불가한다고 한 것 역시 그런 표현이리라.

무슨 일이든 간에 왕이 무언가를 결단하면 마치 자신이 처음부터 그리 생각했던 것처럼 역설하기 시작한다. 만약 신하가 결단에 의문을 제기하고 왕이 의견을 받아들여 자신의 결단을 물려도 엔가는 일절 타협하지 않는다. 결단은 이미 엔가의 결단이며, 도의도 정의도 자신에게 있으며 왕께 변절을 권한 신하도 신하의 진언을 받아들인 왕도 잘못되었다고 말하기를 꺼리지 않는다. 태자의 특권으로 정침까지 쳐들어가 왕의 생각을 바로잡으려 했다.

하지만 잔혹하게도 엔가는 왕만 한 걸물이 아니다. 애초에 엔가는 왕의 결단이 없으면 무엇 하나 결정하지 못한다. 결정은커녕 자신의 의견조차 가지지 못하는 듯했다. 왕이 무슨 말을 할 때까지 계속해서 이랬다저랬다 하며 부왕의 안색을 살핀다. 그리고 왕이 결단을 내리자마자 처음부터 자신이 그렇게 주장했던 것처럼 역설한다. 부왕의 사고를 좇아, 그것이 자신의 사고인 양 주장할 뿐만 아니라 엔가는 그보다 위로 향하려 한다. 논거를 덧붙여 논지를 확대하는데, 그 의견에는 현실을 무시한 정론밖에 없는데다 결론이 먼저 나와 있는 논리에는 억지도 많다. 근본을 착각할 때도 많았다. 사법의 이상을 말하면서 이상의 근간인 사법의 독립을 침해하는 데에 거리낌이 없는 것처럼 말이다. 게다가 엔가는 남의 의견을 듣고 자신의 의견을 돌아볼 배포가 없다. 애초에 자신의 의견이 없으니 당연했다.

따라서 엔가가 아무리 아버지를 설득하려 해도 성공한 전례가 없다. 왕은 쓴웃음을 지으며 자신의 아들을 깨우치면 엔가는 부왕의 말을 받아들이지 못한 채 부아를 내고, 부왕보다 높은 곳에 있으려고 공연히 조급해한다.

여태까지의 전례로 보아 엔가의 설득에 왕이 응할 리가 없다. 그렇다면 역시 결론은 에이코가 책임져야 하는 셈이다.

조큐는 복잡한 심경으로 한숨을 내쉬었다.

"……불손한 말이지만, 어찌하여 주상께서는 태자를 저리도 중용하시는 걸까요."

일단 말을 꺼내면 고집스럽고 좀처럼 설득을 받아들이지 않는다. 하지만 정치란 시류에 따라 달라지는 법이다. 변하지 않는 엔가는 그 밑에서 일하는 관리에게 크나큰 걸림돌이 될 때가 많았다. 그럼에도 왕은 그런 엔가를 중용한다. 신료들은 천관장이나 춘관장으로 있어주기를 바라는 말을 은밀히 주고받았지만, 하필이면 본인이 바라는 대로 지관장地官長이나 추관장 같은 중요한 직책을 역임시켰다.

"글쎄."

지인은 쓴웃음을 지었다.

"부모 마음인지도 모르겠군. 그만한 분도 부자의 정은 이기지 못하는 게야."

여러 의미로 에이코는 암담한 심정이었다. 지금 엔가의 존재는 마음을 무겁게 했다. 사법의 이상은 이해하고, 에이코 역시 기꺼이 이상을 추구하고자 한다. 다만 슈다쓰 건에서 문제는 그 점이 아니다. 그 점이 아니라서 에이코를 포함한 사법은 고심하고 있는 것이다. 그것을 이해하지 못하는 인물이 대사구의 직책에 있는 것은 부담일 따름이었다. 그런데 왕은 시정에 흥미를 잃어가고 있다. 정사는 불협화음을 내고 나라는 기울고 있다.

## 005

갑작스러운 엔가의 등장으로 다들 의기소침해지는 바람에 그날은 그렇게 해산했다. 이튿날부터 날마다 사법부에 틀어박혀 심리를 거듭했으나 심리는 더욱 혼란에 빠질 뿐이었다.

어느새 사자인 소쓰유가 살형을 주장하고 전형인 조큐가 금고를 주장하는 형편이 되었다. 소쓰유는 삼자 때문에 희생자 유족을 만났고, 처음부터 그들에게 동정적이었다. 그렇다고 소쓰유가 굳게 살형을 바라는 것은 결코 아니다. 처음이 그랬기 때문에 자연스레 살형을 용인하는 주장 쪽에 섰을 뿐이다. 그와 맞서기 위해 조큐는 구태여 살형을 부정한다. 서로 그런 역할을 연기하고 있다. 본인들이 망설이고 있다는 사실은 에이코도 잘 알고 있었다.

에이코가 기묘하게 생각하는 점은 어째서 세 사람이 모두 이렇게까지 망설이는가, 하는 부분이었다. 소쓰유와 조큐의 논쟁에서는 조큐 쪽이 불리했다. 묵묵히 두 사람의 논쟁을 듣고 에이코는 그렇게 생각할 수밖에 없었다.

한번은 소쓰유가 백성의 불안을 들어 살형을 주장했다.

"백성은 불안하겠지요. 나라의 치안이 문란해졌어요. 문란한 세상을 바로잡기 위해서 형벌로 형벌을 막는 것이 필요하지 않겠습니까."

이형지형以刑止刑. 즉, 한 사람의 범죄자를 엄벌로 다스려 다른 범죄를 미연에 방지함을 이른다. 이 주장에 조큐는 엄벌에는 범죄를 억지하는 효과가 없음을 타국과 자국의 사례를 들어 반박했다.

소쓰유가 다시 반박한다.

"그러나 살형을 내린다고 치안이 악화되는 것은 아니지요. 분명히 범죄를 미연에 방지하지는 못하겠지만, 살형은 죄 없는 백성을 위해 필요합니다. 슈다쓰 같은 죄인은 반드시 살형에 처해진다는 생각 때문에 백성은 그만큼 안심할 수가 있지요. 사람을 해치면 살형에 처해진다는 위협의 힘은 백성들이 안녕하기 위해 필요합니다."

"안심하기를 원하는 백성의 마음은 이해하네. 문란한 세태에 겁먹는 것도 잘 알고 있어. 하지만 애초에 범죄가 늘어나는 것은 나라가 문란해지고 인심이 사나워졌기 때문이야. 다시 말해, 입 밖으로 꺼내고 싶지는 않지만 나라가 기울고 있는 거야. 국운의 쇠퇴는 형벌로 막을 수 없네. 오히려 백해무익하지. 지금 살형을 부활시키면 기운 나라에 살형의 남용을 허용하는 사태로 이어질 거야."

"남용의 방지는 사법이 책임질 일입니다. 백성을 안심시키고 백성을 지키기 위해 사법이 있는 것이 아닙니까. 백성을 안심시키고 어루만지기 위해 살형을 이용하고, 백성을 지키기 위해 남용을 막아야 합니다. 그래야만 하지 않습니까."

조큐는 이 말에 침묵할 수밖에 없었다. 분명히 그들은 하나같이 살형의 부활로 살형이 남용되는 것을 두려워하고 있었다. 그리고 그것을 막는 것이 사법의 역할이기도 하다. 형벌을 내리는 것만이 사법의 역할이 아니다.

한번은 조큐가 오단의 가능성을 들어 소쓰유에게 저항해보았다.

"형벌과 죄를 잘못 판정할 때가 있지."

조큐는 씁쓰레하게 말했다.

"우리가 절대로 실수하지 않는다고 말할 수 있나. 불행하게도 죄 없는 자를 죄가 있다고 오인하는 일도 있지. 당사자가 처형당한 뒤에야 누명이 밝혀진다면 되돌릴 수가 없어. 언제든 바로잡을 수 있게끔 해야만 해."

"그럼 묻겠습니다. 금고라면 오단이어도 용서가 됩니까. 징역이라면 어떻습니까. 저지르지도 않은 죄 때문에 처벌을 받고 고된 노동을 명령받아 안타깝게도 인생의 한때를 헛되이 내버린 백성은 어찌됩니까. 그것은 되돌릴 수 있을까요. 백성은 우리처럼 무한히 사는 것이 아니에요."

조큐는 입을 다물었다.

"백성의 수명은 고작해야 육십 년밖에 되지 않습니다. 겨우 삼 년이라 할지라도 일 년이라 할지라도 짧은 생 속의 귀중한 삼 년이고 일 년입니다. 잃어버린 시간을 되돌릴 방도는 없습니다. 본인의 괴로움도, 죄인이 나왔다고 손가락질당한 가족의 고통도 변상할 길이 없습니다. 애초에 형벌과 죄를 잘못 판결해서는 안 되는 일입니다."

"하지만 하늘이 아닌 인간이 판결하는 이상, 오단의 가능성은 뿌리 뽑을 수 없지. 이상을 말하기는 간단하지만 노력한다고 이룰 수 있다고 생각하는 것은 분수에 넘치는 일이야."

이에 소쓰유는 저항했다.

"하오나, 적어도 슈다쓰에 한해서는 오단이 아닙니다. 본인도 저지른 죄를 인정했고 다섯 건에 대해서는 슈다쓰가 직접 죽이는 장면을 목격했다는 확실한 증인도 여러 명 있습니다. 오단의 우려가 있어 살형은 안 된다 하신다면 도저히 오단일 리 없는 슈다쓰를 살형에 처하는 데에는 문제가 없지 않습니까."

조큐는 난처한 듯이 눈살을 찌푸렸다.

"지금은 슈다쓰의 문제를 논하고 있는 것이 아니야. 살형 자체를……."

"마찬가지이지요. 오단의 가능성이 있으니 살형을 내릴 수 없다면, 오단의 가능성이 없을 때는 허용된다는 뜻입니다. 천강天綱에 살형이 존재하는 이상 살형의 시비 문제가 아니라, 사건 개개의 문제입니다."

에이코는 두 사람의 설전을 들으면서 홀로 납득했다. 이 또한 조큐에게 승산이 없다. 살형은 옳고 그름의 문제이나, 오단은 틀림없이 그른 일이다. 두 가지를 같은 차원의 문제로 이야기하는 것은 애초에 억지다.

한번은 소쓰유가 피해자 가족의 심정을 들어 살형을 주장했다.

"짐승에게 까닭 없이 가족을 빼앗긴 자들의 괴로움은 오죽할까요."

"그 괴로움은 알아. 하지만 슈다쓰를 살형에 처한다고 해서 희생자가 돌아오는 것은 아니야. 억울하게 가족을 잃은 괴로움이 아물지는 않겠지."

"당연하지요. 일어난 사건은 달라지지 않습니다. 설령 천제의 위광으로도 사건을 없었던 일로 되돌릴 수는 없습니다. 그렇기에 그들에게는 미약하나마 구제가 필요합니다. 가족을 잃은 괴로움을 어떻게도 없애주지는 못하지만, 슈다쓰 같은 자의 존재를 어찌하여 하늘이 허용하느냐는 생각에 시달리는 것은 없애줄 수 있습니다. 그 번뇌만큼은 확실히 구제할 수 있지요. 반대로 말씀드리면, 슈다쓰를 살형에 처하지 않는 것은 유족의 그런 괴로움을 없앨 방도를 알면서도 구태여 계속해서 고통받게 하는 것입니다. 그러면서 인도를 이야기할 수 있을까요."

"하지만……."

조큐가 주장한다.

"형벌은 유족을 대신해 복수하기 위해 존재하는 것이 아니야."

"그럼 무엇을 위해 존재합니까? 어리석은 백성을 교화하기 위해서인가요. 슈다쓰는 이미 세 번의 징역을 받았어요. 두 번은 투살이었지만 세 번째는 적살입니다. 세 번째에 균주에서 처벌할 때, 형법대로 슈다쓰를 살형에 처했다면 스물세 명은 죽지 않아도 됐습니다."

슈다쓰를 개심시키지 못한 이상 형벌은 어리석은 백성을 교화하기 위해 있다는 전제에는 아무 설득력도 없었다. 조큐는 교화의 방법에 문제가 있었으니, 여기서 해야 하는 일은 살형의 부활이 아니라 더욱 효과를 기대할 수 있는 교화 방법을 찾아야 한다고 저항했지만, 그 방법이 무언인지, 어떻게 진짜로 개과천선한 것을 확인할지 묻자 대답하지 못했다. 슈다쓰가 풀려난 탓에 발생한 스물세 명의 새로운 희생자, 이 존재는 너무나도 무겁다.

한번은 조큐가 종신금고를 주장하며 저항해보았다.

“재범이 문제라면 출소를 허용하지 않으면 되지. 지금도 중죄를 여러 번 저지른 자는 저묵이 사라질 때까지 사실상 종신금고에 처하네.”

“슈다쓰 같은 극악인을 평생 감옥에서 먹여주자는 말씀이십니까. 백성의 조세로 마련한 것이에요. 슈다쓰 같은 죄인이 늘어나면 경비는 막대해지겠지요. 그만큼의 부담을 짊어지게 하면서 살려두는 이유를 백성에게 납득시킬 만한 구실이 필요합니다.”

조큐는 목이 멨지만 이내 대답을 찾아냈다.

“그거야말로 오단의 가능성 때문이지. 오단의 가능성은 뿌리뽑을 수 없으니까 언제든 실수를 바로잡을 기회가 있어야만 해. 백성에게 바로잡을 기회를 보장하기 위해 부담을 요구하는 거야. 그거야말로 결과적으로 백성 자신을 지키는 일이네. 언제 죄없는 백성에게 오단이 내려질지 모르니까.”

“그래서? 죽이지 않고 두기만 하면 오단은 바로잡힙니까? 그럼 묻겠습니다. 무엇을 계기로 오단을 바로잡습니까?”

“그거야 본인의 호소나…….”

“그럼 슈다쓰가 오단이라고 주장하면 사법은 이를 받아들여 다시 형옥을 열겠군요? 그때 전형은 이번과 주장이 바뀔까요?”

“물론 다시 형옥을 열 때에는 담당하는 전형을 바꿔야지.”

“바꾸면 주장이 바뀔까요. 죄인을 심판하는 데 전형의 형찰이 담당하는 관리에 따라 손쉽게 바뀌어도 괜찮을까요?"

조큐는 대답할 수 없었다. 당연하지만 조큐는 확신을 가지고 형찰하고 있다. 죄인이 판결이 잘못되었다며 항의한다고 해서 쉽게 판단을 바꾸지 않을 테고, 쉽게 바뀌어도 곤란하리라. 담당을 바꾸면 된다는 것은 언뜻 정론이지만 담당을 교체한다고 전형의 판단이 바뀐다면 전형의 형찰에 객관성이 없다는 소리다. 그 같은 일이 있어서는 안 된다.

"오단을 바로잡기 위해 처형하지 않는다고 하면 듣기에는 좋겠지만, 실제로 바로잡는 일이 없다면 의미가 없습니다. 바로잡기 위해 형도刑徒(죄수)의 목소리에 귀를 기울이고 그때마다 형옥을 다시 열려면 사법은 막대한 부담에 옴짝달싹할 수 없어지겠지요. 그렇다고 부담을 경감하고자 항소에 관문을 설치하면 오단을 바로잡을 기회는 필연적으로 좁아지고 맙니다. 아니요, 애초에 오단은 있어서는 안 됩니다. 종신형 또는 금고로 오단을 바로잡을 기회가 있는 것처럼 가장하면 형옥은 긴장감을 잃습니다. 오단을 두려워한다면 살형을 두고 단호하게 오단은 용납하지 않겠다는 결의로 임하는 편이 차라리 나아요."

조큐는 침묵했다.

에이코는 고개를 내저었다. 이때도 또한 조큐에게 승산이 없어 보였다. 그것이 참으로 이상했다.

에이코는 왕의 명령으로 살형이 중지된 세상에서 살아왔다. 당연히 살형은 있어서는 안 되고, 또한 당연히 형벌은 어리석은 백성을 교화하기 위한 수단이었다. 슈다쓰가 나타나고, 민중이 살형을 주장했지만 대벽을 금하는 것은 당연하다고 생각했다. 문제는 그런 결론에 민중이 납득하느냐였다.

그런데 실제로 이렇게 시비를 논해보니 살형 중지에는 타당함이 없다. 오히려 지금까지 살형 중지를 의문으로 여기지 않았던 것이 신기할 지경이다. 그럼 차라리 여기서 살형 부활을 받아들일까 물으면, 그것도 아닌 듯싶었다. 마음속 어딘가에서 '그것만큼은'이란 목소리가 들린다.

에이코는 이러지도 저러지도 못하고 소쓰유에게 물었다.

"소쓰유, 그대는 진심으로 어찌 생각하지?"

굳이 직책명이 아니라 이름을 불렀다. 소쓰유는 겁먹은 듯이 눈을 깜빡이더니 내리떴다.

"……사실대로 말씀드리면 역시 망설임이 있습니다. 슈다쓰를 보고 있으면 살형이 불가피해 보이지만, 정말로 그래도 되겠느냐는 의문을 떨칠 수가 없습니다."

소쓰유는 그렇게 말하고 쓴웃음을 지었다.

"솔직히 말씀드려 전형이 그래서는 아니 된다고 단언해주지 않을까 기대하고 있습니다만."

조큐는 안절부절못하며 한숨을 내쉬었다.

"어떻게든 활로를 찾고 있지만 발견되지 않습니다. 논리로는 사자를 이길 수 없지만 역시 살형은 아니라는 생각이 든다고밖에……."

"저는 처음에는 살형 부활이 살형 남용으로 이어지는 것을 우려하고 있었습니다."

소쓰유는 그렇게 말했다.

"하지만 살형을 옹호하고 있자니, 그런 생각이 틀렸다는 생각이 들었습니다. 저도 모르게 내뱉었지만 남용을 우려한다면 사법이 이를 막으면 된다는 것이 정말로 맞지 않나 싶습니다. 다른 관리가 우려한다면 모를까, 다름 아닌 사법관인 제가 어째서 살형 부활이 곧 남용으로 이어진다고 생각했는지 신기합니다."

"확실히 그러하군."

에이코는 수긍했다.

조큐는 한숨을 내쉬었다.

"실제로 이렇게 심리를 거듭할수록 살인에는 살형으로 보복한다는 사고는 이치로 따질 수 없다는 생각이 듭니다. 희생자 가족이 그처럼 생각하는 것은 당연하지만, 관계없는 민중까지 그렇게 말합니다. 이는 근본적인 정의, 아니, 그보다는 이치를 뛰어넘은 반사적인 현상이 아닐까 싶습니다."

"반사적인 현상이라고……?"

"예."

조큐가 고개를 끄덕였다.

"살형을 요구하는 현상은 이치로 따질 수 없는데, 살형을 부정할 때에는 이치를 들어 따지는 수밖에 없습니다. 아무래도 이치로 말장난을 하고 있다는 느낌을 떨칠 수가 없습니다. 현실적인 실감이 부족해요. 그래도 굳이 거론하자면 살형은 야만이라고밖에 말할 도리가 없습니다. 오형五刑의 대부분이 야만적이라고 기피당했듯이 살형도 기피해야 한다고밖에는요."

"그렇군……."

오형이란 본디 경黥, 의劓, 월刖, 궁宮, 대벽을 이른다. 살인 등의 대죄에 내려지는 다섯 가지 형벌인데, 전부 지금까지 행해지는 나라는 거의 없다. 지나치게 야만적이라 인도에 어긋난다고 기피하는 것이 추세였다. 유국에서도 '일찍이 오형에 상당'한다는 의미로 '오형'이라는 말이 남아 있을 뿐이다.

소쓰유가 고개를 끄덕였다.

"코를 베고, 다리를 자른다. 이를 야만이라고 한다면 살형은 가장 야만적인 행위이겠지요. 적어도 법치국가에서 할 짓이 아닙니다."

에이코는 그 말이 옳다고 생각했지만, 한편으로 마음속에 진

응어리를 느꼈다.

슈다쓰는 죄도 없는 자에게 그 야만적인 폭력을 태연히 휘둘러왔다.

## 006

쳇바퀴를 돌고 있다.

허탈감과 흡사한 감정을 곱씹으면서 에이코는 사법부를 나왔다. 심리를 되풀이하는 동안에 여름이 저물고, 가을다운 저녁 해가 비추었다. 사형부에 들러 수하와 의논을 나누고 관저로 돌아왔다. 대문을 들어서자 세이카가 저녁노을에 물든 문간에 앉아서 기다리고 있었다. 세이카의 등뒤로 문간 처마가 드리운 그림자 안에 낯선 남녀 모습이 보였다.

"기다리고 있었어요."

에이코는 어쩐 일이냐고 물은 다음 뒤쪽의 두 사람을 보았다. 두 사람은 다가오는 에이코를 보자마자 서둘러 의자에서 내려와 엎드려 머리를 조아렸다.

"슌료의 부모입니다."

의자에서 일어난 세이카가 뱉은 말에 에이코는 기겁했다.

"이 무슨……."

"당신은 저들의 목소리를 들으셔야 해요."

세이카는 내쏘듯 말하고 머리를 조아린 두 사람의 얼굴을 들게 했다.

"사형이에요. 하고 싶은 말씀을 하세요."

"잠깐만."

에이코는 강한 목소리로 만류했다. 세이카를 응시한다.

"나는 이야기를 들을 수 없네."

에이코는 말하고서 허둥지둥 문간의 건물을 지나가려 했다. 세이카가 손을 붙잡았다.

"어째서 도망치시죠? 두 사람의 이야기를 들어주세요."

"이거 놓아. 그럴 수는 없어."

"당신은 희생자의 고통을 듣지 않고 무엇을 심판하려는 건가요!"

"주제넘은 짓이야!"

에이코는 저도 모르게 호통쳤다. 세이카가 얼굴을 확 일그러뜨렸다.

"관직이 없는 자의 의견은 들을 가치도 없다는 거군요. 그렇게 희생자의 목소리에도 서민의 목소리에도 귀를 막고 구름 위의 논리만으로 죄를 심판하려는 거예요."

"그렇지 않아."

에이코는 고개를 든 채 움츠러들어 얼어붙은 두 남녀를 보았다. 수척하고 초라한 차림과 절망이 꿰뚫은 듯한 눈빛에 가슴이 미어졌다.

"그대들의 의견은 사자가 들었다. 거듭 호소하고 싶은 것이 있다면 사자에게 말하시오. 이만 퇴출하시게."

"사자가 들으면 충분한가요? 자신의 역할이 아니라고 하시는군요. 관리는 늘 그래요. 자신의 직분 이상의 것은 보려고도 하지 않죠."

말이 격해지는 세이카에게 에이코는 호통쳤다.

"내가 개인적으로 이야기를 들으면 심리의 독자성이 의심받아!"

형옥은 어디까지나 전형, 사자, 사형 세 사람만으로 운영되어야 한다. 세 사람 외의 인간이 판결을 좌지우지해서는 아니 된다. 나라나 부패한 관리가 형옥을 간섭하는 것을 방지하기 위해 절대적으로 필요한 사항이다. 전형은 국문의 일환으로 피해자를 조사하고 사자는 그 직분으로 피해자나 피해자의 가족에게 의견을 구하기도 하지만, 사형이 단독으로 피해자를 만나는 것은 허락되지 않는다. 그렇게 하면 에이코의 판결은 신뢰를 잃는다.

하물며 지금은 주상께서 판결을 맡겼다. 에이코의 결단은 나라의 결단이며, 그 결단에 불신이 생길 만한 일이 있어서는 절대로 안 된다. 그렇지 않더라도 에이코가 내리는 판결에 사법에 대한 백성의 신뢰가 달려 있다. 게다가 대사구의 존재가 있다. 엔가는 단호하게 살형을 반대하고 있다. 만약 에이코가 살형이라 판결을 내리고 개인적으로 슌료의 부모와 만났다는 사실을 엔가가 알면, 엔가는 그 일을 들어 판결을 전면 부정할 것이다. 전면 부정당해도 이론을 제기할 수 없게 된다.

"이는 그대들을 위함이기도 하네. 이대로 퇴출하시게."

일부러 등을 돌린 채 한 말을 세이카가 가로막았다.

"아니요. 제가 용납지 않겠어요. 이야기를 들어주실 때까지 두 사람은 돌려보내지 않겠습니다. 이대로 며칠이라도 제 손님으로 머물게 하겠어요."

"이 덜떨어진 사람아!"

에이코가 고함치자마자 세이카의 얼굴에서 핏기가 가셨다. 이내 분노의 기색이 뿜어져 나오며 백지장 같은 얼굴도 붉어진다. 최악의 말을 입에 담은 줄은 알지만 에이코도 물러설 수는 없었다.

"자네는 아무것도 몰라. 이보게, 게 누구 없느냐."

대답하는 목소리와 인기척이 났지만 그 기척은 멀었다. 아마도 세이카가 사람을 물린 것이리라. 에이코는 말이 안 통한다는 사실을 깨닫고 아내의 손을 뿌리쳤다.

그때였다.

"그 짐승을 죽여주세요."

애처로운 여자의 목소리가 들렸다.

"그러지 못하겠다면 저를 죽여주세요."

에이코는 반사적으로 여자를 돌아보았다.

"제가 집을 나서는 그 아이를 불렀어요. 돈은 잘 챙겼느냐고, 틀림없이 십이 전이냐고. 그 소리를 그 짐승이 듣고서……."

—세 개에 십이 전. 잘 챙겼어.

"그 아이는 복숭아를 배불리 먹고 싶어 했어요. 평소라면 그런 낭비는 하지 못하게 해요. 하지만 슌료는 동생한테도 주고 싶다고 했어요. 아직 말을 하지 못하는 동생이지만 일전에 복숭아를 한 조각 주었더니 무척 기뻐했다면서요. 아마도 복숭아를 많이 좋아하는 것 같다고 했어요. 동생이니까, 자신과 똑같이 복숭아를 좋아한다고. 그러니까 한 개를 통째로 먹게 해주고 싶다고요."

여자의 눈은 무언가를 짙게 담고 있었지만 눈물은 보이지 않았다.

"그러기 위해서 열심히 심부름했어요. 집안일을 한 번 도우면 일 전 경화를 한 개 주었죠. 온종일 제 곁을 따라다니며 도울 일은 없느냐고 물었어요. 이걸 도울까, 저걸 도울까. 그 모습이 너무나 사랑스럽고 갸륵해서……. 제가 그날 오늘만 특별히 주는 거라면서 이 전을 주고 말았어요. 심부름을 열심히 해서 기특하다고, 저축한 게 기특하다고. 그러면 십이 전이 되는 걸 알았거든요. 그래서 이 전을 주었어요."

에이코는 시선을 피했다. 여자가 무엇을 호소하려는지 이해했다. 비정하다는 소리를 들을 각오를 하고 걸음을 떼었다. 에이코의 등을 남자 목소리가 쫓아왔다.

"아들은 죽었습니다. 그런데 어째서 그 남자는 살아 있는 겁니까."

남자의 목소리가 갈라진 까닭은 부르짖다 목이 쉬었기 때문일까 격정에 휩쓸렸기 때문일까.

"바로 옆이었어요. 그런데 나는 우리 아이를 구하러 가지 못했습니다. 우리를 불렀을 텐데. 목소리를 들을 수가 없었습니다. 얼마나 괴로웠을까. 그때 아들은 무슨 생각을 하고 무엇을 느꼈을까. 어째서 우리 아이였을까. 어째서 죽어야만 했을까. 하나도 모르겠습니다. 모르니까 생각을 멈출 수가 없습니다. 내가 아는 사실은 아들이 다시는 돌아오지 않는다는 것과 그런데도 그놈은 살아 있다는 것뿐입니다."

귀를 막아버리고 싶었지만 그럴 수가 없다.

"아들은 괴로워했어요. 우리도 괴롭습니다. 그런데 어째서 그 놈은 괴로워하지 않는 겁니까. 우리의 고통은 아무 의미도 없는 겁니까. 당신들에게 우리 백성은 아무리 괴로워해도 돌아볼 가치조차 없는 존재입니까."

에이코는 마음을 억누르며 돌아보지 않았다.

달려온 하인이 부부를 지초로 돌려보냈다. 세이카는 계속해서 저항했지만 부부를 반드시 돌려보내라고 하인에게 지시하고, 다시는 사건 관계자를 저택에 들이지 말라고 엄하게 명령했다. 동시에 수하를 저택으로 불러 문을 닫고 두 번 다시 똑같은 일이 일어나지 않도록 보초를 세웠다. 그러고 나서 세이카를 타이르고자 후원을 찾았지만 고집스럽게 문을 열어주지 않았다.

"이제 됐어요. 당신이 어떤 분인지, 저를 어떻게 생각하시는지 잘 알았어요."

문 너머에서 내쏘듯이 말하더니 이후 부름에는 대답도 하지 않았다. 에이코는 회랑에 우두커니 서 있을 수밖에 없었다.

세이카 역시 게이시처럼 떠날지도 모른다. 그래도 하는 수 없다.

본인이 바란다면 어쩔 수 없다. 하지만 세이카는 그 뒤에 어떻게 살아갈 작정일까. 에이코가 생활비를 주거나 직업을 찾아줄 수도 있고, 일반 백성으로 돌아가면 토지를 받을 수도 있다. 하지만 아래 세상은 세이카가 왕궁에서 보낸 십이 년만큼 시간이 흘렀다. 십이 년 사이에 세이카의 부모는 죽고 형제도 그만큼 늙었다. 지인들도 십이 년만큼 세월을 보냈다. 그에 익숙해질 수 있을까.

그리 생각하고 에이코는 쓴웃음을 지었다.

형제와 친척이 전부 죽을 만큼 시간이 흐르지는 않았다. 요새는 연락이 뜸해졌지만 몇 년 전까지는 자주 연락도 하고 찾아가기도 했다. 절대로 메우지 못할 틈은 아니리라. 게이시와는 다르다.

게이시가 나갔을 때는 육십 년 가까운 세월이 흘러 있었다. 부모는 물론이고 형제도 이미 귀적에 들어갔고, 심지어 자식조차 살아 있지 않았다. 평범한 백성으로 돌아간 게이시는 아는 사람 한 명 없는 저잣거리로 돌아가 그곳에서 무엇을 느끼고 생각했을까.

게이시가 느꼈을 의지할 데 없는 외로움은 상상이 갔다. 실제로 에이코 역시 직책을 사직하고 선적을 떠나 하야한 적이 있다. 게이시가 떠난 뒤의 일이다. 재산이 있고 나라의 지원도 있어 생활이 곤궁할 일은 없었지만, 어디에도 있을 곳이 없는 것만 같은 감각은 지금도 잊기 어렵다. 지인 한 사람 없이, 옛날에 알던 이는 어린아이까지 포함해 모두 죽고 없었다. 자식의 아이나 친척이라면 어딘가에 있겠지만 소재를 알 수 없었다. 고향을 포함해 한때 살았던 곳은 어디나 모습이 바뀌어 머물 만한 곳이 없었다. 추문에 책임을 지고 선적을 떠난 것이었으므로 주의 관리였던 둘째 아들을 만날 수도 없고 친한 동료를 의지할 수도 없었다. 만나거나 소식을 전하는 것도 자제해야만 해서, 에이코는 자택에 틀어박혀 있을 수밖에 없었다. 에이코는 세상에서 완전히 고립되어 있었다.

지금 돌아보면 그 과정은 얄궂은 도식을 그리고 있다. 에이코는 그렇게 칩거하고 있다가 세이카를 만나 두 번째 혼인을 했다. 에이코가 칩거할 수밖에 없었던 이유는 첫 번째 아내인 게이시가 범죄에 손을 댔기 때문이었다.

에이코의 곁을 떠난 게이시가 평범한 사람으로 돌아가 어떤 생활을 했는지는 모른다. 에이코는 원조를 제의했지만 게이시는 거부하고 백성들 틈으로 사라졌다. 다시 게이시의 소식을 들은 것은 오 년 뒤, 게이시는 곳곳에서 고관인 에이코의 이름을 대고 편의를 봐주겠노라 귀띔하여 막대한 금품을 가로챈 죄목으로 추포되었다. 국문을 통해 에이코가 관계없음은 금세 판명되었지만, 그래도 그대로 관직에 머무를 수는 없었다. 책임을 지고 관직에서 물러나 하계로 내려와야 했다.

대체 무슨 생각을 한 것인가.

에이코는 게이시를 선량한 여자라고 생각했다. 범죄에 손대다니 도무지 상상이 가지 않았다. 곤궁했던 것이리라. 그래서 마가 낀 것이리라고 안타깝게 여겼다. 게이시도 체포된 뒤로 몇 번이고 사죄의 편지를 보냈고, 진지하게 반성하고 있음을 헤아려 에이코는 자신이 입은 피해는 사자에게 사면을 요청했다. 전남편으로서 피해자에게 저지른 죄도 보상했다. 게이시는 차고 넘치는 감사의 말을 장황하게 적은 서장을 보냈지만 반년의 징역을 마치고 어딘가로 사라졌다. 일 년 뒤에 다시 소식을 들었다. 게이시는 균주에서 똑같은 범행을 되풀이해 체포되었다.

돌이켜보면 지금도 입이 쓰다. 사죄하는 편지와 사면 신청서, 같은 일이 되풀이되었지만 그 후로도 게이시는 똑같은 죄를 재차 저질렀다. 되풀이할 때마다 피해 규모는 작아졌지만 개심하지 않는 사람도 있다는 사실을 받아들여야만 했다. 네 번째 사죄 편지는 무시했다. 그 무렵에는 세이카라는 새로운 아내를 얻었고, 하계에 내려온 지 삼 년이 지나 국부에 복직한 상태였다.

국부로 돌아온 에이코는 갖은 수단을 다해 게이시의 건을 조사했지만, 게이시의 행동은 이해할 수 있는 범주를 뛰어넘었다. 게이시는 군郡 전형의 국문에 자신을 바보 취급한 에이코를 향한 복수라고 당당하게 말했다고 한다. 듣기로는 직접 동기는 금품이었다. 에이코의 추측대로 게이시는 하계에서 궁핍했다. 하지만 게이시는 범죄에 손을 대는 것이 에이코를 향한 복수라 생각한 듯하다. 자신이 어리석지 않다는 사실을 증명하기 위해 부유한 상인과 지방관을 속였다. 처음 징역을 받았을 때는 깊이 뉘우치는 모습을 보였고 관리도 그것을 믿고 풀어주었으나, 두 번째 체포되었을 때의 국문에 따르면 게이시는 처음부터 죄를 뉘우치지 않았다고 한다. 이해하기 어렵지만, 게이시에게는 법을 어기고 사직의 손에서 벗어나는 것이 에이코를 향한 철저한 복수였던 듯하다.

게이시를 국문한 전형은 동기가 이상할 정도의 복수심과 남편을 향한 적개심이라고 주장한 모양인데, 어째서 그렇게까지 게이시가 자신을 미워하는지는 이해할 수 없다. 어쨌든 게이시는 같은 죄를 되풀이했고, 에이코가 포기한 뒤로도 똑같은 생활을 계속했던 것 같다. 수법이 늘 똑같아서, 이내 속는 피해자가 줄어들고 풍문도 들리지 않았다. 지금 어디에서 어떻게 사는지 에이코는 알지 못한다.

세이카가 지상에 내려간다고 해서 게이시와 같은 길을 밟으리라 생각지 않지만, 그런 과거는 잊을 수 없다.

에이코는 잠잠해진 문 앞에서 한숨을 쉬고 안채로 돌아갔다. 안채로 들어가는 계단에는 당장에라도 울 것 같은 얼굴을 한 리리가 작게 웅크리고 있었다.

"리리……."

"……아버지는 엄마를 쫓아낼 거야?"

딸아이는 무릎을 끌어안은 채 에이코를 올려다보고 묻는다. 에이코는 딸 옆에 몸을 웅크리고 앉아 고개를 내저었다.

"그럴 리가 있니."

"엄마가 그렇게 말했는걸. 엄마도 나도 내쫓을 거라고."

리리는 어찌될까, 에이코는 생각했다. 나가겠다는 세이카를 어찌할 도리는 없지만 그때 리리를 어쩔 작정일까. 아마도 마을로 데리고 내려가리라. 생각한 순간 리리와 슌료가 겹쳤다.

아래 세상은 혼란스럽다. 슈다쓰 같은 짐승이 날뛰는 세계에 어린 딸을 무방비하게 내놓을 것인가.

"쫓아낼 리가 없지 않니. 아버지는 어머니와 리리가 줄곧 곁에 있어줬으면 좋겠단다. 아니면 리리는 나가고 싶으냐?"

리리는 고개를 가로저었다.

"그럼 리리야말로 약속해주지 않겠니. 어디에도 가지 않겠다고."

절대로 슈다쓰 같은 짐승에게 붙잡히지 않겠다고.

리리는 진지한 표정으로 고개를 끄덕였다. 그 얼굴을 보고 에이코는 생각했다.

만약 이 아이에게 무슨 일이 생긴다면.

조큐는 사람을 해치면 살형이란 생각을 이치로 따질 수 없다고 했다. 일종의 무조건반사라고 했다. 그 말이 옳다고 에이코는 생각했다. 이처럼 어리고 가녀린 존재를 무자비하게 살해하다니 용서될 리가 없다. 절대로 용서할 수 없고, 죄를 저지른 이상 자신이 처형당할 각오쯤은 해야 마땅하다.

만약 슈다쓰가 리리를 죽였다면 에이코는 슈다쓰를 절대로 용서하지 않으리라. 사법이 용서한다고 하면, 에이코가 스스로 검을 들고 슈다쓰를 죽일 것이다. 그 때문에 에이코 자신이 죄를 물어도 상관없다.

살형밖에 없다.

그렇게 생각한 순간 싸늘하게 차가운 것이 등줄기를 쓰다듬는 느낌이 들었다. 발을 들여서는 안 되는 장소에 한 걸음 내디딘 기분이었다.

이 망설임은 무엇일까. 에이코는 고민하면서 리리의 뺨을 쓰다듬었다.

"어머니를 위로해주지 않겠니."

리리는 고개를 끄덕이고 벌떡 일어나 후원으로 달려갔다. 멀어지는 등이 조그마했다. 그 모습이 한층 작아지며 멀어졌다.

에이코는 어린 모습을 지켜보았다.

## 007

밤에 호게쓰가 서재로 달려왔다.

"큰일이 있었다면서요……."

숨을 헐떡이며 묻는다. 에이코는 그저 고개만 끄덕였을 따름이다.

"면목없습니다. 제가 곁에서 막았어야 했는데."

"네가 사과할 일이 아니다. ……누구에게 들었니?"

"하인에게요. 그러기 전에 사형의 저택에서 무슨 난리가 난 것 같다는 이야기를 들었습니다. 실제로 무슨 일이 있었는지는 듣지 못했지만요."

에이코는 쓴웃음을 지었다.

"문간에서 벌어진 일이니까. 하인 중에 입이 가벼운 사람이 있었든지. 됐다, 어쨌거나 사람 입을 막을 수는 없지."

에이코는 창밖을 내다보았다. 캄캄한 정원에서 선선한 밤바람이 불어들었다. 벌써 가을이 찾아왔다.

"이 사실이 사법이나 소사구의 귀에 들어가면 어찌되겠습니까."

"이 사건에서 물러나게 되는 것은 확실하겠지."

에이코는 대답하면서 그래도 괜찮겠다는 기분이 들었다. 이 사건은 에이코의 힘에 부친다. 사건에서만 물러나는 것이 아니라 자칫하면 사형이란 직책을 잃게 될지도 모르지만 그 또한 나쁘지 않았다.

에이코는 그런 생각 뒤에 호게쓰를 바라보았다.

"……너에게 누를 끼칠지도 모르겠구나."

호게쓰는 에이코 옆에 무릎을 꿇었다. 에이코의 손을 양손으로 잡는다.

"그런 것은 마음에 두지 마십시오."

"하지만……."

호게쓰는 이제 막 국관이 되었다. 애써 손에 넣은 것을 잃고 마는 것이다.

"……세이카를 나무라지 말거라."

세이카가 무슨 생각이었는지는 모르나 나쁜 마음을 먹고 한 행동은 아니다. 나중에 주위 사람에게 들어보니, 세이카는 요새 남몰래 지초로 내려가 슌료의 부모뿐만 아니라 유족을 찾아다닌 듯하다. 그들의 이야기를 듣고 동정했으리라. 행동은 너무나도 경솔했지만 마음씨를 나쁘게 볼 수 없다.

에이코가 그리 말하자 호게쓰는 고개를 끄덕였다.

"내가 말을 아낀 탓인지도 모르겠군. 내 직분에 대해 좀더 자세하게 이야기해두었어야 했나. 무엇을 생각하고 무엇을 고민하고 있는지."

말은 그렇게 했지만 자신이 실제로 그렇게 했으리라 생각지는 않는다. 세이카에게는 이해하기 어려운 일일 테고, 이해해주기를 바라지도 않았다. 이는 거절이 아니다. 오히려 반대다. 세이카는 단순하게 의분을 느끼고 솔직하게 분노하기를 바랐다.

에이코의 그런 이기적인 생각이 세이카를, 그리고 게이시를 화나게 했는지도 모른다. 두 사람이 같은 말을 퍼부었으니 원인은 에이코에게 있으리라. 그런 생각을 하는데 호게쓰가 조용히 입을 열었다.

"저는 조부님 탓이 아니라고 생각합니다."

"……그러할까?"

"확실합니다. 이는 조부님 탓도 아니고 누님의 잘못도 아닙니다. 전부 슈다쓰 탓입니다."

에이코는 애달프게 실소했다. ……여기서 슈다쓰를 들먹이는가.

그러나 호게쓰는 고개를 작게 저었다.

"누님은 불안한 겁니다. 어째서 슌료의 부모를 만나려고 마음먹었는지는 모르겠지만, 목적은 알 것 같아요. 슈다쓰를 살형에 처하고, 그렇게 해서 자신의 불안감을 없애기 위해서죠."

"살형에는 죄를 막는 효과는 없다고 했는데……."

에이코의 말에 호게쓰는 고개를 내저었다.

“그런 문제가 아니겠지요. 지초의 치안이 문란해져서 어느 틈에 그것이 궐 안에까지 미치고 있습니다. 그렇지 않아도 불안한데 슈다쓰의 존재는 구제하지 못하는 죄인이 있다는 사실을 더 명확히 들이미는 거예요. 이해하기 어렵고 공감도 할 수 없어요. 자명해야 할 정의를 짓밟고도 털끝만큼도 신경쓰지 않는 사람이 있다는 사실이 누님을, 누님 같은 민중을 견딜 수 없이 불안하게 합니다.”

호게쓰는 힘없이 미소 지었다.

“슈다쓰만 없애면 불안도 따라서 제거됩니다. 누님도 사람들도 적당히 세상을 신용할 수 있겠죠. 그렇게 자신의 눈에 보이는 세상을 정비하려 하는 겁니다.”

“세이카가 그러더냐?”

“아니요. 제 생각입니다. 제 속의 평범한 백성에 지나지 않는 부분이 그렇게 생각하는 겁니다.”

에이코는 마음속으로 그러냐고 중얼거렸다.

“제거하여 세상을 정비한다…….”

불현듯 엔가의 말이 떠올랐다.

“짐승이라는 말은 이해하기 어려운 죄인을 인간이 아닌 존재로 멸시하고 무시하는 말…….”

호게쓰는 의아한 듯이 고개를 갸웃했다.

"대사구가 그리 말씀하셨다. 그때에도 일리 있다고 생각했지만, 확실히 그 말이 맞아. 우리는 자각하는 것보다 훨씬 겁쟁이로군. 이해할 수 없는 것은 떼어내지 않으면 마음을 놓지 못해……."

게이시가 보낸 사죄 편지를 버렸을 때 자신 안에 있던 것도 그것이었다. 더는 상대할 수 없다고 생각한 것은 이해하기 어려운 존재를 내버려서 보이지 않는 장소로 쫓아버리고 싶은 충동이었으리라.

돌이켜보면 에이코는 게이시를 위해 사면을 청원하고 죄를 보상했지만 만나지는 않았다. 게이시의 존재를 눈에 보이지 않는 곳에 격리해버리고 싶었을 것이다. 책임을 느끼고 의리 때문에 돕기는 했지만, 사실은 이해하기 어렵더라도 그때 게이시를 만나서 이야기를 나눠야 했는지도 모른다. 그랬다면 게이시는 같은 죄를 되풀이하지 않았을 수도 있다.

"인간이란 그런 생물이지요."

호게쓰는 위로하듯이 에이코의 손을 다독였다.

"하지만 저는 다른 한편으로 국관이기도 합니다. 그런 개인적인 감정을 두고 생각해서는 안 되는 일이 있음을 알고 있습니다. 저는 추관이 아니지만, 조부님께서 짊어지고 계신 것이 무엇인지 않습니다."

에이코는 고개만 끄덕였다.

"누님은 저와 리리에게 맡겨주세요. 조부님은 사형으로서 직책을 관철하십시오."

에이코는 말없이 손자의 손을 쥐었다.

에이코는 그들의 목소리를 듣고 말았다. 직책에 지장이 있는 사태라고 생각지는 않았지만 가만히 있을 수도 없었다. 이튿날에 지인에게 사정을 보고했다. 지인은 분부를 기다리라면서 그동안 심리를 진행하라고 했다. 사흘이 지나 지인의 부름이 있었다. 얼굴을 마주한 지인은 보고했을 때보다 훨씬 떨떠름한 얼굴을 하고 있었다.

"주상께서 이해해주신 듯하니 문제는 없네."

에이코는 지인의 얼굴을 보았다.

"소사구와 상담한 끝에 우선 주상께 보고를 드렸어. 처우에 대해 여쭈었더니 괘념치 말라고 하셨네."

지인의 목소리는 침울했다. 에이코 또한 의기소침해졌다. 질책이 없었던 것은 황송하나, 동시에 낙담했다. 자신이 결단해야 한다는 생각. 그보다 몇 배 강하게 든 감정은 역시 왕은 이 사건을 내팽개친 것이라는 낙담이었다.

"……주상은 슈다쓰의 건에 전혀 흥미가 없으시군요."

"그런 듯싶네."

지인의 목소리는 더욱 낮아졌다.

"대사구는 어떠합니까."

"아직 아무 말씀도 하지 않는군. 사건을 듣지 못하였을 리가 없네만."

"대사구를 생각하면 저를 경질해야 하지 않겠습니까."

"주상의 말씀이 있었으니 그리되지는 않을 걸세."

지인은 에이코를 보았다.

"짐이 무겁겠지만 나는 자네가 판결을 내려주었으면 해. 자네와 조큐, 소쓰유라면 어떤 결론을 내든 납득할 수 있겠다 싶어서 고른 것이야."

에이코는 황송하여 고개를 깊이 숙였다. 그러나 심리의 자리로 돌아가면서 기분은 무거워졌다. 걱정스럽게 기다리던 조큐와 소쓰유의 얼굴을 보니 한층 더 암담한 심정이었다.

"……역시 주상은 슈다쓰 사건을 포기하셨어."

먼저 입 밖으로 튀어나온 말은 자신의 처우가 아니라 그 일이었다.

나라는 확실하게 침몰하고 있다.

그것을 생각하면 생각은 처음으로 돌아가고 만다. 나라가 기울어가는 이 시기, 정말로 살형을 부활해도 괜찮은가. 앞으로 나라가 눈에 띄게 기울기 시작했을 때 정말로 에이코가 속한 사법은 살형의 남용을 막을 수 있을까.

에이코의 말에 조큐와 소쓰유도 생각에 잠겼다. 결국 이 마당에 이르러서도 여전히 망설이고 있다. 다들 그렇다. 자신의 의견을 결정짓지 못했다. 슈다쓰의 범행과 유족을 생각하면 살형도 불가피해 보인다. 그러면 살형을 우려하는 나약함이 고개를 든다.

에이코는 점차 이치로 따질 수 없다는 생각이 들었다. 살인에는 살형, 이를 이치로 따질 수 없듯이 살형을 주저하는 마음 또한 이론으로 설명할 수 없는 것이 아닐까.

에이코의 마음속에서 리리의 목소리가 들렸다.

—아버지가 사람을 죽이는 거야?

공교롭게도 리리의 이 말이야말로 사태의 본질을 꿰뚫고 있었다. 에이코는 살형과 살인은 당연히 별개라고 생각해왔으나, 마음속으로 정말로 그렇게 믿고 있었을까. 오히려 에이코는 늘 의식하고 있었던 것 같다. 어떻게 둘러대더라도 살형은 살인이나 다름없다. 사람 손으로 타인의 목숨을 끊는 일이다.

사람을 해치면 살형, 인간이 당연히 그렇게 생각하듯이 살인을 꺼림칙하게 여기는 것 또한 인간으로서 당연한 감정이 아닐까. 백성 대부분은 슈다쓰를 살형에 처하라, 사법이 처형하지 않는다면 자신들에게 넘기라고 하지만, 실제로 슈다쓰와 일대일로 대치하여 정말로 그를 죽일 수 있는 자가 얼마나 있을까. 그곳에서 앞으로 나와 직접 검을 쳐들 수 있는 자는 아마도 희생자의 유족뿐이리라. 분명히 에이코 자신도 리리가 살해당했다면 주저하지 않았을 것이다. 사리를 아는 자도 복수하기 위해서라면 살인을 기피하던 평소의 자신을 뛰어넘는다. 거꾸로 말하면 복수를 위해서가 아니라면 넘을 수 없는 선이다.

살형의 남용을 우려하고 살형을 야만이라고 느끼는 것은 결국이 본능적인 나약함, 살인을 기피하는 무조건반사가 뿌리에 있는지도 모른다.

에이코가 그렇게 말하자 소쓰유가 한숨을 푹 내쉬었다.

"그럴지도 모릅니다. 정말로 개인적인 감정이지만, 살형을 주장하면 늘 벗의 얼굴이 떠오릅니다. 지방관이었을 때의 동료인데 지금은 장륙掌戮의 직책에 있습니다."

에이코는 흠칫 놀라 소쓰유의 얼굴을 보았다. 장륙은 사예司隸의 지휘 아래 실제로 죄수에게 형벌을 부과하는 일을 맡는다. 만약 슈다쓰가 살형에 처하면 그것을 실행하는 이는 장륙이 될 것이다. 장륙이 지시하게 되어 있다.

"슈다쓰를 보고 있으면 사람을 죽인 자는 처형당해 마땅하다는 생각이 들지만 벗도 그리 생각해줄까 싶은 마음을 떨칠 수가 없어요. 물론 나라에서 하는 처형을 개인의 이기적인 사념에 근거한 살인과 똑같이 놓고 이야기할 수는 없지요. 하오나, 실제로 살형을 내린 이상 현실적으로 누군가 직접 슈다쓰의 목숨을 빼앗아야 합니다."

조큐가 달래듯이 참견했다.

"하지만 실제 처형은 하관夏官에서 병사를 빌려 행하게 되겠지. 이런 표현은 좀 그러네만 병사는 사람을 살상하는 데 익숙하지."

"그러할까요? 범죄자의 단속, 반란의 진압, 어느 경우도 마찬가지지만 병사는 죽이지 않으면 죽는 상황에 직면해 있습니다. 그 상황에서의 살상과 저항하지 못하도록 구속되어 형장에 끌려나온 죄인의 목숨을 끊는 상황을 같이 놓고 이야기할 수 있을까요."

"하지만…… 형리가 죄인을 처형하는 것은 살인이 아니야. 처형하는 것은 정의이지 형리가 아니니까. 형리의 손을 빌려 천제가 그것을 행한다. 그렇게 회유하고 충분히 보상해준다면 형리도 납득하지 않겠나."

"……정말로 이해해줄까요?"

조큐는 고개를 숙이더니 조용히 가로저었다. 에이코 자신도 납득할 수 없었다.

조큐는 자조하는 듯한 웃음을 흘렸다.

"차라리 유족에게 인도하고 싶어지는군요……. 그들이라면 흔쾌히 형리를 대신하겠지요."

소쓰유 또한 메마른 웃음이 새어 나왔다.

"그러게나 말입니다. 하오나 그래서야 복수가 되어버립니다. 사법은 복수를 위한 사적인 제재를 방지하고 복수의 연쇄를 막기 위해 존재합니다."

소쓰유는 그렇게 말하고 힘없이 허공을 올려다보았다.

"그렇기에 형리가 희생하는 것이겠지요……."

"두 사람에게 묻고 싶네."

에이코는 두 사람의 얼굴을 번갈아 보았다.

"민중은 살형을 바라지. 하급 관리들도 살형을 긍정했어. 하지만 나라의 고관일수록 주저하는 목소리가 들렸다네. 어째서인 것 같나?"

"그것은……."

조큐는 입을 열다 말고 닫았다.

"실제로 형옥에 관여하는 우리가 주저하는 것은 당연하지만, 직접 판결에 관여하지 않는 고관이 하나같이 신중론을 말하지. 생각해보면 이상하지 않은가."

소쓰유는 고개를 끄덕이고,

"확실히…… 그렇군요."

"나라가 자신이기 때문이 아닐까. 나에게는 자신이 나라의 일부라는 자각이 있어. 사법뿐만 아니라 자신의 의사가 나라의 행위에 어떠한 형태로든 반영된다는 것을 느끼지. 그처럼 국정에 관여하는 관리에게는 똑같이 나라의 일부라는 생각이 존재하겠지. 자신의 의사는 나라의 의사이며, 나라의 행실은 자신의 행실이다. 그렇기에 나라가 저지른 살인은 자신의 살인이나 진배없어."

—아버지가 사람을 죽이는 거야?

살형은 사람을 죽이는 행위다. 누군가 슈다쓰의 숨통을 끊는다. 그 누군가는 국가로부터 그것을 명령받는다. 그리고 국가에 그것을 권하는 사람은 에이코가 속한 사법관이며, 에이코가 속한 사법관에 맡긴 국관이다. 요컨대 그들 자신이 살인자가 된다.

"사람을 죽인 자에게 죽음으로 갚는다. 이는 아마도 논리적인 사고가 아닐 거야. 그와 동시에 사람을 죽여서는 안 된다, 죽이고 싶지 않다는 생각 또한 역시 논리로 따질 수 없겠지. 나라에 의한 살형은 자기에 의한 살인, 따라서 어떻게든 그것만큼은 피하고 싶어 하지. 이는 물론 개인적인 생각일 뿐이지만……."

에이코 안에는 살인을 기피하는 본능적인 두려움이 있다. 그 두려움은 백성들 안에도 깃들어 있을 것이다. 하지만 백성에게 국부는 하늘의 일부다. 하늘이 고른 왕과 왕이 고른 관료들. 처음부터 백성과는 동떨어져 있고, 자신의 의사와는 분리되어 있다. 그렇기에 살형을 요구하는 데 주저함이 없다. 슈다쓰를 죽이는 것은 자신의 손이 아니다. 하늘의 손이다.

"적어도 사법의 관리가 사적인 감정으로 시비를 말하는 것은 허용되지 않는다. 하물며 사적인 감정으로 형벌을 왜곡하는 일은 있어서는 안 되지. 하지만 정의를 아는 자에게 사람을 죽이고 싶지 않다는 생각은, 살인자를 살형에 처하라는 의분과 마찬가지로 어쩔 수 없이 드는 생각이야. 나는 살인자가 되고 싶지 않아. 남에게 살인을 권하고 싶지 않아……."

조큐가 깊은 한숨을 내쉬었다.

"살인죄에는 살형을, 이것이 논리가 아닌 무조건반사임과 마찬가지로 살형은 곧 살인이 아니냐고 꺼리는 감정도 논리가 아닌 무조건반사인 거겠지요. 둘 다 논리가 아니라 본능에 가까운 주관에 지나지 않지만, 무게는 아마도 같지 않겠습니까."

"……그러하겠지."

"살형 부활이 살형의 남용으로 이어지기 쉬운 것은 분명하지만, 남용을 막는 것은 틀림없이 사법의 직분입니다. 부활하든 중지를 관철하든 어느 쪽에도 일리가 있고, 이것만으로는 결론을 낼 수 없습니다."

"그렇다면 남은 것은 슈다쓰 자신이겠지요."

소쓰유가 말하자 에이코와 조큐는 의아한 표정을 지었다.

"논리는 완벽하게 균형을 이루고 있습니다. 그렇다면 이제 슈다쓰의 문제로 돌아가야죠. 애초에 주상이 대벽을 금한 까닭은 형벌의 목적이 처벌이 아니라, 어리석은 백성을 교화하는 것에 있었기 때문입니다. 그럼 문제는 슈다쓰를 교화할 수 있을지에 달렸지 않겠습니까."

에이코는 조큐를 보았다.

"한데, 슈다쓰에게 갱생 가능성이 있을까."

조큐는 뜻밖에도 아리송한 얼굴을 했다.

"저는 슈다쓰를 만났지만 도무지 죄를 뉘우치고 있다고는 생각되지 않았습니다. 하오나 대사구의 말씀이 어딘지 걸렸어요. 인간 이하의 짐승이라고 단정해놓고 마음을 고쳐먹으라고 하는 거냐고 말이지요."

에이코는 가슴이 철렁했다.

"슈다쓰가 슌료를 죽인 이유는 모릅니다. 슈다쓰 나름의 이유가 있었을 것이라는 대사구의 말씀은 부정할 수 없습니다. 그 이유만 밝힐 수 있다면 교화가 가능할지도 모릅니다."

에이코는 잠시 생각하다가 고개를 끄덕였다.

"슈다쓰를 만나보지."

## 008

이틀 후, 세 사람은 왕궁을 내려와 지초 서쪽에 있는 군영으로 향했다.

원칙대로라면 형옥에서 죄인을 국문할 때에는 왕궁 아래에 있는 외조 사법부로 죄인을 불러낸다. 하지만 만에 하나라도 슈다쓰가 도망친다면 큰일인데다 사람들이 알아채면 호송하는 길에 습격받을 우려도 있다. 그래서 관계된 관리와 협의하여 사법이 감옥을 찾았다.

징역에 처한 죄인은 감옥으로 압송되는데, 징역은 공공을 위한 토목공사 등의 노동 현장으로 보내지므로 감옥의 소재는 일정하지 않고 필요한 장소로 계속 옮겨다닌다. 아직 판결이 나지 않은 죄인은 금고에 처한 죄인과 함께 군영 안에 있는 감옥에 갇힌다.

에이코와 조큐, 소쓰유는 군영 깊숙한 곳을 지나 병사들이 몇 겹이나 감시하고 있는 감옥에 들어가 국문을 위한 방에 이르렀다. 그다지 넓지 않은 건물에 문이나 창문은 거의 없고 높은 벽에 채광창만 좁게 내어 놓았다. 어둑할 수밖에 없는 방안은 두꺼운 쇠창살로 둘로 나뉘어 있었다. 한쪽 단상에 사법관 세 사람이 앉는다. 잠시 뒤 쇠창살 너머로 죄인을 감독하는 장수掌囚와 병사가 나타나 한 남자를 끌고 왔다.

—이자가 슈다쓰인가.

에이코는 기묘한 기분으로 생각했다. 슈다쓰는 이렇다 할 특징이 없는 남자였다. 마르고 중간키인 남자라는 얘기는 들었지만, 이토록 '평범'한 남자일 줄은 꿈에도 몰랐다. 험악하다는 느낌은 들지 않는다. 눈빛에도 힘이 없다. 도통 패기가 느껴지지 않아 지친 것 같기도 하고 싫증이 난 것처럼도 보였지만 병적인 느낌은 들지 않았다. 적어도 짐승으로 보이지는 않는다. 정말로 어디에나 흔히 있는 남자다.

"가 슈입니다."

장수는 그렇게 말하고서 슈다쓰를 바닥에 붙여놓은 의자에 앉히고 수갑의 사슬을 발치의 쇠고리에 연결하더니 가볍게 고개를 숙이고 방을 나갔다. 보초를 서는 병사가 남았지만 쇠창살 너머에 꼼짝 않고 입을 다문 채 입도 뻥긋하지 않고 표정도 꿈틀하지 않았다. 국문 내용은 들려도 들어서는 안 된다. 그들에게는 듣지 못한 것으로 해야 할 의무가 있다.

슈다쓰는 눈을 내리뜨고 얌전히 사슬에 묶여 있었다. 앉아 있는 모습이 더없이 나른해 보였지만 특별히 허세를 부리는 모습도 없거니와 반항할 낌새도 없었다.

한차례 응시하고 나서 에이코는 소장을 펼쳤다.

"그대는 열여섯 건의 범죄에 혐의를 받고 있네. 이에 대해 할 말은 있는가."

에이코의 물음에 슈다쓰는 대답하지 않았다. 말없이 딴전을 피우고 있다.

"뭐든 좋네. 현재 자신이 놓인 처지에 대해 하고 싶은 말이 없나?"

에이코는 물었지만 이 질문에도 대답은 없었다. 에이코는 곤혹스러워하며 먼저 열여섯 건 각각의 사건 동기를 묻고 범행에 이른 경위를 재차 물었지만 역시나 입도 뻥끗하지 않은 채 필요하면 고개만 끄떡일 따름이었다. 이따금 우물우물 '응', '맞아' 하고 목소리를 내기도 했으나 설명다운 설명은 들을 수 없었다.

에이코가 끝내 국문을 포기하자 소쓰유가 대신했다. 소쓰유는 오기 전에 슈다쓰의 속마음을 알고 싶다고 했었다. 소쓰유는 슈다쓰에게 부모와 고향, 어떻게 자랐고 무슨 생각을 하며 살아왔는지 캐물었지만, 이번 질문에도 대답할 마음이 없는 듯했다. 딴전을 피우며 제대로 대꾸조차 하지 않았다.

슈다쓰는 사법관 세 사람을 철저하게 거부했다. 끌려 나와서

하는 수 없이 그곳에 있지만 도통 이야기를 나눌 마음도 없거니와 목숨을 구걸하기 위해서든 뭐든 무언가를 호소할 마음도 없어 보였다. 무시하듯이 시선을 피하고 뻔뻔스러울 정도로 침묵을 일관했다.

그 태도를 참을 수 없었는지 마침내 조큐가 끼어들었다.

"그대는 그 태도를 고칠 마음은 없는가."

울컥하며 묻는 것으로 보아 이전에 만났을 때에도 똑같은 태도였을 것이다. 슈다쓰는 조큐를 흘끔 보았다. 입가를 일그러뜨리고 멸시하듯이 슬며시 웃는다.

"죄를 뉘우칠 생각은 없어 보이는군."

참다못한 소쓰유가 언성을 높였다.

"그대가 함부로 죽인 희생자 가운데에는 어린아이, 젖먹이도 있어. 그에 대해서도 뉘우치는 바가 없는가."

슈다쓰는 소쓰유에게는 눈길도 주지 않고, 우물우물 "글쎄" 하고 중얼거렸다.

"참담한 짓을 저질렀다는 후회조차 하지 않는가."

"글쎄……."

"유족에게 사죄의 글도 한 장 보내지 않은 듯한데, 속죄할 마음조차 없다는 뜻인가."

소쓰유가 지엄하게 말하자 슈다쓰는 그제야 냉랭한 눈으로 소쓰유를 응시했다.

"속죄? 어떻게?"

"그것은……."

"내가 사죄한다고 죽은 사람이 살아 돌아오나. 살아 돌아오지 않는 한 죽은 놈의 가족도 나를 용서하지 않겠지. 그러면 속죄 따위 생각해봤자 헛수고 아닌가?"

재차 말을 하려는 소쓰유를 에이코가 제지했다.

"다시 말해 그대는 자신이 돌이킬 수 없는 짓을 했음을 안다는 이야기로군. 그 때문에 희생자 가족을 고통스러워한다는 것도 알고 있어."

"그렇지, 뭐……."

"그것을 언제 자각했지? 처음부터 알면서 범죄에 손을 댔나 아니면 붙잡히고서야 비로소 깨달았나."

"처음부터 알았지."

"알면서 어찌하여?"

슈다쓰는 볼을 일그러뜨리고 비웃었다.

"나 같은 쓰레기도 살아가야 하니까. 얼굴에 문신을 새겼으니 직장도 못 구하고 살 곳도 없고. 먹고 자기 위해서는 어쩔 수 없었어."

"……그대는 자신을 쓰레기라고 생각하는가."

에이코의 물음에 슈다쓰는 웃었다.

"댁들은 그렇게 생각하지? 나 같은 건 인간쓰레기고, 연민이라곤 손톱만큼도 없는 짐승이라고."

조롱하듯이 그렇게 말한다.

"어차피 나 같은 건 눈엣가시일 뿐이잖아. 댁들의 깨끗한 세상에는 필요 없지. 필요는커녕 방해꾼이야. 살 가치도 없는 쓰레기니까 얼른 죽어서 없어졌으면 싶지?"

슈다쓰는 말하고 나서 따분해하며 채광창에서 비쳐드는 빛을 보았다.

"죽이고 싶으면 죽여. 나도 이런 데 갇혀 있고 싶지 않으니까. 단숨에 처형당하는 편이 속이 후련해."

에이코의 마음속에 혐오감이 솟았다. 이 남자는 교활하다. 스스로 저지른 죄를 알면서 사법관들을 가해자로 만들고 피해자 입장에 서려 한다.

"……슌료를 기억하나? 재작년 여름에 그대가 지초에서 죽인 아이다. 목을 졸라 살해하고 십이 전을 빼앗았지."

슈다쓰는 말없이 고개를 끄덕였다.

"……어찌하여 죽였나."

"딱히 이유 같은 건 없어."

"없지는 않겠지. 어째서 아이를 죽여야 했는가."

완강하게 묻자 끈기에 졌는지 슈다쓰는 한숨을 한 번 내쉬었다.

"시끄럽게 굴면 귀찮을 것 같았거든."

"상대는 어린애야. 위협으로 충분하지 않았나? 아니면 힘으로 빼앗으면 그만이었지."

"위협했다가 울음이라도 터뜨리면 사람들이 모이잖아. 힘으로 빼앗으려다 도망치면 소동이 나고."

"그래서 죽이고 빼앗았나? 고작 십이 전을."

슈다쓰는 고개를 끄덕였다.

"어째서지? 그대는 품에 돈을 가지고 있었잖은가. 어째서 슌료의 십이 전이 필요했나."

"별로 필요하지는 않았는데."

"그럼 어찌하여?"

"그냥."

"설마 정말로 그 이유만은 아니겠지. 무슨 생각으로 아이를 해쳤는지 말할 생각은 없는가?"

슈다쓰는 넌더리가 난다는 듯이 에이코를 보았다.

"들어서 어쩌려고? 댁들은 내가 뉘우칠 거라고 생각하지 않잖아. 어차피 죽일 인간에게 꼬치꼬치 캐물어서 어쩌려고."

"들을 필요가 있네."

엔가는 슈다쓰가 아이를 죽인 데에는 슈다쓰 나름의 이유가 있을 것이라 했다. 그 이유만 확실히 밝힌다면 슈다쓰 같은 어리석은 백성을 구제할 방도도 알 수 있다고 했다. 동시에 슌료의 부친은 부르짖었다. 어째서 아들은 살해당해야만 했는가. 에이코는 하다못해 대답 중 하나라도 얻어야 했다.

슈다쓰는 귀찮다는 듯이 중얼거렸다.

"……굳이 말하면 술이 마시고 싶었기 때문인가."

"그러면 그대가 가진 돈으로 마시면 되었겠지."

"그렇게까지 마시고 싶었던 건 아니었어."

에이코가 무슨 뜻인지 알아듣지 못하고 말문이 막히자 슈다쓰가 말을 이었다.

"그러니까…… 우연히 지나가다 꼬맹이가 십이 전을 가진 걸 알았어. 엄마랑 그렇게 말하더군. 바로 전에 술을 파는 가게 앞을 지나쳤는데, 한 잔에 십이 전이라고 씌어 있었어. 살짝 술이 당기기는 했지만 십이 전을 내고 싶을 만큼 마시고 싶지는 않았거든. 그래서 그냥 지나쳤는데 마침 꼬마가 십이 전을 들고 있다잖아."

"그래서?"

"마침 잘됐다 싶었지. 딱 십이 전이라니."

에이코는 경악했고 조큐와 소쓰유도 아연실색한 듯이 눈을 부릅떴다.

"……그게 전부는 아니겠지?"

소쓰유가 당황하며 묻자 슈다쓰는 성가셔 죽겠다는 투로 대답했다.

"그게 전부야. ……뭐, 운이 나빴던 거지."

남의 일처럼 태연히 그렇게 말한다.

이 남자가 반성하는 일은 있을 수 없다는 씁쓸한 생각은 체념으로 이어졌다. 슈다쓰가 자신의 죄를 자각할 일도 없고 자각하기 위해 자신의 행위와 대면할 일도 없으리라.

'어차피 나는 쓰레기야'라는 등딱지 안으로 도망쳐 영원히 그곳에 머무른다. 어떠한 말도 이 남자를 깨칠 수 없고 심지어 상처 입힐 수조차 없다.

에이코는 암담했다. 사법관들이 한결같이 망설인 까닭은 자신 안에 살인을 기피하는 본능적인 거부감이 들기 때문이다. 하지만 이 남자에게는 그것이 없다.

슈다쓰와 에이코 사이에는 눈앞에 있는 쇠창살처럼 견고한 격벽이 존재했다. 에이코와 조큐, 소쓰유는 이것을 뛰어넘기 어렵고, 슈다쓰도 뛰어넘을 마음이 없다. 쇠창살 너머에 있는 슈다쓰를 세 사람이 꺼리듯이 슈다쓰 또한 쇠창살 너머에 있는 세 사람을 경멸하고 증오하고 있다.

—뉘우치지 않는 자도 있다.

에이코는 수치스러운 마음으로 새삼 확인했다. 동시에 자신은 이 남자에게 무엇을 기대했을까 싶은 마음이 들었다. 그의 죄상, 지금까지의 행실을 보면 슈다쓰는 스스로 교화할 마음은 없음이 자명했다. 슈다쓰는 분노하고 증오하고 있다. 게이시가 그랬듯이 교화에 저항하는 것이 슈다쓰에게는 무언가에 대한 복수이리라.

방대한 국문의 기록을 보면 그 점은 처음부터 명백했다. 그럼에도 어찌하여 에이코가 속한 사법은 슈다쓰를 교화할 수 있는지 본인을 만나 확인하려 했을까. 마치 그것이 마지막 희망의 끈이었던 것처럼.

고뇌하고 있는데 소쓰유가 나직하게 말했다.

"……삼자는 이전에 말한 대로이고, 삼유, 삼사에도 해당하지 않습니다."

본디 같으면 본인 앞에서 사법이 결론을 말하는 일은 없다. 그럼에도.

"사자는 죄를 용서해야 할 이유를 찾지 못하였습니다."

씁쓸한 것을 내뱉는 듯한 말투였다. 어쩌면 소쓰유는 슈다쓰 본인 앞에서 이 말을 해서 하다못해 그를 상처 입히고 싶었는지도 모른다.

조큐가 고개를 끄덕였다. 그 얼굴에는 소쓰유와 똑같은 고뇌가 배어 있었다.

"전형은 죄상에 따라 죽어 마땅한 죄로 판단한다."

"사자는 그것을 지지합니다."

전형과 사자의 의견이 합치했다. 에이코는 결단해야 한다.

그들을 노려보는 슈다쓰의 눈에는 멸시하는 기색이 감돌았다. 결론 내려지는 자신의 운명에 겁먹는 눈치는 조금도 없었다. 비웃는 듯한 미소가 '어차피 죽일 거잖아'라고 말하고 있다.

결국 나를 용서하지 못한다고 하겠지. 이해하지 못하고 공감도 할 수 없는 짐승은 눈엣가시일 뿐이니까 죽으라고 하겠지. 역시 그렇지?

에이코는 깊은 한숨을 내쉬었다.

"슈다쓰의 죄는 명백하고 타인이 이해하기 어렵다. 하지만 용서하지 못한다고 해서 처형하라는 난폭한 방식으로 살형을 내려서는 안 된다. 유족의 응당한 감정, 백성의 의분, 그리고 이해를 뛰어넘는 죄인의 존재에 불안감을 느끼는 심정은 이해하나 형벌은 그런 차원으로 운용해도 되는 것이 아니다……."

소쓰유가 조금 기가 꺾인 것처럼 시선을 떨어뜨렸다.

"주상께서는 대벽을 금지하셨지만 이는 형조불용을 국가의 이상으로 삼았기 때문이다. 용서하지 못한다는 사적인 감정에 휩

쓸려 여기서 가벼이 살형을 내린다면 전례가 된다. 사실상 살형의 부활을 의미하고, 이는 나라의 정세로 보아 살형을 남용하는 사태로 이어질 우려가 있다. 그것을 막는 것 또한 사법의 직책이나, 사적인 감정으로 전례를 만들고 나라의 정세를 이용해 남용을 촉구한다면 과연 진정 막을 수 있을지 염려된다."

에이코는 목소리를 낮추었다.

"그러나 그렇게 살형을 염려함은 결국 살인을 기피하는 나약함 때문이다. 살인죄에는 살형, 이것이 논리가 아닌 본능임과 마찬가지로 살인에 몸이 움츠러드는 것 또한 논리가 아닌 본능이다."

그렇기에 사법관 세 사람은 슈다쓰를 만나고 싶었다. 만약 슈다쓰에게 갱생 가능성이 있다면 그들은 살형을 내리지 않아도 된다.

"두 가지 모두 이치가 아니라 본능에 가깝다. 사적인 감정이라고 부른다면 사적인 감정에 지나지 않지만, 근본적인 두 본능은 서로 표리를 이루고 있으며 이것이야말로 법의 근간이다. 살인과 백성을 학대하는 것을 불가한다고 천강으로 못박고도 형법에는 살형이 존재하는 이유는 아마도 그 때문일 것이다."

조큐가 머뭇거리며 고개를 끄덕였다.

"애초에 형법 자체가 모순을 품고 있다. 한편으로 죽이지 말라고 하고, 또 한편으로 죽이라고 말한다. 전형이 죄를 헤아리고 사자가 이를 감면한다. 형법은 원래부터 불안정한 것이다. 생각해보면 하늘이 반포한 섭리 자체가 그처럼 이루어져 있다. 양자 사이에서 흔들리면서 개개의 형사 사건에서 적정한 지점을 찾는 수밖에 없도록."

"하늘이……."

소쓰유는 중얼거렸다. 에이코는 고개를 끄덕였다.

"우리는 살형 금지와 살형 부활, 두 가지 모두 일리가 있어 결정을 내리기 어렵다고 결론지었다. 살형에 처하라는 무조건반사와 살형을 두려워하는 무조건반사는 똑같은 무게를 지녔다고 결론지었다. 유일하게 남은 것은 슈다쓰 자신에게 교화 가능성 여부인데……."

하지만, 그러나…….

에이코가 말을 흐렸을 때 슈다쓰가 불쑥 끼어들었다.

"나는 뉘우치지 않아."

에이코가 흠칫 놀라 눈을 들자 슈다쓰의 일그러진 얼굴이 훽 들어왔다. 죄수의 얼굴에는 야유하는 듯한 음침한 미소가 떠올라 있었다.

"절대로 그럴 일은 없어."

"……그러한가."

에이코는 고개를 끄덕였다.

"참으로 안타깝군……."

에이코는 말하고서 전형과 사자를 둘러보았다.

"살형이 부득이하다고 판단한다."

말이 떨어지자마자 슈다쓰가 배를 안고 폭소했다. 승자의 웃음이다. 그 순간 허탈한 패배감이 스며들었다. 절대로 양립할 수 없는 존재, 이것을 전면 부정하여 말소해버리면 받아들이기 어려운 현실을 거부할 수 있다. 슈다쓰를 분리하여 세상을 조정하려 하고 있다.

세 사람은 패배한 듯이 고개를 떨어뜨렸다. 모든 것이 붉게 물들었다. 어느새 방안에는 강렬한 석양이 비쳐들었다. 채광창에 끼운 쇠창살 그림자가 시커멓게 방안 모든 것을 잘게 조각냈다.

마치 어떤 조짐처럼.

세 사람은 슈다쓰의 존재를 거부했다. 슈다쓰는 제거되고, 받아들일 수 없는 존재를 지워버리는 것으로 세상은 정비된다. 하지만 이는 아마도 시작에 지나지 않으리라. 나라는 기울고 있다. 기운 나라에 들끓는 요마처럼 세상의 균열은 온갖 형태로 드러나리라. 그렇게 일그러진 부분을 눈에서 감추기 위해 사람들은 앞으로 수많은 것을 스스로 잘라낼 것이다.

그렇게 무너져간다. ……나라도 사람도.

에이코는 고개를 떨군 채 자리에서 일어났다. 조큐와 소쓰유가 에이코를 따랐다.

그들은 깔깔 웃는 죄인을 쇠창살 너머에 남기고, 눈을 돌리듯 고개를 숙인 채 무거운 발을 끌며 자리를 떴다.

# 청조란

青條の蘭

*

가는 눈발이 내리는 한밤중에 남자는 홀로 은회색 나무에 기대어 웅크리고 있었다. 머리부터 뒤집어쓴 넝마를 턱 끝에서 여민 채 고개를 푹 숙이고 차디찬 바람을 견딘다. 남자의 발치에는 녹슬고 깨진 냄비가 하나 있다. 냄비 안에는 주워 모은 장작이 들어 있어 작게 불을 지폈다. 그것이 유일한 등불이자 몸을 녹이는 수단이었다.

남자 주위에는 나무줄기와 똑같은 은색 가지가 늘어져 있다. 단단한 선을 그리며 몇 겹이나 늘어진 가지는 잎도 없고 잔가지도 없고, 불에 그슨 은으로 만든 것 같기도 했다. 그 때문에 남자를 품은 가지는 그를 사로잡은 우리 같기도 했다.

반쯤 무너진 건물이 나무를 빙 둘러싸고 있다. 지붕이 거의 허물어지고 곳곳의 벽이 쓰러져 눈바람을 막아주는 것은 없다. 남자의 발치에는 모닥불이 있었지만 등불은 없고, 동시에 인기척도 없었다. 건물 바깥에 펼쳐진 마을 모습도 별반 차이가 없다. 건물 대부분은 무너지고, 길 곳곳에 기와 조각이 산더미처럼 쌓여 있다. 간신히 남은 집집도 원래 형태를 유지하고 있는 건물은 거의 없고, 등불도 없거니와 인기척도 없었다. 마을을 둘러싼 곽벽도 마찬가지라 허물어진 곳 너머로 먹빛 밤하늘을 배경으로 험준한 산줄기가 시커멓게 들여다보였다.

마을은 메마른 대지 한가운데에 곧 숨이 넘어갈 듯한 모습으로 남겨졌다.

국경에서 그리 멀지 않은 작은 마을, 험준한 산줄기가 주위를 둘러쌌다. 애초에 경작하기에 적합하지 않은 비탈땅밖에 없다. 얼마 없는 평지를 개간하여 일군 다랑논은 방치된 지 오래다. 한때는 결실을 내려주던 산속 나무숲도 사람 손을 타지 않아 마구잡이로 뒤얽혀 자랐다. 마을 가까운 곳에서는 과일나무가 말라죽고 침엽수의 짙은 녹음은 비정상적으로 우거져 운집해 있다. 그보다 높은 비탈에는 잎을 떨어뜨린 낙엽수가 시체처럼 줄지어 너른 숲을 이루었다. 얼어붙은 바람이 불 때마다 숲이 흔들리며 희미하게 소리를 냈지만 생물의 소리나 기척은 전혀 없었다.

산은 인간의 영역이 아닌 곳으로 변모하고 있다. 그곳에 외따로 유적처럼 남겨진 마을 또한 폐허로 바뀌고 있다. 등불이라고는 다 쓰러져가는 이사里祠(이목을 모시는 당집)에서 남자가 발치에 밝힌 모닥불이 유일하다.

모두 죽어 사라진 듯한 밤중에 남자는 그저 웅크리고 있었다.

모닥불이 작게 튀며 불길이 날름거렸다. 그 빛이 한순간, 남자를 사로잡듯 뻗은 가지의 차가운 질감을 드러냈다.

남자는 말없이 가지로 시선을 옮겼다. 본디 같으면 흰 색이었을 가지 끝은 곳곳이 녹슨 것처럼 검게 변했다. 시들어간다.

당연하다. 이 마을에는 이제 이목里木(마을에 있는 난과 나무)을 향해 기도를 바칠 사람이 몇 남지 않았다. 남겨진 집은 겨우 몇 채, 인구라고는 고작 아홉 명. 이목은 불필요한 가지를 스스로 떨어뜨리려 하고 있다.

다시 일어서기에는 너무 늦었을지도 모른다.

이 마을은 이제 망해 없어지는 길만 남았는지도 모른다.

남자는 이목 곁을 보금자리로 정하고 한결같이 기다릴 뿐이다. 마을 사람들은 그런 그를 수상쩍게 여기지도 않았고 걱정하지도 않았다. 피폐해진 사람들은 바깥세상에 흥미를 품을 여유도 없이 밤이 되면 굶주림과 추위를 달래기 위해 몸을 맞대고 누울 뿐이었다. 등불을 밝히기 위한 기름은 떨어졌다. 불을 때 밤을 덥힐 의욕도 다했다. 완만한 죽음을 받아들이듯이 사람들은 넋 나간 눈을 감고 잠들었다.

황폐화 속에 몰락하고 있는 것은 이 마을만이 아니다. 불모지가 된 가도를 따라 점재한 다른 도시도 농가도 마찬가지로 힘이 다해가고 있다.

또 다른 재앙은 숨통을 완전히 끊을 것이다.

그렇게 되지 않으리라 믿고 싶다. 그 증거를 남자는 기다렸다.

머리에 뒤집어쓴 넝마를 여미며 발치의 불을 가만히 응시했다.

상엿소리 같은 바람 소리 사이로 가는 눈발이 흩날린다.

## 001

눈은 소리도 없이 내린다.

동트기 전, 추위는 매서웠다. 계절은 극한기에 접어들었다. 낡고 더러운 여관의 좁은 객실, 어둠 속에서 몸을 일으키니 입김이 하얗다.

효추標仲는 납덩이처럼 무거운 몸을 침상에서 떼어내, 맨 먼저 객실 구석에 둔 함으로 기어갔다. 불을 켜고 대오리를 조밀하게 짜서 만든 뚜껑을 살며시 연다.

뚜껑과 마찬가지로 대오리를 촘촘히 엮은 함 바깥쪽에는 몇 겹이나 옻칠을 하고, 안쪽은 명주와 비단으로 덮었다. 만듦새는 무척이나 고급스럽지만 그 안에 요란하게 들어 있는 물건은 통나무 한 토막이다. 양손으로 감쌀 정도의 두께, 두 손바닥을 나란히 펼친 것만 한 길이. 나무껍질이 얼룩덜룩한 평범한 통나무로, 중간쯤 가지가 꺾여서 생긴 옹두라지에 푸른 잎이 붙어 있다. 그저 그뿐인 물건이 톱밥 가운데에 묻히도록 놓여 있었다.

효추는 통나무를 확인하고 작게 안도의 한숨을 내쉬었다. 다시 통나무를 꺼내 꼼꼼하게 살핀다. 통나무 절단면과 나무껍질은 말라 있지만 가볍게 두드려본 느낌으로는 아직 충분히 수분을 머금고 있는 듯했다. 썩어 들어간 부분도 없다. 이끼가 끼거나 곰팡이가 핀 낌새도 없었다. 옹두라지 곁에 뿌리를 내린 풀에도 이변은 없다. 곧고 가는 난초와 비슷한 도톰한 잎이 한 줌 정도 빼곡히 났다. 효추는 이파리 한 장 한 장을 자세히 관찰했다. 아직 반들반들한 초록빛을 유지하고 있다. 시들거나 마른 기색은 없다.

이것이 희망이다.

그렇기에 여관에서 쉬고 눈을 뜨면 자신이 잠든 사이에 시들지 않았는지 불안해진다. 그래서 일어나면 우선 상태부터 확인하지 않고는 배길 수 없다.

잠자리에 들 때마다 밤새 말라 죽지 않을지 두려웠다. 곤죽이 되도록 지쳤는데 무서워서 좀처럼 잠들 수가 없다. 간신히 잠들어도 아침에 눈을 떠 확인하자 하룻밤 새에 시들어 있는 악몽을 몇 번이고 꾸었다. 가위에 눌려 벌떡 일어나 뚜껑을 열어 확인하고 다시 눈을 붙인 적도 한두 번이 아니다.

하지만 오늘은 아직 시들지 않았다.

다행이라고 중얼거린 효추는 신중하게 톱밥을 파서 통나무를 도로 안에 묻었다. 함 속에 끈으로 고정하고 난초가 묻히지 않도록 솜을 넣은 작은 주머니를 나란히 채워 넣은 뒤 천을 깔아 기름종이로 감싼 편지를 함께 놓았다. 함 옆에 매단 수綬(관직을 나타내는 증표를 다는 끈)를 확인한 뒤 안에 집어넣고 뚜껑을 닫는다. 가죽띠로 두르고 공들여 짐을 꾸렸다.

그러는 동안에도 손이 곱았다. 간밤에 물을 길어둔 통 안, 물 가장자리에도 살얼음이 얼었다.

효추는 얼어붙은 가장자리를 피해 양손으로 물을 퍼서 세수했다. 손가락이 얼고 바닥의 냉기로 무릎이 아리다. 몸을 녹이려 해도 객실 안에는 화로조차 없었다. 근래 몇 년 들어 숯이 내내 부족했다. 서민은 원해도 살 수 없다.

하는 수 없이 양손으로 무릎을 비볐다. 곧 올해 마지막 달을 맞이한다. 이 시기에 숯조차 구할 수 없다. 동지는 지났지만 여전히 추위는 계속되리라. 입춘은 해가 바뀐 뒤에야 찾아온다. 입춘이 지나도 추위가 누그러지려면 한참 걸린다. 해마다 이 계절에는 동상으로 사망하는 사람이 많다.

효추는 무릎을 한차례 쓰다듬고 가죽옷을 껴입었다. 벗어서 말려둔 신발을 꺼내 신으려 했지만 발이 부어 들어가지 않는다. 하는 수 없이 작은 칼로 동여매는 부분의 가죽을 잘라 천으로 감싸고 가죽띠를 둘렀다. 요사이 여정에서 발가락에 피 물집이 잡혔다. 무릎과 허리도 쑤셔서 똑바로 뻗기가 어려웠다. 줄곧 함을 짊어져온 어깨는 결리고 양손은 온통 텄다.

그래도 상관없다. 아직 희망은 마르지 않았다.

효추는 준비를 마치고 함과 짐을 들고 어두운 객실을 나왔다.

사태는 변색한 너도밤나무 한 그루에서 시작되었다.

적어도 효추가 이 사태를 깨달은 것은 고향에 있는 너도밤나무 숲 속 한 그루가 시작이었다. 벌써 십여 년 전 일이다.

효추는 북쪽 계주繼州 출신이다. 고향은 그보다 더 북쪽, 주의 경계 근처 험준한 산속에 있다. 기후의 혜택을 받지 못하는 한촌에서 자라고 고학 끝에 계주 소학少學에 진학해 운 좋게 서른 중반에 국관이 되었다. 직책은 지관地官 적인迹人. 작위는 중사中士,

국관 가운데에서도 최하층의 말단 벼슬아치다.

그래도 고향 서운西隕으로 돌아가면 이례적으로 크게 출세한 인재였다. 효추는 그 무렵 선적에 오른 지 얼마 되지 않아서 고향에는 부모와 친족이 있었다. 어릴 적부터 친했던 사람들이 기다리는 까닭에 새해에는 반드시 귀성했다. 그때 마을 근처 너도밤나무 숲에서 기묘한 색을 띤 너도밤나무를 발견한 것이다.

너도밤나무 숲에 낙엽이 졌다. 앙상한 겨울 산에 을씨년스럽게 우듬지를 뻗고 있었다. 숲속에는 가느다란 시냇물이 흐르고, 작은 폭포가 있다. 폭포가 흘러드는 못은 어릴 적에 곧잘 낚시하던 장소다. 낮은 절벽과 너도밤나무 숲이 주위를 둘러싼 더없이 안락한 곳이었다. 못가에 선 한 그루 나무의 가지 끝 일부가 서리라도 내린 것처럼 반짝거렸다.

"뭐지."

효추는 머리 위로 아득히 높이 치솟은 나무의 가지 끝을 쳐다보고 곁에 있는 오랜 지기에게 물었다.

오랜 벗의 이름은 호코包荒라 한다. 마찬가지로 서운에서 태어나 함께 소학에 진학했다. 효추보다 한 해 먼저 소학을 졸업해 고향 마을이 속한 절하향節下鄉의 관리가 되었다.

호코는 효추의 시선을 좇아 너도밤나무 가지 끝을 쳐다보았다.

"서리……는 아니겠군. 저 가지는 남쪽을 향하고 있어."

효추는 고개를 끄덕였다. 양지바르고 탁 트인 장소로 뻗은 가지라서 반짝거린 것이다. 그렇다면 거기만 서리가 내리리라 보기는 어려운데다 이런 오후까지 서리가 남아 있을 리도 없다.

"반짝거리는 것처럼 보이는데."

"응."

호코는 가볍게 절벽을 올라가 이쪽저쪽 위치를 바꿔가며 가지를 쳐다보았다. 이내 나무줄기에 매달려 허리에 찼던 허리띠 하나로 솜씨 좋게 나무를 탔다.

효추는 그 모습을 보고 쓴웃음을 지었다.

호코는 어릴 때부터 산과 들에서 놀기를 좋아했다. 인근 산을 종횡무진으로 뛰어다니며 지형과 식생을 꿰뚫고 있었다. 어디에 어떤 나무가 자라는지 어떤 풀이 나고 어떤 생물이 사는지 호코는 제집 마당처럼 잘 알았다. 한 그루 나무를 질리지도 않고 바라보고 새와 벌레를 온종일 들여다보았다. 호코는 소학을 졸업하고 향부의 산사山師가 되었다. 산사는 하관夏官 장고掌固 밑에서 산야의 보수를 담당한다. 호코에게는 천직이다.

원숭이처럼 가볍게 나무를 탄 호코는 한동안 튼실한 가지에 머문 채 변색된 가지 쪽을 응시하다가 이윽고 몸을 뻗어 허리띠를 휘두르더니 가지 하나를 쳐서 떨어뜨렸다. 효추는 호코에게 손을 흔들고 잡초 사이에서 떨어진 가지를 찾아 주웠다.

손가락만 한 길이의 가늘고 작은 가지였다. 시든 잡초 사이에서도 금세 분간해낼 수 있을 만큼 이상한 빛깔을 띠었다. 단단한 돌처럼 묘한 광택이 있다. 주워 들자 차가운 감촉이 손가락에 전해졌다. 단단한 감촉은 역시 돌 같았다. 부러진 가지의 단면도 변해 있었다. 섬유가 찢어졌다기보다, 오히려 결정이 부서진 것처럼 보였다.

"어때?"

호코가 큰 소리로 물으며 다가오자 효추는 아리송한 표정으로 가지를 내밀었다. 호코는 가지를 받아들고 눈을 빛냈다.

"……흥미롭군. 돌덩이 같아."

"위쪽 가지는 어떻지?"

"비슷비슷해. 석화한 것처럼 보였어. 게다가 색이 빠졌어."

효추가 "흐응" 하고 중얼거렸다. 호코가 떨어뜨린 작은 가지는 회백색을 띠고 있는데, 이는 원래 너도밤나무 나무껍질 색이니까 이상하다고 할 수는 없다. 너도밤나무 껍질은 본디 회백색에서 암회색을 띤다. 매끈하고 균열 같은 것은 없다. 그 때문인지 흔히 이끼나 수초, 곰팡이 등이 끼어 표면을 뒤덮어버린다. 너도밤나무의 나무껍질은 벗겨져 떨어지는 일이 없기 때문에 어린나무 시절에 낀 이것들이 무늬로 남아, 성장과 함께 늘어나면서 흰색에서 회색, 녹색이나 갈색의 무늬가 된다. 그 무늬 색이 빠져서 색이 사라진 것인가. 호코가 떨어뜨린 가지는 올해 뻗은 가지인지 아직 본연의 색이 남아 있다.

"말랐군. 어떻게 된 거지. 이런 건 처음 봐."

호코는 말하면서 작은 가지를 꺾었다. 날카롭고 딱딱한 소리가 작게 나면서 가지는 부러지며 부서졌다.

"시든 가지가 얼어붙은 건가?"

"그런 것 같지도 않은데."

호코는 말을 받아넘기며 가지를 품에서 꺼낸 수건으로 쌌다. 가지고 돌아가 조사하고 싶은 것이리라. 옆얼굴이 괜히 즐거워 보였다. 신기한 곤충을 발견한 아이의 눈이다. 이 녀석은 정말로 변하지 않는구나, 효추는 그렇게 생각했다.

산사가 담당하는 산은, 산이라 해도 백성의 삶과는 관계없는 깊은 산들이다. 사람들이 사는 삶의 터전이 되는 산은 지관 관할하에 있다. 그 밖의 산은 사람들의 생활에는 직접 관계가 없지만, 화재나 눈사태가 한번 일어나면 생활권에도 피해가 미친다. 재해를 미연에 방지하기 위해 사람 손이 닿지 않는 산과 숲을 맡아서 지세를 파악하고 필요하다면 보수하여 재해에 대비하는 이가 산사다. 향관에서 산사는 말단에 속하며 향의 산야를 총괄한다. 국부의 산사는 구주, 주의 산사는 각 군, 군의 산사는 각 향의 산사를 통괄할 뿐인 관리직이지만 향의 산사는 실제로 산속으로 들어가 직접 산을 지킨다. 호코는 고향의 산들을 잘 알듯이 향에 있는 산 또한 속속들이 알고 있었다. 한번 산속으로 들어가면 한 달이고 두 달이고 돌아오지 않는다. 야영하면서 사람 사는 집 한 채 없는 산에서 산으로 홀로 돌아다닌다.

"너는 정말로 산을 좋아하는구나."

효추가 말하자 호코는 쑥스러워하며 그저 웃었다.

그때였다.

"어머나, 두 사람 다."

여자 목소리가 들렸다. 그쪽을 바라보니 너도밤나무 숲 속에서 마을 여자들이 오솔길을 따라 내려오던 참이었다. 여러 여자 가운데에는 효추와 호코의 모친들도 있었다. 모두 작은 바구니를 짊어지고 있다.

"이런 곳에 있었니?"

응, 하고 대답하는 두 사람을 보고 그녀들이 웃었다.

"나무 열매를 주우러 왔지. 진수성찬이 아니라 미안하지만."

그렇게 말하는 여자의 바구니 안을 들여다보고는 너도밤나무 열매라며 호코가 웃었다.

"꽤 많이 주웠네. 진수성찬으로 충분한걸."

"아니야. 올해도 적어."

여자가 대꾸하더니,

"아버지가 적적해하시니까 얼른 내려와."

그렇게 말을 남기고 산에서 내려갔다.

너도밤나무 열매는 메밀처럼 삼각형으로 생겼으며 독이나 떫은맛이 없어서 생으로도 먹을 수 있다. 영양분이 풍부하고 맛도 좋다. 보통은 볶아서 먹지만 마을에서는 볶은 열매를 빻아서 떡을 찧거나 나뭇잎으로 싼 찰떡을 찌기도 했다. 변변한 작물이 없는 산골 마을에서는 진수성찬에 속하지만 안타깝게도 너도밤나무 열매는 좀처럼 열리지 않는다. 전혀 달리지 않는 것은 아니라도 보통 흉작이고 수 년에서 길게는 십 년에 한 번만 풍작이다.

"올해도 흉작인가. 정말로 좀처럼 풍작이 들지 않는 나무로군."

효추가 말하자 호코도 웃었다.

"배불리 먹은 기억이 거의 없어."

보통 나무 열매는 정기적으로 풍년과 흉년을 반복하지만 너도밤나무에는 그런 일정한 주기가 없다. 다음 풍작은 일 년 뒤일지도 모르고 십 년 뒤일지도 모른다. 게다가 무슨 까닭인지 풍년과 흉년은 전국적으로 일치한다. 풍작인 나무와 흉작인 나무가 혼재하는 법이 없었다.

"하다못해 몇 년에 한 번 딱딱 풍작이 들어주면 식량으로 도움이 될 텐데."

"그러면 나나 너 같은 놈이 싹 먹어치울 테니까 너도밤나무는 그렇게 자신을 지키는 거라고."

그렇게 대꾸하며 호코가 웃었다. 효추가 고개를 갸웃거리자 설명을 덧붙였다.

"……그런 거 아닐까. 애초에 나무 열매에 풍년과 흉년 주기가 있는 이유는 그래서일 거야. 나무 열매가 풍작이 들면 나무 열매를 먹는 쥐도 많이 살아남게 되지. 그러면 이듬해 많은 쥐가 나무 열매를 다 먹어치우잖아. 그 이듬해 흉작이면 쥐는 굶주려서 줄어들어. 다음에 찾아올 풍작에는 그만큼 많은 나무 열매가 살아남을 수가 있지."

"그렇군. 하지만 어째서 너도밤나무만 풍작과 흉작 주기가 일정하지 않을까. 보통은 대개 정기적으로 풍작인 해가 찾아오잖아."

"맞아. 그런 점에서 너도밤나무는 신기한 나무야. 무슨 이유가 있겠지. 하지만 풍작과 흉작의 차이가 크니까 너도밤나무 숲에 있는 나무들은 모두 또래 나무잖아."

"또래 나무?"

호코는 고개를 끄덕이고 주위에 있는 너도밤나무 숲을 가리켰다.

"크기 차이는 있지만 너도밤나무 숲의 너도밤나무는 대부분 나이가 같아. 이 숲은 백 년 남짓 되었을까."

"그래?"

효추는 주위를 둘러보았다. 확실히 비슷비슷한 크기의 나무가 가지런한 인상을 주며 나란히 늘어서 있었다.

"그렇다면 백 년 남짓 전 풍작이 든 해에 일제히 싹을 틔웠다는 얘기로군."

"그렇게 되겠지. 너도밤나무는 아무래도 뿌리에서 다른 나무를 말라 죽게 하는 독소를 배출하는 것 같아. 빼곡히 났던 어린 나무는 사라져버리지. 덕분에 일정한 간격으로 같은 크기 나무가 늘어선 거야. 다른 종류 나무도 자라기 어려우니까 너도밤나무 숲은 대부분 너도밤나무만 자라는 단순림이 돼."

그래서 너도밤나무 숲은 밝은 거라고 호코는 말한다. 밝기 때문에 풀이 잘 자라고 종류도 풍부하다. 열매는 적지만 비옥한 땅에는 버섯이 자라고 풀을 찾아 많은 짐승이 모인다. 전망 좋은 너도밤나무 숲은 절호의 사냥터다.

"풍족하고 상쾌해. 너도밤나무는 마음에 들어."

"그렇구나."

효추는 숲을 바라보았다. 백 년 남짓 전에 일제히 싹을 틔운 너도밤나무 숲. 너도밤나무는 수명이 길다. 앞으로 몇백 년은 살아갈 것이다.

"……아주머니도 늙으셨더군."

효추가 불쑥 말했다. 나무에 대면 인간의 수명은 짧다.

"그래. 너희 집도 그렇지."

호코는 고개를 끄덕였다. 효추와 호코는 모두 관위가 있는 관리이기에 선적에 올랐다. 바란다면 부모를 선적에 넣을 수도 있지만 두 집 부모 모두 원하지 않았다. 대부분의 경우 부모는 그것을 바라지 않는다. 관례로 승선이 허가되는 사람은 부모와 처자식까지다. 형제나 친척은 넣을 수 없다. 지위가 오르면 방법이 있기는 하나 바라는 대로 전부 올리기는 불가능하다. 반드시 어딘가에서 선을 그어야만 한다. 그리고 인간은 대개 가족 안에서 선을 긋기를 꺼린다. 효추에게는 형과 누이가 있다. 효추의 부모에게 동반 승선은 곧 형과 누이를 현세에 남기는 것을 의미한다.

관위를 얻으면 현세에 작별을 고해야 한다. 효추와 호코 같은 말단 벼슬아치라도 다르지 않다. 언젠가 부모가 이 세상을 뜨고, 형제와 소꿉친구가 나이가 들면서 고향으로 돌아가기가 괴로워질 날이 오리라. 그래도 효추에게는 호코가 있다. 실제로 호코가 없었다면 귀성은 오래전에 그만두었을지도 모른다.

알면서 관리가 되기를 선택했다. 가족 또한 알면서 보내주었다. 그래서 되도록 도움이 되고 싶다. 아니, 도움이 되어야만 했다. 지금 이 나라에는 왕이 없다.

효추가 태어난 해에 왕이 승하하였다. 온갖 잔인무도한 짓을 벌이던 왕이었지만 고향 같은 변경 산촌에는 오히려 화가 미치지 않고 끝났다. 하지만 옥좌가 기울면 나라가 황폐해진다. 옥좌가 비면 더욱 황폐해진다. 나라는 어지럽고 어디고 가난했다. 서운 같은 한촌은 더욱 그랬다. 척박한 땅을 고생해서 일궈도 얻을 수 있는 소출은 얼마 되지 않고, 부족한 식량은 산과 들에서 열매를 채집해 보충했다. 그것으로 마을 사람들은 빠듯하게 살아간다. 그들이 앞으로도 살아남을 수 있을지는 효추나 호코가 얼마나 제구실을 할지에 달려 있다.

"그러고 보니……."

호코가 나직한 목소리로 말했다.

"중앙에 큰일이 있었다는 소문을 들었어."

"그랬나 보더군."

효추가 대답했다. 효추는 국부의 관리지만 평소에 지방을 돌아다니는 탓에 중앙 사정을 모른다. 다만, 무슨 큰일이 일어나서 조정에서 허둥대고 있는 듯하다는 소문은 들었다.

"이 나라는 어찌되려나……."

호코의 물음에 효추는 대답할 수 없었다. 서운은 가난하지만 풍요로운 산으로 둘러싸였다. 요마만 나타나지 않으면 최소한

이라도 생활을 유지할 수 있다. 하지만 그렇지 않은 곳의 황폐화 정도는 엄청나다. 경작지가 엉망이 되고, 먹고살 길이 막막한 사람들은 어떻게든 돈벌이를 하려고 무리 지어 도시로 올라왔다. 하지만 모여든 모든 사람을 먹여 살릴 만큼의 일감과 식량이 있는 것은 아니다. 도시에는 굶주림과 돌림병, 범죄가 일상화되고 북적이는 사람들을 노리듯이 요마가 들끓었다.

이럴 때야말로 관부의 도움이 필요하지만 의지해야 할 관리는 제 몸 지키기에만 바쁘다. 나라 또한 예외가 아니다.

효추는 소학을 나와 관리에 뜻을 두었고 뜻밖에 운이 좋아서 국관에 채용되었다. 본디 같으면 엄청난 출세지만 실정은 왕이 자신의 의향에 거스르는 관리를 주살한 결과 대량으로 생긴 공석에 운 좋게 들어갔을 뿐이었다. 나라는 크게 기울었고 솔직히 새로운 관리를 채용할 여유 따위 없었을 것이다. 그러나 각 관아는 거느린 관료 숫자로 예산을 배분받는다. 자신의 잇속을 늘리려는 상관은 하나같이 공석을 메우려고 기를 썼다. 그 결과 얻은 '뜻밖의 행운'이다.

그렇게 얻은 직책은 지관 적인, 이는 지관 과승果丞의 수하다. 과승은 각지에서 나는 진귀한 물품을 관리한다. 적인은 그중에서도 야목野木(산속에 있는 난과 나무)에 나는 새로운 초목과 새와 짐승을 수집하는 것이 일이었다. 실제로 산을 헤치고 들어가는 것은 지방관의 소임이나, 효추 자신도 바지런히 지방을 돌며 현재 상황을 자세히 파악해두어야 한다. 아니, 그런 명목으로 단순히 국부에서 내쫓았을 뿐이리라.

효추는 국부에 머문 적이 거의 없다. 노상 지방을 돌아다녔다. 관리니까 봉토를 받았지만 영지를 본 적도 걸음한 적도 없다. 좀처럼 국부로 돌아가지 않으니까 도읍이 속한 주 안에 있는 영지를 운영할 수 있을 리가 없었다. 그래서 영지는 과승이 대신하여 관리하고 있다. 과승이 운영하고 세수를 금전으로 바꾸어 지급한다. 내세운 방침은 그러했다.

하지만 국부의 말단 관리는 모두 알고 있다. 그들은 국관이라는 지위를 얻는 대신에 고관의 수하처럼 품삯으로 고용되었다. 영지의 수입은 통째로 과승 품에 들어가 사라졌다. 과승은 그 재물에서 최소한의 품삯을 떼어준다. 어쩌면 과승의 품에 들어간 재물 또한 더 높은 곳에서 가로채 사라졌을지도 모른다. 그런 실정이니 효추는 국부에 없는 편이 낫다. 그래서 줄곧 각지의 지관부를 전전하며 달갑잖은 대우를 받고 있다. 각지에 있는 지방 관아는 그렇게 중앙에서 파견되어 갈 곳 없는 말단 관리로 넘쳐났다.

현실을 원망해도 소용없다. 이런 시대에 직책을 얻은 것만으로도 행운이다. 애초에 효추는 국관에 뜻을 두었을 때부터 어렴

픗이 그런 줄 알고 있었다. 그래도 관리를 목표로 삼은 이유는 솔직히 말해서 먹고살기 위해서다. 최소한의 품삯이라지만 국관쯤 되면 액수가 크다. 고향에 있는 부모 형제의 생활을 책임질 수 있다. 적인은 변경만 돌아다니니 눈에 보이는 황폐화도 최소한이고 중앙의 분쟁과도 관계없다. 그런 법이라고 받아들이기만 하면 빠듯하나마 태평하게 지낼 수 있다. 효추는 원래 산골짜기 한촌 출신인지라 변경 산야에서 지내기가 괴롭지 않았다. 오히려 마음에 들었다.

그러나 그것이 언제까지 지속될까.

효추는 너도밤나무 숲 나무들을 올려다보고 다시 아래를 돌아보았다. 그들이 있는 못에서는 깊이 파인 골짜기와 그 밑바닥 너머에 작게 웅크린 마을이 보였다.

설령 앞으로 무슨 일이 일어나더라도.

하다못해 고향은 지키고 싶다. 고향과 그곳에 사는 그리운 사람들만은 지켜야 한다.

## 002

효추가 여관의 좁은 계단을 내려오자 1층 식당에는 양초 몇 개가 위태로운 불빛을 밝히고 있었다. 커다란 식탁이 늘어서 있을 뿐인 봉당에 손님은 없었다. 길가에 면한 널문은 일찌감치 열려 있었지만 일찍 길을 떠나는 나그네는 없는지 아침 식사를 찾는 사람은 보이지 않았다. 한산하고 어둑한 곳에 얼어붙을 듯한 냉기가 흘렀다.

안녕하세요, 하고 인사한 사람은 허드렛일을 하는 소년이었다. 열 살쯤 먹었을까, 천진한 아이였다.

"아저씨, 일찍 일어나셨네요."

효추는 고개를 끄덕이고 소년이 닦고 있는 식탁 앞에 앉으며 차와 아침 식사를 주문했다.

"주인아저씨가 날이 안 좋을 것 같다고 했어요."

소년은 따뜻한 차를 날라다 주며 그렇게 말했다. 봉당에서 바깥을 내다보니 간간이 눈발이 날렸다. 맞은편 건물의 뒤틀린 지붕 너머로 어스름한 햇살이 비쳐드는 하늘에 두껍게 낀 구름이 보였다. 확실히 사나워질 듯한 날씨다.

"남쪽으로 가세요?"

소년이 물어서 효추는 고개를 끄덕였다.

"가도를 따라 남쪽으로 갈 예정이면 오늘은 걸어서 못 간대요."

"괜찮아."

효추는 소년에게 돌을 건넸다. 이 돌을 화로에 넣어 굽는다. 추운 계절에는 품에 넣은 돌이 몸을 녹이는 유일한 수단이다.

"하지만……."

"갈 길이 바빠. 그보다 아침을 서둘러주겠니?"

찻잔으로 손가락을 덥히는 동안에도 내리는 눈의 양이 늘어났다. 길바닥에 떨어진 눈은 약한 바람에 쓸려 곳곳의 바큇자국이며 움푹한 곳으로 날아가 쌓였다.

여관 주인장이 죽 그릇을 내왔다. 쉰 줄의 주인장은 그릇을 내려놓으며 물었다.

"듣기로는 출발을 서두른다고?"

효추는 고개를 끄덕이고 도시의 성문이 열리자마자 출발할 생각이라고 대답했다.

"오늘은 조금 기다려보시오. 찬용讚容에 가는 건가?"

찬용은 가도를 따라 남쪽으로 내려간 곳에 있는 커다란 도시다.

"되도록 멀리."

가도 남쪽으로, 하나라도 먼 도시로.

주인장은 어이없는 표정을 지었다.

"이보시오, 누군가에게 쫓기는 거요?"

효추는 쓴웃음을 짓고 고개를 가로저었다.

"되도록 앞으로 나아가고 싶을 뿐이야."

주인장이 내어준 죽은 혀가 델 정도로 뜨거웠다. 쌀도 들어 있지만 대부분 밤이다. 쌀을 생산하는 데는 품이 든다. 이 나라에는 이제 백성이 충분히 먹을 만큼 쌀을 생산할 일손이 없다. 말린 버섯과 푸성귀를 썰어 넣었을 뿐인 죽. 그래도 떠날 채비를 하는 동안 꽁꽁 언 몸에는 반가웠다. 여행의 피로로 무겁고 나른한 몸도 속이 따뜻해지자 조금 편해진 것 같다.

"그렇게 서두른다면 마차를 이용하면 어떤가. 걸어서는 못 가. 이 앞 황무지는 눈보라가 치면 길이 험해."

"마차가 있나?"

효추가 기대를 담아 주인장을 돌아보자 주인장은 흠칫 놀란 듯이 입을 벌리고 한참 고민하는 듯했다.

"아아……. 안 되겠군. 아마도 말이 없을 거야. 이 도시에는 이제 말이 거의 남아 있지 않아. 아는 사람도 마차를 끌었지만 얼마 전에 팔았다고 하니까."

그런가. 효추는 한숨을 내쉬었다. 흔한 일이다. 말은 짐을 나르고 농작업을 돕는다. 사람들에게는 귀중한 재산이다. 하지만 이 재산은 먹이를 먹는다. 마냥 소유하고 있을 수는 없다. 대부분 먹일 여력이 없어서 사람들은 재산을 팔아치운다.

효추는 바깥 하늘을 쳐다보았다.

"눈보라는 치지 않겠지. 본격적으로 쏟아질 것 같긴 하지만."

"눈만 내려도 힘들어. 쌓이면 길이 보이지 않는다고."

이 앞에는 너른 평원이 있다고 한다. 한때는 온통 농지였는데 지금은 쑥대밭이 되어 한낱 들판이 되었다. 평탄한 들을 평탄한 길이 관통한다. 날씨만 좋으면 대수롭지 않은 길이지만 눈이 쌓이면 길을 분간할 수 없어진다. 눈보라가 치면 방향도 확인하지 못한다. 길을 잃으면 강가의 늪지대로 잘못 들 가능성이 있었다.

"이전에 둑이 무너져 강이 범람했어. 일손이 없으니까 보수도 하지 않았지."

"물가에 다가가지 않으면 괜찮겠지."

주인장이 실소했다.

"이맘때에는 강이 얼지. 눈이 쌓이면 들판이랑 똑같아. 방치된 늪지대라서 이 지역을 잘 아는 사람조차 어디까지가 진창인지 모른다니까. 여기 사람도 눈이 쌓이면 지나가기를 꺼린다고. 타지 사람에게는 무리야."

"충분히 조심하지."

효추가 대답하자 주인장은 고개를 크게 저었다.

"그만두게. 정말로 잠시만이라도 멈추고 날씨를 보면 어떻겠나? 서두른들 얼어죽으면 무슨 소용이야. 나도 꿈자리가 뒤숭숭할 거야."

이 말에는 대꾸하지 않았다. 상황을 보아도 마찬가지다. 설령 눈보라가 치더라도 효추는 출발한다.

“어째서 그리 서두르나.”

효추는 묵묵부답이었다.

조금 전 소년이 구운 돌을 나무 화로에 담아 가져왔다. 그것을 두꺼운 천 주머니에 담아 품에 넣었다.

“고맙군. 아들인가.”

효추가 묻자 소년을 고개를 가로저었다. 주인장이 아이의 어깨에 손을 얹었다.

“길가에 쓰러져 있는 녀석을 주웠지. 아무래도 옆 마을에 살았던 모양인데 마을 사람들이 모두 죽고 홀로 남겨졌어.”

“그럼 여기 이가里家(고아와 노인을 돌보는 기관)에서 지내나?”

소년은 고개를 가로저었다.

“이 마을에는 이가가 없지.”

대답한 사람은 역시나 주인장이었다.

“건물은 요마의 습격으로 무너졌고 여서閭胥(이가의 장로)도 없는데다 유지할 돈도 없어.”

“이부(관아)에서 예산이 나오잖아.”

“그럴 리가 있나.”

주인장은 내뱉듯이 웃었다.

"이부 따위 있으나 마나 해. 조세를 징수할 때만 관리가 모습을 드러낼 뿐이지 평소에는 아무도 없어."

효추는 납득하고 입을 다물었다. 흔한 이야기다. 이부를 유지할 세수입이 없다. 조세를 거두어도 위에서 가로채니까 마을 곳간은 텅 빈다. 이부의 관리는 먹고살 길이 막막해 뿔뿔이 흩어졌고 관아는 기능을 멈추었다. 그런 주제에 납세 시기가 되면 위쪽에서 하급 관리가 꼬박꼬박 파견된다. 본디 그런 마을에야말로 위에서 지원을 해주어야 하나 아래로 내려오는 돈은 운반 도중에 사라져버린다.

"놈들은 재빠르니까. 돈이 떨어지면 금방 나타나 품에 주워 넣고는 바로 사라져버려."

효추는 말없이 고개를 끄덕였다. 이것이 관리를 보는 백성의 평가다. 그러므로 효추도 신분을 나타내는 끈을 짐 속에 넣어 감추었다.

"너는 그렇게 되면 안 된다."

주인장은 소년의 어깨를 두드렸다.

"주인장이 거둔 건가?"

그렇다면 요즘 세상에 기특한 일이다. 주인장은 고개를 끄덕였다.

"나도 가족을 전부 잃었어. 피붙이 없는 인간끼리 만났지. 열심히 일해주니까 도움이 돼."

주인장의 말에 아이는 기쁜 듯이 웃었다. 효추는 참을 수 없이 안타까운 심정으로 아이를 바라보면서 천을 목에 두르고 코끝까지 덮었다. 그러고 나서 등에 함을 짊어졌다. 짐을 배에 동여맨다.

"이보, 손님, 제정신인가?"

제지하려는 주인장의 손에 음식값을 얹었다.

"아저씨, 안 돼요."

소년이 효추의 손을 잡았다. 걱정스러운 듯 쳐다보는 얼굴을 내려다보고는 애달파졌다. 효추의 조카도 살아 있다면 이쯤 되었으리라.

"괜찮아. 여러모로 고맙구나."

효추는 미소 짓고 소년의 잔뜩 튼 작은 손에 돈을 쥐여주었다. 하고 싶은 말이 있어 보였지만 등을 돌려 가로막았다. 한산한 거리로 나왔다.

변색된 너도밤나무를 처음 발견하고 이 년 뒤 정월, 변함없이 귀성한 효추는 호코를 이 년 만에 만났다.

먼저 돌아온 사람은 효추였다. 전해에는 나라 반대쪽에 가 있었기에 돌아오지 못했다. 오랜만에 만난 마을 사람과 옛정을 다시 나눈 이튿날, 호코가 돌아와 도착하자마자 산으로 가자고 했다. 무슨 영문인지 험악한 표정으로 걸음을 재촉해 간 곳은 그때 갔던 너도밤나무 숲의 못이었다.

호코는 못에 다다르자 너도밤나무를 올려다보았다. 그곳에는 가지 끝이 변색된 너도밤나무가 서 있었다. 색이 달라진 가지를 보고 그제야 효추는 이 년 전에 본 나무임을 떠올렸다. 그때까지 너도밤나무 같은 건 잊고 지냈다.

"그 나무인가. 여전하군."

"아니. 번지고 있어."

호코는 말을 끝내기 무섭게 나무줄기에 매달려 올라갔다. 듣고 보니 나무는 더욱 변색된 듯했다. 가지 절반 정도가 색이 바랬다. 돌 같은 광택을 드러내며 서리가 내린 것처럼 반짝거린다. 호코는 높은 곳에서 가지를 둘러보고는 이내 내려왔다.

"이게 뭔지 알아냈어?"

효추가 묻자 호코는 심각한 표정을 지었다.

"모르겠어. 작년에도 신경쓰여서 와보았지만 번졌더라고. 올해는 더욱 퍼졌어. 게다가 아무래도 여기만 이런 게 아닌 것 같아."

"다른 곳도 이렇단 말이야?"

호코의 말로는 계주 북부 일대에 있는 너도밤나무 숲에서 똑같이 색이 바랜 나무가 드문드문 발견된다고 한다. 색이 빠진 부분은 석화된 것처럼 말라서 내버려두면 번진다. 막으려면 메마른 가지 아래 온전한 부분까지 잘라내는 수밖에 없다고 한다.

"병인가."

"그렇겠지. 그런데 누구에게 물어도 이런 병을 본 적이 없대."

그러냐고 대답한 효추는 아직 이 사태를 가볍게 보고 있었다. 나무도 병에 걸린다. 아무리 호코가 잘 안다고 해도 본 적 없는 병증은 존재한다. 그런 것이라 생각했다. 이 무렵 효추의 부친도 병을 얻었다. 이 년 전에 기운차게 효추를 마중나온 아버지였는데, 이해에는 허리며 다리가 영 힘을 쓰지 못했다.

이듬해 정월, 아버지는 더욱 쇠약해졌다. 그리고 그해 가을에 부보가 도착했다. 각지를 떠돌던 효추는 여름에 부친이 숨졌다는 사실을 시월에 들어서야 들었다.

서운은 가난하지만 그래도 산에서 얻을 결실이 있고, 황폐화도 최소한으로 그쳤다. 그렇게 믿어왔지만 사태는 효추가 인식하고 있던 것보다 훨씬 어려웠다. 만성적으로 식량이 부족해서 마을 사람은 모두 영양 상태가 좋지 않았다. 특히 노인과 아이들은 별것 아닌 병으로 심각한 상태에 빠지기도 했다. 소식을 듣고 만사를 제쳐놓고 고향으로 돌아왔다. 식량을 모을 수 있는 대로 모아 말에 묶어 끌고 왔다.

마을 사람들은 반겨주었지만 웃는 그들 속에 친한 얼굴 여럿이 보이지 않았다. 효추가 도착한 그날 밤에 호코도 달려왔다. 돌아온다는 이야기는 사정과 함께 알려두었기에 그래서 달려와준 줄 알았는데 호코가 온 이유는 그뿐만이 아니었다. 호코는 효추를 산으로 데려갔다. 못가에는 전에 본 너도밤나무가 쓰러져 있었다. 그해 정월에 보았을 때에는 가지 대부분이 변색되어 있었으니, 수척해진 부친처럼 머지않아 시들어버리리라 생각했다만.

그러나 이변은 한 그루만이 아니었다. 쓰러진 너도밤나무 주위 나무가 변색되었다. 아직 잎이 질 만한 시기는 아니었는데 변색된 가지에는 잎이 한 장도 남아 있지 않았다.

"퍼지고 있어."

호코는 굳은 표정으로 말했다. 틀림없는 돌림병이다.

둥치부터 꺾여 쓰러진 나무는 나무 전체가 색이 바래 돌로 변한 것처럼 바싹 말랐다. 나무껍질의 질감이 그대로 남아 있어 더욱 희한했다. 둥치는 지난번에 본 가지와 마찬가지로 돌을 부순 듯한 단면이 드러나 있다. 호코는 나무둥치를 팠다. 흙속에는 뿌리가 남아 있지 않았다. 흙을 파도 나오는 것은 자갈과 모래뿐이다. 아니, 아무래도 뿌리가 모래 형태로 변한 것 같았다. 땅속에서 석화해 부서진 것이다.

효추는 위험하다고 생각했다. 만약 나무가 쓰러질 때 가까이에 사람이 있다면 말이다. 그보다 한발 더 나아간 생각은 하지 못했다. 효추의 머릿속에는 죽은 부친과 혈색이 나쁜 마을 사람들로 가득했다. 쓰러진 나무를 보고 하다못해 이럴 때에 풍작이 되어준다면 좋겠다 싶었다. 여기에 이만한 너도밤나무가 있다. 너도밤나무의 열매가 많이 열리면 영양가 있는 식량을 얻을 수 있다.

동시에 문득 머릿속을 스쳤다. 돌림병이 만연해 너도밤나무가 잇따라 쓰러지면 풍작을 기대할 수도 없어진다.

그해 겨울에 맞은 새해에도 식량을 들고 고향에 돌아왔다. 너도밤나무의 이변은 퍼졌고, 마을 사람들도 돌림병의 존재를 깨닫고 있었지만 표정은 밝았다. 뜻밖에도 쓰러진 너도밤나무가 비싸게 팔렸다는 것이다.

본디 너도밤나무는 목재로 적합하지 않다. 거목으로 자라기는 하지만 성장이 늦고, 싹이 나서 오 년이 지나도록 나무 높이는 어린아이 키 정도밖에 되지 않는다. 나무줄기의 두께가 한아름 정도 자라는 데에 백 년 넘게 걸린다. 목재는 단단하고 균질하나, 결이 곧지 않고 부패와 뒤틀림이 심하다. 때문에 건물을 짓는 목재로는 이용 가치가 없었다. 간신히 잡화를 만들 때나 사용되는데, 그때에도 건조와 취급에 주의해야 한다. 따라서 대부분 목재가 아니라 적당한 크기의 나무를 숯 재료로 이용한다. 그런

데 기이한 병에 걸린 너도밤나무는 부패에 잘 견디고 견고하며 뒤틀림도 없다. 내구력이 약하고 단단한 것이 단점이지만 도구와 세공만 신경쓰면 훌륭한 목재가 되는데다 돌 같은 광택이 나는 나무껍질이 아름다워서 좋은 가격이 붙었다.

서운의 사람들은 반겼다. 주위 산야에는 너도밤나무가 풍부하다. 이런 은혜도 있구나 싶어 효추는 고마워했다. 왕이 없는 시대에 하늘은 재난밖에 내려주지 않는다고 생각했다.

단 한 사람, 호코만이 심각한 얼굴을 하고 있었다.

돌이켜보면 그 시점에서 호코는 앞으로 일어날 재난을 예견했는지도 모른다. 어리석게도 기이한 병을 반기는 효추와 마을 사람을 앞에 두고 차마 확실하지도 않은 말을 꺼낼 수 없었을 것이다. 효추는 아리도록 차가운 미풍을 느끼며 생각했다.

다만, 그때 무슨 이야기를 들었다고 해서 결과는 달라지지 않았으리라. 그렇게 생각하면서 길을 서두른다. 성문이 열리기 전, 평소 같으면 나그네가 여관을 나설 시간이다. 그럼에도 길에는 한 사람도 보이지 않았다. 날씨가 걱정되어 길 떠나기를 늦추었다고 볼 수만은 없을 것이다. 거리는 쥐 죽은 듯 고요하고 집집의 굴뚝에도 밥 짓는 연기가 보이지 않는다.

효추가 간밤에 도착한 이곳 여전余篇은 규모로 말하면 중간 정도일까. 계주, 자주滋州를 관통해 남하하는 큰길에 접해 있어서 그럭저럭 북적이던 도시다. 그런데 문을 연 여관은 마구간이 있는 상급 여관과 어젯밤에 묵은 침상조차 없는 하급 여관 두 곳뿐이었다. 간밤에 묵은 여관에는 아무래도 효추 말고는 손님이 없는 듯했다. 거리에 면해 여관 간판을 내건 건물은 남아 있었지만 사람이 사는 낌새는 어디에도 없었다. 한때는 점포였을 건물이 늘어서 있어도 장사를 하는 가게는 좀처럼 없다. 지붕은 기울고 창문은 부서져 한낱 구멍으로 바뀌었다. 허물어진 건물은 없지만 눈에 띄게 피폐했다. 눈에 보이지 않는 형태로 메마른 분위기와 스산한 권태가 감돈다.

호코가 무엇을 예견했든 간에, 그 말을 입 밖에 냈든 내지 않았든 그 무렵부터 이미 이렇게 무너지고 있었다. 선왕 시대에 시작되어 공위空位의 시대에 진행되었다.

얼어붙은 것처럼 조용한 길을 지나 성문에 도착해도 역시 나그네 모습은 보이지 않았다. 지친 얼굴을 한 노인이 효추를 보고 허둥지둥 문을 열었다.

도시 바깥으로 내딛자 가로막는 건물과 곽벽이 사라졌기 때문인지 바람이 휘몰아쳤다. 정비가 미치지 않아 울퉁불퉁하거나 진창이 가득한 길에는 곳곳에 빙판이 지고 서릿발이 섰다. 효추는 머리 위를 올려다보았다. 드디어 밝기 시작한 하늘은 온통 숨

막힐 듯한 구름으로 뒤덮여 있었다. 정말로 눈보라가 칠지도 모르겠다.

그래도 가야 한다.

효추는 풍향을 확인하고 성큼성큼 걸음을 떼었다. 여정은 삼분의 이를 넘었다. 남은 여로는 삼분의 일, 때맞춰 도착할 수 있을지는 운에 달려 있다.

## 003

여전을 나서자마자 눈발이 거세지고, 채 한 시간도 지나지 않은 무렵에는 주변을 하얗게 물들이기 시작했다. 효추는 차디찬 길을 따라 걸음을 서두를 뿐이었다.

가도 가도 마을도 농토도 보이지 않았다. 큰길에서 갈라지는 길의 흔적이 희미하게 남아 있었으니까 예전에는 그곳에 존재했을 것이다. 길은 있는데 그 앞에 아무것도 없다.

도중에 멀찍이 검은 나무를 발견했다. 커다란 삿갓처럼 낮게 가지를 드리운 나무. 이목이다.

이목 주위에 있어야 할 이사 건물은 존재하지 않고, 이사를 둘러싸고 있어야 할 집들도, 집집을 둘러싸고 있어야 할 곽벽도 없다. 어렴풋한 흔적이 대지의 기복으로 남겨져 초목이 다 시든 겨울 들판에 묻혔다.

숙연해진 효추는 잠시 걸음을 멈추었다. 고사한 이목은 기도하는 발걸음이 끊어졌다는 증거다. 일리一里 스물다섯 가구를 모두 잃었다. 재해를 입었을까, 전투가 일어났을까, 아니면 굶주리다 죽은 것일까. 시들어버린 이목은 밑동부터 부서져 넘어간다. 병든 너도밤나무가 쓰러지는 모습도 그와 비슷했다.

효추도 처음에는 여느 백성들과 마찬가지로 너도밤나무의 이변을 그리 중대하게 여기지 않았다. 그 무렵 시든 너도밤나무는 깊은 산속 나무로 한정되어 있었고, 원래 너도밤나무는 이용 가치가 크지 않은 나무였다. 너도밤나무가 시들었다고 해서 사람들의 삶에 영향을 끼치지는 않는다. 그렇게 생각했다.

하지만 호코는 이 이변을 처음부터 위기라고 인식하고 있었다.

"마치 너도밤나무가 돌덩이가 된 것 같아. 그런 병은 듣지도 보지도 못했어."

그런 일도 있다, 곧 괜찮아질 거라고 효추는 대꾸했다.

아버지가 죽은 해 겨울, 색이 빠진 너도밤나무가 곳곳에서 눈에 띄었다. 이 년 뒤에는 고사한 너도밤나무가 쓰러지기 시작하고, 다시 이 년 뒤에는 명백히 이상 수치에 달했다. 그래도 여전히 효추는 산간에 사는 사람들과 마찬가지로 재난이라고 파악하지 못한 채 솔직히 반가운 일로 여겼다.

나무는 충분히 건조되어 알아서 쓰러진다. 벌채할 수고가 줄고, 쓰러진 나무는 방치해두어도 쉬이 썩지 않으니까 시장 수요에 맞춰 운반하면 된다. 그리고 괜찮은 가격을 받는다.

"고마운 이야기야. 덕분에 사람들 생활에 보탬이 되었어. 사실 너도밤나무는 많아봤자 좀처럼 쓸모가 없었잖아."

북부 지대에는 너도밤나무가 많다. 예전에는 목재로 쓰이지 않은 탓에 풍부하게 있는 나무를 굳이 벌목하려는 사람은 없었다.

너도밤나무 열매는 작아서 보탬이 되지 않는데다 대개 흉작이다. 식량으로 쓰기 어렵고 꽃이 피고 열매가 맺는 데에도 삼십 년에서 오십 년이 걸린다. 따라서 기근에 대비해 적극적으로 너도밤나무를 심는 사람은 없고, 심는다고 해서 도움이 되지도 않는다. 실제로 백성은 기근에 허덕이고 있었다. 얼마나 깊은 산속이든 열매가 열리면 주우러 가겠지만, 공교롭게도 근래 너도밤나무는 흉작이라 거의 열매를 맺지 않았다. 숯이 될 만한 어린나무는 모조리 베어 남은 것은 아무 이용 가치도 없는 거목뿐이었다.

그런 나무를 하루아침에 목재로 쓸 수 있게 되었다. 농지가 많지 않은 산간부 백성은 하늘의 은혜라고 기뻐했다. 마을 사람들은 여럿이 모여 산으로 들어가 쓰러진 나무를 끌고 내려와 간신히 연명했다. 기이한 병에 걸린 값비싼 너도밤나무 목재에 눈독을 들인 지방 관리가 민중을 배제하고 자신들끼리 독점하려는 움직임이 오히려 걱정이었다.

산사의 관할에 들어갈 만한 산은 백성의 것이 아니라 나라 소유다. 그러므로 백성이 자유로이 그곳에 들어가 재물을 얻고 멋대로 파는 것은 본디 당연히 허락되지 않는다. 따라서 각지의 관리가 산에서 백성을 내쫓으려 하는 것은 타당하지만 그렇게 지킨 재물을 지방관이 착복하는 것이 문제였다. 부정하게 목재상과 밀약을 맺고 고가로 판다. 판 이익은 국고로 들어가야 하지만 대부분 지방관부 어딘가에서 사라졌다. 국고로 들어가기만 해도 그 부는 돌고 돌아 백성의 복리에 쓰인다. 그러나 중간에 사라져버려서야 아무 의미도 없다. 그것을 깨달은 나라는 지방관의 전횡을 바로잡으려 애를 썼지만 그 역시 국관이 제 주머니를 채우려는 심산이었으므로, 누가 너도밤나무 목재를 손에 넣더라도 이익이 어딘가에서 사라져버리는 것은 달라지지 않았다.

"안주安州에서는 시장에 나온 너도밤나무 목재를 가차없이 압수하기로 했다는군. 그것을 경계해 요새는 목재상이 목재가 팔리고 나서야 돈을 준대. 백성은 힘들여 산에서 끌고 내려와 시장까지 날라도 압수당하면 고스란히 손해를 봐야 해. 안주의 관리는 결국 그것을 팔아서 대금을 제 주머니에 넣으니까 밑천 없이 큰 돈벌이가 되지."

효추가 한숨짓자 웬일로 호코의 눈매가 매서웠다.

"그런 건 문제 축에 들지 않아."

효추는 의아하게 여기며 오랜 벗의 얼굴을 바라보았다. 호코는 신경이 곤두서 있었다. 얌전한 친구에게 좀처럼 볼 수 없는 모습이었다.

"누구한테 말해도 똑같은 말을 해. 하지만 그런 말을 하고 있을 상황이 아니야."

"왜 그래."

효추가 묻자 호코는 비통한 목소리로 말했다.

"이대로 가다가는 산이 무너질 거야."

진지한 표정을 보고 효추는 '아, 그렇구나' 하고 납득했다. 호코는 산을 사랑한다. 산이 본래의 모습을 잃고 무너져버리는 상황이 참을 수 없이 괴로운 것이로구나. 실제로 호코는 고향의 너도밤나무 숲을 좋아했다. 가장 기분 좋은 곳이라고 늘 그렇게 말했다.

"네 심정은 이해하지만 지금은 그런 것을 걱정해봤자 소용없어. 백성은 목숨이 달린 고빗길에 놓여 있어."

"그러니까 하는 말이야!"

호코는 거칠게 말했다.

"이대로는 산이 무너져서 마을도 사람들의 생활 터전도 목숨도 삼켜버릴 거야."

그는 필사적이었다.

"너도밤나무 열매는 산짐승을 기르지. 흉작이 든 해에도 적당한 숫자의 동물을 길러내. 그게 하나도 남지 않는 거야. 그러면 어떻게 되겠어?"

"어떻게 되겠느냐니……."

너도밤나무 열매는 작은 산짐승들에게도 좋은 식량이다. 호코가 이전에 지적했듯이 너도밤나무 숲은 풀이 풍부하다. 다양하고 많은 종류의 관목과 풀이 우거져서 사슴 같은 대형 초식동물에게 둘도 없는 보금자리가 되어준다. 자연스레 그들을 먹는 육식이나 잡식 동물도 모여든다. 다시 말해 짐승을 그만큼 기르고 있다는 소리다. 너도밤나무 열매를 먹고 사는 짐승뿐만 아니라 너도밤나무 숲을 거처로 삼는 짐승, 그런 짐승을 노리고 모여든 짐승까지 수많은 생명을 지키고 있다.

"짐승은 산에서 내려와 인간의 영역을 침범하겠지. 곰이 사람을 덮치고 얼마 없는 곡물을 쥐가 덮칠 거야. 곰은 사냥하면 그만이지만 밀려드는 쥐 떼를 사람 손으로 다 잡을 수 있을까?"

효추는 입을 떡 벌렸다. 분명히 너도밤나무가 풍작이 든 이듬해에는 곰이 인가를 덮칠 때가 있다. 지난해에 많이 살아남은 만큼 이듬해에는 먹을거리가 부족해 사람을 덮친다.

"그러고 보니…… 요새 쥐가 늘었다는 소리를 자주 들어."

"그랬겠지."

호코가 대답했다.

"산속에 사는 쥐는 오히려 줄었어. 늘어난 것이 아니야. 산에서 살 수 없어서 마을로 내려온 거야."

호코는 진지한 눈을 하고 말했다.

"게다가 너도밤나무는 수분을 많이 저장해. 비가 내리는 날에 너도밤나무 줄기를 따라 빗물이 흐르는 모습을 본 적 없어?"

"아아……. 비를 그으려고 나무 아래에 들어갔다가 도리어 된통 당할 때가 있지."

"그렇지. 너도밤나무의 형태는 나무줄기에 물이 모이게끔 되어 있어."

그렇게 흐른 물은 나무껍질에 붙은 수초 같은 것을 살리고, 씻겨 내려간 양분을 뿌리로 나른다. 가을에는 잎이 노랗게 물들어 떨어지니까 나무 아래에 부엽토가 풍부하다. 덕분에 너도밤나무 숲의 토양은 검은색을 띠고 비옥하다. 두껍게 쌓인 부드러운 흙은 많은 물을 저장한다. 이 물이 주위 산지를 가뭄으로부터 지켜준다.

"너도밤나무 숲이 사라지면 여름에 가뭄이 들 거야. 그뿐만 아니야. 너도밤나무의 뿌리가 산을 지탱하고 있어. 거대한 몸체에 걸맞은 뿌리가 땅속에 뻗어 산의 흙을 묶어두고 있지. 그런 나무가 쓰러져버리면 산을 지탱하던 것이 사라지는 거야. 눈이 쌓이니까 겨울은 괜찮아. 하지만 봄이 되면 눈은 녹아. 녹은 눈은 천천히 깊숙이 지면으로 빨려 들어갈 거야."

원래 너도밤나무 숲은 물을 저장한다. 그곳에 눈이 내리고 녹아서 스며든다. 방대한 물을 빨아들인 지면은 당연히 물러진다. 산의 흙을 꼼짝 못하게 붙들 존재가 없다면 산은 깊은 곳부터 단숨에 무너질지도 모른다.

"이 부근의 산은 험준해. 그만큼 경사가 급하지. 그런 험준한 산속에 크고 작은 마을들이 점재되어 있어. 산이 무너지면 어떻게 될까."

산은 마을을 삼키고 사람을 삼킬 것이다.

"설령 그렇지 않더라도 봄에 산이 무너지고 강이나 농지가 매몰되면 씨를 뿌리지 못해. 애써 복구하려 해도 파종 시기를 맞출 수는 없겠지. 그러면 여름 이후 수확은 바랄 수 없잖아. 게다가 너도밤나무 숲을 잃은 산은 물이 부족해. 여름에는 틀림없이 메마르겠지. 간신히 수확기에 이르더라도 얼마 되지 않는 수확에 산짐승이 몰려들 테고. 자칫하면 기근이 들고 말 거야."

그제야 효추도 호코의 위기감을 이해했다. 효추 역시 산을 헤치고 들어가는 일이 직업인 이유도 크게 작용했다. 산간 마을 출신으로 호코를 벗으로 둔 덕에 산에 익숙하다. 거기에 직분이 더해져 산은 가까운 존재다. 그렇기에 설명을 듣고 절실하게 이해했다. 듣고 보니 호코의 예언을 암시하는 듯한 작은 이변이 산에 늘어났다. 아직 인간 세계를 어지럽힐 정도는 아니지만 그것들이 연쇄하면 무슨 일이 일어날지, 최악의 사태를 상상하는 것은 가능했다.

"그럼 어째야 하지?"

너도밤나무는 정체를 알 수 없는 돌림병 탓에 시들고 있다. 대항할 길이 없다.

호코는 그게 문제라며 머리를 감싸쥐었다.

"몇 년 동안 어떻게 하면 돌림병을 막을 수 있을지 닥치는 대로 시험해봤어. 하나같이 효과가 없었어."

"우선 병든 너도밤나무를 벌목해서……."

"해보았지만 효과가 별로 없어. 베어서 소각하는 것이 가장 좋은 방법이지만 그러면 너도밤나무를 잃기는 마찬가지야. 게다가 이렇게 큰 나무는 사람이 벌목해 태우는 속도보다 훨씬 빠르게 돌림병이 퍼질 거야."

"약은?"

"없어. 온갖 약제를 시험했지만 진행을 다소 늦출 수는 있어도 효과를 본 것은 없었어."

"그럼 방법이 없잖아."

"없지. 간신히 효과를 기대할 수 있는 방법이라면 너도밤나무가 시들었을 때 태워버리고 바로 다른 나무를 심는 거야. 뿌리를 잘 뻗고 성장이 빠른 나무를 심는다."

"나무 열매가 열리는 나무라야겠지. 떡갈나무나 모밀잣밤나무, 팽나무나 녹나무……."

"너도밤나무는 다른 나무를 시들게 해. 심은 나무의 생육이 돌림병이 퍼지는 속도를 뛰어넘을 리가 없고."

"……어쩌면 좋지."

"찾아줘."

호코가 효추의 팔을 붙잡았다.

"그것밖에 없어. 야목에서 약이 될 식물을 찾아줘."

효추는 호코의 얼굴을 보았다. 효추는 지관 적인이다. 그야말로 자신이 해야 할 일이다. 산과 들을 헤치고 들어가 야목에 열린 난과卵果에서 새로운 유익한 동식물을 찾는다. 특히 식물은 스스로 움직일 수 없으므로 열매가 떨어진 그곳에 뿌리를 내릴 수밖에 없다. 일단 자리를 잡으면 이듬해부터는 자력으로 번식해 퍼져가지만 그사이에 다른 동식물 때문에 씨가 마르는 일도 있으니까 유익한 식물을 적극적으로 얻으려면 사람이 개입해 뿌리를 내린 모종을 선별하고 번식시킬 필요가 있다. 적인이 그 일을 한다.

효추는 국관이었지만 백성에게 베푸는 정사에 참여할 자격이 없었다. 그저 나라에서 녹봉을 받으며 살아갈 따름이다. 그런 효추에게 나라와 백성을 위해 해야 할 일이 생겼다. 게다가 효추의 고향인 서운은 바로 그 너도밤나무로 뒤덮인 산기슭에 있다.

해야 한다고 생각했다.

하지만 그로부터 이만큼의 세월이 필요할 줄이야.

효추는 선명한 회한을 삼키고 눈 너머에 보이는 시커멓게 고사한 이목에서 시선을 떼었다. 쏟아지는 눈발을 피해 고개를 숙이고 무거운 걸음을 서두르는 데 집중했다.

## 004

완만한 언덕을 따라 나아가자 전방에 야트막한 산이 보였다. 저 산을 넘으면 일대에서 가장 큰 도시인 찬용이 나온다.

여전 부근에는 길 양쪽으로 주요 가도가 있음을 가리키는 가로수가 남아 있었지만, 산이 보이는 부근부터는 그것도 찾아볼 수 없었다. 백성이 살림에 보태려고 베었거나 재해로 쓰러져버렸으리라. 길은 곧장 산을 향해 나 있고, 양쪽에는 아무것도 없는 황량한 토지가 평탄하게 이어졌다. 여기가 여관 주인장이 말한 황무지인가.

그것을 확인한 즈음부터 하늘은 급속히 어두워지더니 일대에 본격적으로 눈보라가 쳤다. 나무 한 그루 없는 황야의 지축을 뒤흔들며 바람이 밀어닥친다.

이내 산은커녕 한 치 앞도 보이지 않았다. 도통 시야를 확보하지 못한 채 옆으로 퍼붓는 눈 때문에 고개조차 들지 못했다. 똑바로 걸으려고 해도 옆에서 부는 바람에 밀린다. 몇 번이고 길일리가 없는 깊은 눈더미에 빠지고서야 길에서 벗어났다는 사실을 깨달았다. 그때마다 고생해서 길임 직한 곳으로 돌아오기는 했으나 눈은 시시각각 쌓였다. 언제까지 느낌으로 길을 찾을 수 있을지는 의문이었다.

말이라도 있다면 눈보라가 치기 전에 지날 수 있었을 것이다. 설령 눈보라를 만나더라도 걸음을 멈추고 말의 체온에 의지해 바람이 잦아들기를 기다릴 수도 있었으리라. 하지만 효추는 계주를 나와 자주로 접어든 곳에서 말을 잃고 말았다. 너무 혹사한 탓이다.

간신히 도착한 도시에서 애마인 아겐娃玄이 쓰러졌다. 돌봐주고 싶었지만 그럴 여유가 없었다. 여관 사람에게 금전을 주며 맡길 수밖에 없었다. 지금쯤 어떻게 되었을까. 그대로 죽었을까,

아니면 어딘가에 팔려 갔을까. 쓰러질 정도로 혹사했으니 자신도 그만한 희생은 치러야 마땅하다. 그러나…….

역시 무모했나.

언제든 마음을 먹기란 쉬우나 결의 하나로 좌지우지될 만큼 현실은 녹록지 않다.

숨이 막힐 정도의 바람에 헐떡이면서 그때도 그러했다고 효추는 생각했다. 어떻게든 약을 찾겠노라 결의하기는 쉬웠다. 그런데 막상 일을 시작하자 정작 식물을 어떻게 찾으면 될지 막막했다.

곳곳의 지방 관아에 명령해 야목 아래에 난 낯선 식물을 채집했지만, 그 식물이 어떤 성질을 지녔는지는 길러보지 않고는 알 수 없다. 약효가 있는지 없는지, 있다면 어떻게 추출하는지. 달이는지, 건조해서 가루로 만드는지. 효과가 있는 부분이 잎인지 뿌리인지 열매인지. 어느 것이고 하루아침에 결론이 나지 않을 테고, 애초에 약효가 있는 풀이 때마침 나타날지 어떨지도 알 수 없었다.

모든 것을 어림짐작에 의지해, 각지에서 보내오는 방대한 식물을 무작정 계주 절하향의 호코가 있는 관아에 모았다. 식물이 효과가 있는지 없는지, 재배하고 시험하는 것은 호코와 호코의 서도胥徒(하관)가 떠맡아주었다. 효추는 각지를 돌며 짐을 꾸려서 호코에게 보냈다. 시시때때로 절하향에 들러 진척을 물었지만 결과는 신통치 않았다. 애초에 뜬구름을 잡는 듯한 이야기다.

이러지도 저러지도 못하고 일 년 가까이 흘렀다. 절하향 관아에 들렀을 때 호코가 한 남자를 소개해주었다. 약초를 찾는 일을 도울 것이라고 한다.

"엽목사獵木師인 교케이興慶다."

대면한 남자는 사십 대 중반쯤 되었을까. 낯빛이 나쁘고 야윈 남자였다. 어째 어둡고 가시 돋친 분위기가 감돌았다.

"……엽목사."

효추는 내심 혀를 찼다. 엽목사는 어느 나라에도 속하지 않은 부민浮民이다. 각지를 떠돌며 야목에서 쓸 만한 열매를 찾아 배양해서 팔아 생계를 꾸린다. 요컨대 적인 같은 존재라 효추도 엽목사와 만난 적은 많았다. 하지만 적인인 효추와 엽목사의 이해는 양립할 수 없다. 적인으로서는 백성이 멋대로 야목의 열매를 점유하면 곤란한데, 하물며 이 나라 백성조차 아닌 부민이 야목 열매로 얻는 이익을 독점하는 것은 허용할 수 없다. 그것을 알기 때문에 엽목사도 적인을 꺼린다. 자신들을 따돌리고 생계를 방해하려 하니 당연하다. 있는 그대로 말하자면 적대 관계다.

물론 교케이도 똑같은 생각을 했을 것이다. 효추를 대하는 태도는 냉랭했다.

"교케이의 말로는 계주를 샅샅이 뒤져야 한대."

효추와 교케이 사이에 흐르는 분위기를 깨닫지 못했는지, 호코가 말했다.

"계주? 어째서지?"

효추의 물음에 대답한 사람은 교케이였다.

"그것이 하늘의 안배이니까."

효추가 고개를 갸웃거리자 호코가 설명했다.

"내가 아는 한 돌림병은 계주에서 시작되었어. 서운이 처음은 아닌 것 같지만 계주 북부인 것은 틀림없어. 전국 각지를 돌아다닌 교케이도 같은 의견이야."

효추는 자신도 그렇게 생각한다며 수긍했다.

"말하자면 이 병은 하늘이 계주에 내린 거야. 그렇다면 약도 반드시 계주에서 날 거라는 거지."

"그렇게 단순히 단언할 수 있는 문제인가? 그렇게 절묘하게 풀릴까?"

효추의 의문에는 교케이가 대답했다.

"괜찮아."

반박하려는 효추를 교케이가 가로막았다.

"이 병은 다른 어떤 돌림병과도 성질이 달라. 명백히 이상하다. 자연의 섭리를 따르지 않는다고 생각해야 해."

효추도 같은 예감을 품고 있었으므로 이 말에는 고개를 끄덕였다.

"나무도 병드는 일이 있지만 그런 돌림병과 색이 바래는 이 돌림병은 근본적으로 달라. 곰과 요마가 근본적으로 다른 것처럼."

"그래……. 무슨 말인지 알겠어."

"이건 너도밤나무만을 덮치는 요마 같은 존재다. 인간 세상의 범주에 들어 있지 않아. 그렇다면 하늘은 대항할 무언가를 주겠지. 요마를 사냥할 수 있듯이 돌림병 역시 정복할 수 있어. 정복할 방법이 없다면 하늘이 줄 거야. 야목에 약이 열린다는 것만은 확실해."

교케이는 그렇게 말하고 벽에 걸린 계주의 지도를 가리켰다.

"시작된 곳은 북부. 그러니까 약은 북부의 야목에 열린다."

"그러나 약인지 약이 아닌지를 어떻게 확인하지?"

효추가 묻자,

"하늘의 안배라고 했잖아. 야목 아래를 뒤져 많이 눈에 띄는 풀이 약이다. 특정 야목 밑에 특별히 많은 것, 또는 각지의 야목에 흔히 보이는 것."

한 포기만 날 리는 없다고 했다. 반드시 군생을 이룬다. 원래 야목 아래에서는 군생할 수 없다. 군생을 이룬다고 해도 대수롭지 않은 정도다. 도를 넘어 군생을 크게 이루었다면 그것이 약일

가능성이 크다.

"하늘은 주려고 하는 거야. 그렇게 알고 뒤지면 찾을 수 있어."

교케이가 말한 순간 호코는 깜짝 놀라 앗 하고 소리쳤다. 그 목소리에 자극받아 효추의 머릿속에도 한 가지 광경이 떠올랐다. 두 사람은 동시에 입을 열었다.

"그거야."

효추는 호코와 얼굴을 마주보고 고개를 끄덕였다. 약을 찾기 시작한 이래 야목 밑에서 흔히 본 풀이 있다. 난초 같은 풀로 군생을 이루고 있을 때가 많았다. 그 풀이 발견되는 곳은 계주 북부 산맥 지역으로 한정되어 있다.

"어떤 거지?"

교케이가 건물 안에 죽 늘어선 모종을 보았다.

"아니야. 여기에는 없어. 가지고 돌아올 수가 없어."

효추도 고개를 끄덕였다.

"삼 년쯤 전부터 보이기 시작했던가. 마침 여기저기서 너도밤나무가 눈에 띄게 변색했을 무렵이야. 약으로 쓰는 난초 같은 식물 중에 백조白條라고 있지. 백조와 비슷한 식물이야. 야목 밑에 군생을 이루는 경우가 많은데 이상하게 야목 바깥으로 넘쳐나지 않아. 넘쳐나기는커녕 다음에 보았을 때에는 전부 시들어 있지.

몇 번인가 가지고 돌아오려 채취해보았지만 금방 시들어버려서 기를 수가 없었어."

교케이는 짐을 붙잡았다.

"어디지? 이 근처에 있나?"

"지난달에 본 야목이 여기에서 하루 거리 산속에 있어."

호코가 대답했다. 그들은 서둘러 준비해 야목이 있는 산으로 향했다. 도착해보니 문제의 풀은 모두 사라진 뒤였지만, 석 달쯤 인근 산을 돌다가 다른 야목 아래에서 새로운 군생을 찾아낼 수 있었다.

파릇파릇한 가는 잎이 작게 돋아나 군생했다. 여기저기에서 여러 번 목격했다. 너무 자주 눈에 띄어서 효추도 신경쓰고 있었다. 하늘이 몇 번이나 신호를 보내준 것이라고 생각했다.

분담하여 어린 모종을 그러모았다. 교케이가 엽목사의 방식을 가르쳐주었다. 지금까지 효추는 주위 흙을 파서 화분에 옮겨 심었는데, 엽목사는 물이끼로 만든 모판을 가지고 있었다. 흙은 털어내고 이끼로 감싸서 모은다. 하늘이 내린 난과는 떨어진 자리에서 싹을 틔울 수밖에 없지만 그 자리의 흙이 맞지 않는 일도 있다고 한다. 그러니까 일단 흙을 털어내고 뿌리만 운반한다. 그 뒤에는 쓸데없는 것이 들어 있지 않은 전용 모판에 한 포기씩 심어 뿌리내리기를 기다린다. 모판 만드는 법은 엽목사 사이에만

은밀히 전해진다.

지시받은 대로 모아 절하향 관아로 가지고 돌아왔다. 돌아와 짐을 풀자 불과 하루 만에 모종은 거의 시들어 있었다. 간신히 살아남은 모종을 모판에 옮겨 심었지만 사흘도 버티지 못했다. 얻은 모종은 전부 시들어 없어졌다.

그때부터 고군분투했다.

효추는 몇 번이고 산으로 들어가 야목을 찾았다. 군생을 찾으면 관아에 알린다. 그러면 교케이와 호코가 날아왔다. 교케이는 모종을 어떻게 옮길지 이만저만 고심한 것이 아니다. 모종을 파낼 방법을 고심하고 도구와 방법을 고심하고, 온갖 방법을 조사했다. 호코는 대부분 그 자리에 머물며 온종일 야목 밑에 웅크리고 앉아 모종을 지켜보았다. 또 그들은 옮겨 심을 방도를 뒤졌다. 서도를 동원해 온갖 흙을 시험하고 조건을 시험했다. 관아에 운반하다가는 결말이 나지 않기에 야목 곁에 천막을 치고 그곳에 머물렀다.

그것만으로 이 년이란 세월이 흘렀다. 이 년이나 되는 세월을 들이고서도 모종을 살리지 못하고 방대한 숫자를 죽였다. 그들은 어느새 이것이야말로 찾던 식물이라고 확신했다.

그들이 많은 모종을 헛되이 하는 동안에 산에서는 엄청난 숫자의 너도밤나무가 변색되었다. 많은 너도밤나무 숲에서 거목이 쓰러지고 산에 께름칙한 공백이 생겨났다. 그와 연동하듯이 각지에서 작은 산사태가 일어나고, 쥐가 늘었다. 굶주린 짐승이 사람 사는 마을로 내려왔다.

그런 와중에 효추는 여동생 부부와 조카를 잃었다.

같은 해, 산에서 나는 나무 열매는 전반적으로 흉작이었다. 그리고 가을도 깊어져 본격적으로 겨울이 오려는 무렵 굶주린 곰이 여廬를 덮쳤다. 극한기에 들어서면 사람들은 농사를 짓던 여에서 곽벽으로 둘러싸인 이里로 돌아간다. 그전에 마지막 수확을 얻기 위해 여에 남아 있던 주민 대부분이 살해당했다. 여동생의 시신은 하반신이 없었다. 여동생의 남편은 머리 절반과 한쪽 팔이 없었다. 어린 조카의 유해는 끝내 찾지 못했다. 피가 괸 신발만이 집 입구에 남아 있었다. 이로 돌아갔던 주민이 이변을 감지하고 참상을 발견해 사흘에 걸쳐 산을 뒤져 곰을 사냥했으니, 아마도 이는 곰에게도 불행한 사태였을 것이다.

이렇게 될 줄 예상했건만.

충분히 주의하라고 일렀다. 관아마다 그렇게 하도록 손도 썼다. 하지만 실제로 아무 도움도 되지 않았다.

구하지 못한 자신의 무력함. 국관이 되어 마을 사람들에게 환영받고, 고향의 자랑이라고 불렸지만 실제로 효추는 아무것도 할 수 없었다. 정사에 참여하지도 못하고 기운 나라에 무언가를 베풀 수도 없다. 효추는 속죄하듯이 고향에 식량을 계속 보냈지만, 그것으로 마을 사람 모두를 구할 턱이 없고, 하물며 국토의 온갖 곳에서 굶주림에 허덕이는 백성을 구한 것도 아니었다. 오히려 여동생 가족이 죽은 뒤에 모친은 식량을 그만 보내라고 부탁했다. 서운만 혜택을 받는다고 다른 마을 사람들이 시샘한다. 서운의 농가가 곰의 습격을 받은 사실을 안 다른 마을 사람들은 꼴좋다며 숙덕거렸다고 한다. 더러운 국관이 끼고돌아 서운만 뒤를 봐주더니 천벌을 받아 여가 습격당했다.

끼고돈다는 말을 들어도 어쩔 수 없다. 그것이 사실이다.

솔직히 근교의 절하향, 계주, 나아가서는 이 나라 만백성에게 적은 식량이나마 보내주고 싶다. 하지만 효추도 국관이란 이름이 붙었을 뿐인 말단 벼슬아치다. 하관과 마찬가지로 품삯으로 고용되었다. 그것으로 몇 사람의 배를 채워줄 수 있을지는 뻔했다.

"내 힘이 닿는 만큼이라도 도우려 했건만."

모친의 편지를 들고 효추는 말을 흘렸다. 눈앞에는 모종이 죄다 시든 모판이 늘어서 있었다.

"어쩔 수 없어. 이런 세상이니까……."

호코는 침울한 목소리로 말했다. 호코의 모친은 최근에 건강을 잃었다. 굶주림은 몸을 더욱 약하게 했다. 호코도 이따금 몸에 좋은 음식을 몰래 보냈지만, 향관에 지나지 않는 호코의 수입으로는 그것도 뜻대로 되지 않았다. 게다가 계절은 극한기에 접어들었다. 입에 풀칠하기 어려운 시기이니 효추가 보내는 식량 덕에 산다고 기뻐했다.

"부끄러워할 것 없어."

그렇게 위로해준 이는 뜻밖에도 교케이였다.

"서운만이라도 구할 수 있다면, 구한 백성이 전혀 없는 것도 아니지. 서운 사람이 사들이지 않으면, 그만큼 다른 마을 사람들이 얻을 수 있는 밀의 몫이 늘어날 테니까."

이 년 동안 함께 약을 찾았지만 교케이와 효추 사이에는 모종의 골이 존재하고 있었다. 효추는 열심히 약을 찾아준 교케이에게 깊이 감사했지만 처음에 느낀 골이 응어리가 되어 가까워지지 못했다. 교케이도 원래 과묵하고 쓸데없는 말을 하지 않는 남자라서, 거리가 줄어들었는지 도리어 벌어졌는지 태도만으로는 판가름할 수가 없었다.

"끼고돈다고 믿고 있다면 그만 보낸다고 해서 다른 마을 사람들 태도가 변할 리 없겠지. 계속 보내줘."

"그렇게 생각하나?"

효추가 묻자 교케이는 수긍했다.

"고향을 구할 마음도 없는 관리가 백성을 구해줄 리가 있나. 언젠가 다른 마을 사람들도 알 거야."

적인에게 호의적일 리 없는 교케이의 그 말이 고마웠다. 효추는 고개를 끄덕이고 그 뒤로 서운의 여서와 의논해 오히려 보내는 식량을 늘렸다.

사람들은 계속해서 서운을 헐뜯었지만 이가에서 고아와 운신을 못하는 병자와 노인을 적극적으로 받아준 덕에 욕설을 퍼붓는 정도에서 그쳤다. 다행이라고 해야 할 상황이리라. 이런 시절에 고향을 챙기는 관리는 많지만 보낸 물자를 노리고 마을이 습격당하는 일도 있었다. 혜택을 시샘해 마을에 불을 놓기도 했다.

황폐해진 나라에서는 상상 이상으로 비참한 일이 일어나기도 한다.

몇 번인가 눈더미에 빠졌다가 일어나며 효추는 눈 속에서 한숨을 내쉬었다. 벌써 정강이 중간까지 눈이 쌓였다. 녹은 눈이 신발 안에 스며들어 차가워진 발끝이 찢어지듯 아팠다.

괜찮다고 자신을 타이른다. 다행인지 불행인지 효추는 선인이다. 어지간해서는 동상에 걸리지 않고, 걸려도 쉽게 썩어들어가지는 않으리라. 아픈 것은 아직 피가 통한다는 증거다.

삐걱거리는 등을 펴고 고개를 들었다. 눈이 매섭게 휘몰아쳤다. 눈은 시야를 차단하고 회백색 막을 몇 겹으로 친 것처럼 앞길을 가로막았다.

과연 이쪽이 맞을까. 품에서 나침반을 꺼내 확인한다. 다시 다리를 움직였을 때 잿빛 막 너머에 희미한 불빛이 보였다.

## 005

불빛 끝에 있던 것은 노인이 홀로 지키는 모닥불이었다. 언덕 기슭, 산 표면을 깎은 낙차와 상록수 숲으로 둘러싸인 조금 너른 장소에 크게 불을 피웠다.

평원은 빠져나온 것인지 눈보라가 치기 전에 보았던 산기슭에 이르렀다.

"이보게, 이 황무지를 지나온 겐가?"

놀라서 말을 걸어온 노인을 향해 고개를 끄덕인 효추는 휘청이며 모닥불 근처로 다가가 앉았다.

가도 옆 비탈을 깎아낸 낙차 위에는 키 작은 상록수 숲이 바람을 막아주었다. 크지 않은 공터 가운데에는 시커멓게 탄 돌이 쌓여 있었고, 그곳에 불을 지폈다. 공터 안쪽에는 허름한 오두막집 두 채가 나란히 있었다. 한쪽에는 아궁이가 있는지 지붕 굴뚝에서 연기가 피어올랐다. 나그네에게 따뜻한 물을 내주는 가게일 것이다. 그렇다면 이 모닥불도 유료다. 장작값을 치러야 한다.

"불이 보여서 살았어요."

효추가 돈을 건네려 하자 말을 건 노인이 손사래를 쳤다.

"됐네, 됐어. 이런 날에 돈을 받을 수야 없지."

목숨이 걸린 날에는 공짜라고 했다. 등대 대신 불을 지펴 온기를 나눠주고 뜨거운 물을 대접한다. 때에 따라서는 잠자리도 제공한다. 한쪽은 기둥과 지붕뿐인 낮고 좁은 오두막집에 천막을 쳤다. 안은 맨바닥이지만 웅크리고 자면 적어도 얼어죽을 일은 없다고 한다.

"하지만……."

"돈은 잠깐 들러서 쉬다 가는 사람에게 받기로 했어. 아무튼 몸을 녹이게. 돌을 줘봐."

노인의 말에 고마워하며 품속의 돌을 꺼냈다. 노인이 돌을 모닥불 안에 집어넣었을 때 노파가 따뜻한 물이 든 죽통을 가져왔다.

"찬용이 아니라 여전에서 온 게야? 용케 황무지를 지나왔구먼."

노파가 어이없다는 듯이 말한다. 효추는 죽통으로 손을 녹이며 익숙하다고 대답했다.

효추의 직분은 산야를 둘러보는 것이다. 길 없는 길을 악천후 속에서 나침반과 풍향에 의지해 걷는 데에는 익숙하다. 이런 여행길이 몸에 배어 있어서 다행이었다.

“여기에서 찬용까지 가는 길은 사정이 어떨까요.”

효추가 묻자 노파는 난처한 표정을 지었다.

“왔던 길보다야 낫겠지만. ……걸어서는 힘들어. 길 양쪽은 너도밤나무 숲이니까 바람도 별로 막아주지 못해.”

효추는 그 말을 움츠러드는 심정으로 들었다.

“너도밤나무…….”

“이 오두막집 주위는 나랑 할아범이 바람막이가 될 만한 나무를 심어서 이 정도로 그쳤지만.”

“근자에…… 너도밤나무 숲에 색이 변한 나무가 보이던데요.”

효추가 묻자,

“아, 있지, 있어” 하고 노파가 대답했다.

노인도 고개를 끄덕인다.

“색이 빠진 것처럼 하얘졌어. 시들어가는 건가.”

“아직 시들지는 않았습니까?”

“시든 나무는 보지 못했어. 북쪽에서는 제법 많이 쓰러졌다지. 듣기로는 색이 빠져 쓰러진 나무는 비싸게 팔린다며.”

노인은 그리 말하며 웃었다.

“그러니 두세 그루 쓰러져주지 않을까 기대하고 있네만.”

노파는 바보 같은 소리라며 한숨을 지으며 웃었다.

“요새는 쓰러진 나무가 있으면 관리가 날아온다잖우. 자기들이 팔아치울 심산이야. 자칫 손댔다가는 역정이나 사지."

노인이 얼굴을 찡그렸다.

"정말이지 놈들은 그럴 때만 재빠르다니까. 요 앞 산길도 몇 곳인가 무너졌어. 걸어 다니기에 위험할 정도는 아니지만 말이나 짐차면 낭패지. 고쳐달라고 이야기했는데 좀체 보수할 낌새가 없어."

노파도 한숨을 쉰다.

"너무 끈질기게 재촉하면 제멋대로 장사를 한다고 찍혀서 말이지."

노부부는 황무지에 있던 마을 출신이라고 한다. 둑이 무너지고 강이 범람해 여에 있던 집도 논도 송두리째 못 쓰게 되었다. 먹고살 길이 막막해 도움을 청하려 해도 요청할 곳이 없다. 그 이전부터 이부도 이가도 제구실을 못했고, 둑이 무너진 이후에는 마을 사람들도 뿔뿔이 흩어져 남은 주민이 몇 없었다. 하는 수 없이 다른 고을로 갔지만 이전에는 어느 마을이나 다른 고을 사람에게 모질게 대했다.

"어디고 자신들이 먹고살기도 빠듯했으니까. 타지 사람을 먹일 만한 여유가 없는 게야. 사람이 늘면 요마가 들끓는다고도 하고."

효추는 잠자코 고개만 끄덕였다. 요마는 사람이 밀집한 곳을 노린다고 한다. 그렇다고 사람이 적은 한촌을 눈감아주느냐 하면 그렇지도 않다. 서운에 사는 형은 근근이 살던 마을에서 요마에게 습격당했다. 일가 전원이 살아남지 못했다. 효추가 약을 찾기 시작한 직후의 이야기다.

"엎드려 빌어서 마을에 자리를 잡아도 천덕꾸러기밖에 더 되나. 그래서 여기에 오두막집을 짓고 정착하기로 한 게야."

겨울에는 끓인 물, 여름에는 찬물, 약간의 먹을거리, 또는 폐문 시간에 늦은 나그네에게 오두막집을 빌려준다. 그렇게 부부는 끼니를 이어왔다고 한다. 오두막집 근처에 밭을 일구고 산에 들어가 숯을 구워 살림에 보탰다. 관부의 허가 없이 멋대로 한 일이다. 해당 관부가 제대로 기능하지 않아 묵인하고 있지만 관리와 시끄럽게 얽혔다가는 까딱하면 쫓겨난다.

"하지만…… 정말로 여기서 괜찮으시겠어요? 너도밤나무가 시든 부근은 산사태가 일어나거나 짐승이 인가를 덮친다고 하던데요."

효추의 말에 노부부는 한목소리로 웃었다.

"그게 어디 너도밤나무 때문인가."

효추는 입을 다물었다. 이것이 민중의 반응이다. 자신들이 충고해도 사람들은 변함없이 산 곁에서 살아간다. 그럴 수밖에 없기 때문이다. 그곳 말고 살 곳이 없는데다 고향을 떠나면 수입을 언을 대책이 없다. 여동생이 그러했고 형이 그러했다. 서운에 사는 사람들이 그러했다. 그런데 위험한 땅을 떠나는 것 말고는 방도가 없다.

단 하나를 제외하고는. 효추는 내려놓은 등짐을 끌어안았다.

유일한 구원이 여기에 들어 있다.

효추의 여동생 일가가 죽은 이듬해, 약을 찾기 시작한 지 사 년 만에 희망의 빛이 비추었다. 희망을 발견한 이는 호코였다.

"틀림없어, 이게 약이야."

호코는 말했다. 그들은 여전히 모종을 살리지 못하고 있었다. 호코는 수없이 많이 시든 모종을 매번 채집해 너도밤나무의 병을 막을 수 있는지 시험했다. 잎을 끓여서 즙을 희석해 너도밤나무 뿌리가 빨아들이도록 하면 기이한 병을 막을 수 있다는 사실을 확인했다.

"뿌리로 병의 진행을 막을 수 있다면 시든 가지를 건강한 부분에서 잘라내기만 하면 충분해. 재배에만 성공하면 산을 구할 수 있어."

낭보이기는 했지만 동시에 괴로운 소식이기도 했다. 정작 모종을 기를 수가 없었다. 야목은 여전히 이것이 희망이라고 호소하듯이 계속해서 집요하게 모종 난과를 맺었다. 여기저기에서 자주 군생이 목격되었다. 군생의 숫자는 많았지만 병든 나무를 구하기에는 양이 절대적으로 부족했다. 어떻게든 뿌리를 내려 꽃을 피우고 열매를 맺어 자연히 늘어나도록 하지 않으면 돌림병이 만연하는 속도를 뛰어넘을 수는 없다.

이듬해가 되어 간신히 활로를 찾아냈고, 또 한 해 뒤 봄에야 비로소 꽃을 보았다.

꽃은 맑은 파란색을 띠고 있었다. 난 같은 꽃으로, 방울 같은 꽃술이나 수줍게 뒤로 젖힌 꽃잎의 꽃받침 쪽은 초록색을 띤 흰색이고 꽃잎 끝은 아름다운 파란색으로 물들었다. 꽃 또한 약으로 쓰는 백조를 닮았다. 잎이 약간 두꺼운 것과 꽃이 맑은 파란색을 띠고 있다는 점만이 달랐다. 호코는 꽃 색깔을 따서 청조靑條라 이름 지었다.

청조의 자태는 백조와 흡사하지만 성질은 전혀 달랐다. 백조는 볕이 좋고 계곡 근처의 물가처럼 물이 풍부한 땅에 자라지만 청조는 직사광선을 싫어한다. 청조는 나무에서 자란다. 모종은 흙을 털어내고 나무에 접붙여야 한다. 어린 나무에는 뿌리를 내리지 않는다. 수령 백 년이 넘는 고목이 바람직하고, 너도밤나무처럼 나무껍질이 잘 벗겨지지 않는 수목을 좋아했다.

너도밤나무를 위한 약이니까 너도밤나무를 좋아하리라는 사실을 어째서 깨닫지 못했을까. 교케이는 자신을 책망했지만 효추라고 그 점을 생각하지 않은 것이 아니다. 너도밤나무 숲의 흙이라면 실컷 시험했다. 너도밤나무는 뿌리에서 독소를 내뿜는다고 한다. 그 독소를 좋아하는 게 아닌가 싶어 뿌리 근처 부엽토를 몇 번이고 시험했다. 때로는 뿌리를 잘라서 섞거나 썩혀 퇴비도 만들어보았는데 확실히 평범한 흙보다는 성과가 좋았다. 다만, 백조가 물을 풍부하게 머금은 흙을 좋아했기 때문에 나무 자체에 접붙여볼 생각은 하지 못했다.

드디어 오랜 고생이 보상받는다. 호코의 손으로 약효는 확인했다. 게다가 청조가 자라는 너도밤나무 가지는 병에 걸릴 일이 없다.

그러나 청조는 배양하기 쉬운 식물이 아니었다. 꽃을 피우면 열매를 맺고, 그 열매로 번식하는데, 모종으로 자라는 조건이 까다롭다. 너도밤나무의 나무껍질에 자라난다 해도 어느 부위에든 자라는 것은 아니었다. 가지가 부러져 옹두리가 생긴 곳, 또는 가지가 갈라진 사이, 상처 난 부분, 그곳에 이끼나 곰팡이가 자라 썩어서 흙으로 바뀐 듯한 곳이 아니면 싹을 틔워도 뿌리를 내리지 못하고, 뿌리를 내려도 나무껍질 속으로 뿌리가 파고들기 전에 흙이 떨어지면 같이 떨어져 말라 죽는다.

자연히 숫자가 늘기를 기다리다가는 늦는다. 계주 북부의 너도밤나무 숲은 이상할 정도의 속도로 나무가 쓰러져 사라지고 있었다.

어떻게 배양하면 될까. 골머리를 썩던 초여름, 낭보가 날아왔다.

신왕 즉위.

드디어 새로운 왕이 등극했다.

"이제 번식이 가능해."

호코는 기쁨에 눈이 초롱초롱 빛났다.

"주상께 청하면 돼. 노목路木(왕궁에 있는 난과 나무)에 기도하면 이듬해에는 온 나라 이목에 열매가 열리겠지. 열린 열매를 기르는 방법만 알려주면 돼."

단순히 약으로 쓰기 위해서라면 건강한 너도밤나무를 잘라 썩혀서 심으면 된다. 그러면 꽃을 피우고 열매를 맺을 때까지 살려둘 수는 없지만 대량으로 재배할 수 있으니 약으로 쓰기에는 충분하다.

그들은 기뻐했다. 그러나 일은 결코 그리 쉽게 풀리지 않았다.

어느새 생각에 잠겼던 효추가 의기소침해 보였는지도 모른다. 충고를 받아들이지 않은 탓에 실망한 것처럼 보였는지, 노부부는 불을 둘러싼 채 다독이듯 말했다.

"알겠어……. 산은 조심하겠네."

노인이 말하자 노파도 맞장구를 쳤다.

"그래. 보다시피 여기는 도움을 청할 이웃도 없으니까."

"두 분은 달리 갈 곳이 없습니까?"

노인은 쓴웃음을 지으며 고개를 가로저었다.

"피붙이며 친척도 없어. 만약 여기서 살 수 없어지면……. 그래, 다른 고을에 가게 되려나. 마을을 잃었을 때와 달리 요새는 전만큼 외지인을 꺼리지 않으니까."

효추는 고개를 끄덕였다. 새로운 왕이 등극하고 많은 백성은 이제 살림이 펼 것이라 반겼다. 아직 실제 삶이 나아진 것은 아니지만 새로운 왕에 대한 기대가 마음의 작은 여유로 나타났다.

"곧 더 좋아지겠지. ……틀림없이 그럴 게야."

노인은 자신을 설득하듯이 중얼거렸다. 적어도 재해는 줄었다. 오늘은 공교롭게도 눈보라가 쳤지만 겨울의 이 일대라면 당연한 날씨다. 왕이 옥좌에 없는 동안에는 생각지도 못한 재해가 일어났다. 둑이 무너진 것도 그중 하나다. 상류가 아니라 하류에 믿기지 않을 만큼 큰비가 내려 강이 역류했다고 한다.

"그때까지는 여기서 가도 지킴이를 하는 게야."

노인의 말투는 온화했다. 불우한 형편에도 작은 안녕에 만족하는 모습이 비통했다. 죄스러운 마음을 품은 채 효추는 찬물을 끼얹게 되리라는 것을 각오하고 말했다.

"너도밤나무가 쓰러지는 것은 정말로 나쁜 징조예요. 산사태가 나거나 짐승이 마을을 덮치기도 하죠. 곰이 인가를 덮치거나 쥐가 들끓거나.”

효추의 말에 노파가 웃었다.

“쥐라면 이 부근에서도 나오지. 새로운 왕이 즉위하시고 열매가 늘었다는 뜻 아닌가. 좋은 징조야. 전에는 쥐도 없었어.”

효추는 더 할 말이 없었다. 산의 순리를 산과 관계없는 사람들이 이해하도록 설명하기는 어렵다. 효추는 몇 번이고 사람들에게 이야기했지만 대개 코웃음을 쳤다. 진지하게 듣는다 하더라도 위기감을 함께 나눌 수는 없었다. 하물며 지금, 새로운 왕이 즉위해 밝은 희망을 품은 사람들에게 실생활과 떨어져 있는 위험을 이해시키기는 이만저만 어려운 것이 아니었다.

새로운 왕이 등극한 탓에 사태는 이전보다 나빠졌는지도 모른다.

효추는 그런 생각을 하며 노인에게 돌을 받아들었다. 돌을 품에 넣고 일어나자 부부가 미심쩍은 눈빛으로 효추를 보았다.

“왜 그러나.”

“젊은 양반, 설마 더 가려는 게야?”

노인은 당황하며 말렸다.

“포기해. 오늘은 무리야. 허름하기 짝이 없는 집이지만 묵고 가.”

"그럴 수는 없어요."

효추는 두 사람에게 인사했다.

"고맙습니다. 덕분에 살았습니다. 노파심으로 하는 말이지만 비탈에서 더러운 물이 흐르면 산을 주의하세요. 산사태가 날 징조일지도 모르니까요. 특히 눈이 녹는 시기에는요."

효추는 설명을 덧붙이고 아픈 다리를 끌며 걸어갔다. 두 사람이 쫓아와서 한참을 말렸지만 효추는 뿌리치고 산길을 오르기 시작했다. 작게 둘러싸인 오두막집 앞 공터를 지나자마자 세찬 소리를 내며 바람이 불어왔다. 다행히 눈은 잠시 그친 듯하다. 꽤 멀리까지 내다보였다.

—조심해. 재난은 이제 막 시작되었으니까.

마음속으로 중얼거리며 등에 진 함의 끈을 꽉 쥐었다.

## 006

눈을 실은 바람이 내리꽂히듯이 분다.

평지를 걸을 때와 비교하면 조금 나았지만 산길도 바람이 거세기는 마찬가지였다. 조금 전에 데운 돌을 품에 안고 있어도 불어치는 바람이 가차없이 체온을 빼앗아 간다. 눈의 양은 줄었지만 그치지는 않았다. 이제 막 쌓인 눈은 부드러워서 발이 빠진다. 게다가 오르막길이다. 눈에 빠진 발을 빼면 자연히 자세가 구부정해진다. 거친 바람도 효추를 괴롭혔다. 고개를 들면 숨도 쉴 수 없고, 눈이 건조해서 뜨고 있기가 괴롭다. 하지만 구부정하게 있으면 앞길을 확인할 수가 없다. 바람에 떠밀려 걷다가 몇 번이나 길을 벗어날 뻔했다. 그때마다 허둥지둥 길로 돌아왔다.

—낭떠러지가 없어 다행이다.

산길 양쪽은 잎이 떨어진 너도밤나무 숲이었다. 얼마나 많은 나무에 병변이 일어났는지는 눈이 뒤덮고 있는 탓에 알 수 없다.

산길을 갈지자로 걸으며 오르고 또 오르다 보니 길이 두 갈래로 나뉘었다. 한쪽은 좁은 오르막길이고 다른 한쪽은 넓은 내리막길이다.

—간신히 산머리를 넘었나.

안도의 한숨을 쉬고 내리막길에 발을 디디려는데 뒤에서 목소리가 쫓아왔다. "이보게" 하고 외치는 소리에 돌아보자 눈 쌓인 산길을 따라 검은 사람 그림자가 맹렬히 올라왔다.

"젊은 양반, 안 돼. 그쪽이 아니야."

거리가 줄어들고 보니 산기슭 오막살이에 살던 노인이었다. 놀란 효추를 향해 노인이 달려왔다.

"늦지 않아서 다행일세. 그쪽은 안 돼. 길이 무너진 흔적이야."

눈이 땅바닥을 덮지 않았거나 멀리 보였다면 한눈에 알 수 있었을 거라고, 노인은 숨을 헐떡거리며 말했다.

"이렇게 눈이 내리니 착각하지 않을까 싶더군."

"그래서 일부러 쫓아오신 겁니까?"

효추가 말리는 소리도 듣지 않고 출발해버렸기 때문이다. 부랴부랴 준비해 서둘러 쫓아온 것이리라.

"이거…… 죄송합니다."

효추가 사과하자 노인은 웃었다.

"됐네, 됐어. 젊은이는 발이 빠르군. 산을 많이 타본 걸음이야."

노인은 좁은 오르막길 쪽으로 앞장서서 걸었다.

"여기까지 왔으니 돌아가는 것보다 나아가는 편이 빠르지. 조금만 더 가면 내리막길이야. 내려가면 바로 보이는 산기슭이 찬용이야."

동행해주는 것은 고맙지만 그러면 너무 미안하다. 어쩔 줄 몰라 하며 걸음을 떼지 못하는 효추를 노인이 돌아보았다.

"나도 아예 찬용까지 가는 편이 편해. 오늘밤은 찬용에서 묵고 부족한 물건이나 사서 돌아가지, 뭐."

"죄송합니다. ……고맙습니다."

효추가 고개를 꾸벅 숙이고서 노인을 따라 걷기 시작했다.

이런 일이 생길 때마다 등짐이 한층 무거워진다. 청조가 자라는 통나무 한 개. 고작 그뿐인 짐이지만 그것에는 너무나 많은 것이 얽혀 있었다.

걱정해준 여관집 소년, 소년을 거두어 기르던 주인장, 효추 같은 나그네를 위해 불을 피우던 노부부. 쓰러질 때까지 혹사한 애마, 그리고 육 년 동안 제대로 자지도 못하고 쉬지도 않으며 약을 찾은 호코와 교케이, 서도(하관)들.

특히 교케이에게는 깊이 감사했다. 효추든 호코든, 두 사람의 서도들이든 이는 자국의 위기임에 틀림없다. 하지만 교케이는 엽목사다. 어느 나라에도 소속하지 않은 부민에게 나라에 지켜야 할 의리는 없다. 이런 번거로운 일은 그만두고 행방을 감춰버리면 그만이다.

딱 한 번, 교케이에게 어느 나라 출신이냐고 물은 적이 있다.

처음 청조를 뿌리내리게 하는 데 성공해 다 함께 축배를 든 밤이었다. 관아 근처 너도밤나무 숲에 마련한 밭에 딸린 산막 안에서 고주망태가 된 호코와 서도들이 포개져 잠들었다. 효추와 교케이만 깬 채로 홀짝홀짝 남은 술을 처리하고 있었다. 돌이켜봐도 교케이와 터놓고 이런저런 이야기를 나눈 것은 그때 딱 한 번뿐이다.

"태어나기는 방국에서 태어났지. 고국에 대한 기억 같은 건 없지만."

"부모와 나라로부터 도망쳐 나온 건가?"

"그랬겠지."

교케이는 그렇게만 대답했다.

마침 교케이가 태어났을 무렵 방국은 정변이 있어 나라가 어지러웠을 것이다. 아마도 그 탓에 나라에 있을 수 없게 되었으리라. 효추가 지적하자 교케이도 자세한 경위는 알지 못한다고 했다. 알지만 이야기하고 싶지 않았는지도 모른다. 아무튼 양친은 교케이가 철이 들기 전에 공국恭國으로 건너가, 그곳에서 막 네 살이 된 그를 엽목사 두령에게 팔아넘기고 자취를 감추었다고 한다.

"그랬군. ……고생이 많았겠어."

효추의 말에 교케이는 가볍게 웃었다.

"나는 기억나지 않아. 부모는, 뭐, 고생했겠지."

"부모를 원망하나?"

"부모를 원망한들 무슨 소용이 있겠어. 원망하려면 망한 나라를 원망하는 것이 순리겠지."

"그렇군."

효추가 중얼거렸다.

그 이후로 교케이는 엽목사의 일원으로 여러 나라를 두루두루

돌아다니며 지낸 듯하다.

“그래서 두령이 되어 홀로서기한 건가.”

“제자가 없으니까 두령이라고 할 수 없지. 두령 밑을 떠나는 것을 허락받았을 뿐이야.”

“하지만 언젠가는 두령이 되겠지?”

“글쎄.”

교케이는 쌀쌀맞게 대답했다.

“동료와는 갈 길을 달리했으니.”

독립한 엽목사는 한동안 동료와 행동을 함께하는 모양이었다. 그런데 호코를 돕기 위해 여러 나라를 방랑하는 동료와 헤어져 계주에 머물렀다.

“그럼 이제 엽목사로 돌아가지 못하는 건가?”

깜짝 놀라서 묻는 효추를 보며 교케이는 쓴웃음을 지었다.

“제멋대로 사는 것처럼 보이겠지만 우리에게는 우리의 규칙이 있어. 나는 거기에서 벗어났지. 이렇게 되었으니 좀 그렇지…….”

그런 희생을 치른 줄은 몰랐다.

“어째서 그렇게까지 하며 도와준 거지?”

“망가지는 산을 차마 볼 수가 없었어.”

“당신은 관리를 싫어하는 줄 알았어.”

"관리라고 싸잡을 수 있을 만큼 많은 관리를 알지는 못해. 어차피 제 욕심 채우기에 바쁜 보신의 덩어리라는 일반적인 편견이라면 가지고 있지만, 상대를 알지도 못하면서 그렇게 단정지을 만큼 도량이 좁지도 않고."

"그렇군."

효추는 쓴웃음을 지었다.

"어디에든 착한 사람이 있고 나쁜 사람이 있는 법이지. 호코가 으뜸가는 예잖아. 우리 엽목사는 호코에게 신세를 지고 있어. 녀석은 우리 엽목사보다 훨씬 산을 잘 알아."

"호코는 산이 점지한 아이니까."

효추가 웃자 교케이도 웃었다.

"맞아. 어디에 가면 어떤 열매를 얻을 수 있는지, 야목이 어디에 있고 어떤 특징을 지나고 있는지 숙지하고 있어. 마찬가지로 산의 위험도 속속들이 알고 있지. 녀석은 그런 정보를 우리에게도 거리낌없이 알려줬어."

산속에서 처음 만났다고 한다. 교케이가 동료와 산을 올랐을 때 내려오는 호코와 마주쳤다. 보고도 못 본 체 지나치려는데 호코가 말을 걸었다. 나무꾼이냐고 물었지만 교케이와 일행은 대답하지 않았다. 그 침묵으로 알아챘는지 "엽목사인가" 하고 말한 호코는 이 앞 산등성이에 있는 야목이 열매를 많이 맺었다고 가르쳐주었다. 가는 길에 벌집이 있는 비탈이 나오니까 조심하라는 당부도 덧붙였다.

"땅속에 벌집을 만드는 벌은 성질이 사납지. 다가갔을 뿐인데 공격하기도 하고, 쏘이면 큰일이야. 때로는 죽음에 이르기도 해. 호코가 벌집 근처에 깃발을 세워준 덕에 어려움 없이 우회할 수 있었어. 솔직히 고마웠어."

여태껏 정반대의 대우라면 받은 적이 있다. 산에 들어가는 관리나 그 고장의 나무꾼, 어느 쪽이든 그들에게 엽목사는 땅의 은혜를 훔치는 도둑이다. 부민 주제에 공지를 제 땅인 양 활보한다. 단, 엽목사는 진기한 작물이나 약을 가지고 있으므로 하는 수 없이 존재를 허용한다.

하지만 호코는 자신과 마찬가지로 산에 사는 백성으로 교케이를 대우했다. 얼굴을 마주치면 갖가지 정보를 주고 물으면 뭐든 대답해주었다. 날씨가 나쁠 때에는 머물 곳까지 알아봐주었다.

"서운에 있는 호코의 고향 집에도 신세를 진 적이 있어. 근처에 갈 때마다 들르는데 호코의 가족은 늘 잘 대접해줘."

"그랬나."

호코는 그런 놈이다. 효추는 벗이 자랑스러웠다.

"서운 바로 위에는 커다란 너도밤나무 숲이 있잖아. 방치할 수는 없어."

"고맙네. 정말로 고마워."

효추가 고개를 숙이자 교케이는 그만하라며 고개를 돌렸다.

효추 자신도 호코만큼 이 사태에 위기감을 느끼지 않았다. 호코의 시야는 넓다. 호코는 순수하게 산이 무너지는 것을 염려하고 두려워했다. 산과 산 덕분에 사는 사람들의 앞날을 걱정하고 있는 것이다. 호코에게는 인간 또한 산의 일부이리라. 그런 데 반해 효추의 시야는 좁다. 효추는 오로지 서운의 너도밤나무 숲이 무너지는 것이 두렵다. 비탈이 허물어져 마을을 삼켜버리면 어쩌나. 산에서 내려온 짐승이 마을을 공격하면 어쩌나. 그 때문에 마을이 굶주리고 사람들이 고통받고 그들을 잃는 것이 괴롭다. 그러니까 다른 마을도 그리되지 않기를 바란다. 다른 마을에도 그곳에 사는 사람들을 염려하는 이들이 있으리라. 마을 사람들과 그들을 아끼는 자들을 위해 돌림병을 막아야 한다.

사람의 선의를 느낄 때마다 짊어진 책무는 무게를 더했다.

"이보게, 왜 그렇게 서두르는 겐가."

느닷없이 노인이 물어서 효추는 정신을 차렸다. 하얗게 얼어붙은 입김을 내뱉으며 노인은 효추와 어깨를 나란히 하고 산길을 올랐다.

"무슨 일이 있어도 서둘러 전해야 하는 물건이 있어요."

노인은 그러냐면서 우뚝 걸음을 멈추었다. 효추 역시 걸음을 멈춘다. 전방에 옆으로 넘어진 커다란 나무 한 그루가 길을 가로막고 있다.

"바람에 당한 겐가. 그런 것치고는 쓰러진 방향이 이상하구먼."

노인은 산과 나무를 번갈아 보았다. 효추는 한눈에 보고 알았다. 너도밤나무다. 돌처럼 말라서 밑동부터 부서졌다.

"이거 찬용 사람들한테 알려야겠는데. 이래서야 마차가 지날 수가 없어."

그다지 두꺼운 나무도 아니니 걸어갈 때는 뛰어넘을 수 있지만 이대로는 짐차가 지나지 못한다.

둘이 함께 뛰어 넘어가는데 노인이 불쑥 물었다.

"젊은 양반이 말한 게 이건가?"

효추는 고개만 끄덕였다.

"이상하게 시들었구먼. 이런 나무가 정말로 값비싸게 팔리는 게야?"

"들리는 말로는 그렇다는군요."

노인은 그러냐며 웃었다.

"관리에게 알리기 전에 찬용에 사는 이랑 끌어내릴까. 젊은이, 이 얘기……."

노인의 마음을 헤아리고 효추는 고개를 끄덕였다.

"걱정하지 마세요. 아무한테도 말 안 합니다."

"그래." 노인은 더 환하게 웃었다. "이것도 새 임금님이 오르신 덕분인가. 예전에는 하늘이 우리에게 내려주는 거라고는 재난뿐이었잖나."

효추는 대답하지 않았다. 효추도 처음에는 그렇게 생각했다. 새로운 왕이 즉위했다는 소식에 기뻐한 것 역시 마찬가지였다. 그때 효추는 이제 너도밤나무의 기이한 병이 종식되지 않을까 기대마저 했다.

하지만 교케이는 그럴 리 없다고 했다. 이 사태는 옥좌에 왕이 없기 때문에 일어난 재해가 아니다. 따라서 새로운 왕이 등극해도 달라지지 않는다.

실제로 다른 재해가 뚝 그친 것과 달리 기이한 병은 호전되지 않았다. 천천히 확실하게 확대되었다.

거기에 사태는 더욱 복잡해졌다.

원래 새로운 왕을 알현하기 위해 국관은 왕궁에 가는 것이 도리다. 하지만 효추 같은 하급 관리는 그럴 필요가 없다는 분부가 있었다. 고관들은 각지로 보낸 하급 관리들을 국부로 모아 쓸데없는 소리를 떠들게 두고 싶지 않았으리라. 위에 있는 놈들은 새로운 왕이 등극하는 바람에 현재의 지위를 잃지는 않을까 전전긍긍하고 있다. 직무 태만과 전횡은 훨씬 이전부터 있었지만 새로운 왕이 오른 이후, 보신을 위한 부당한 짓이 당연하다는 듯이 횡행하기 시작했다. 현재의 지위에 매달리려는 자, 이 기회에 남을 실각시키고 승진을 노리는 자, 국부의 개혁은 어쩔 수 없다고 포기하고 관직을 잃기 전에 사재를 긁어모으려는 자.

새로운 왕이 즉위하고도 국정은 변하기는커녕 이전보다 악화되었다.

효추는 힘들게 약을 구했다. 새로운 왕도 즉위했다. 그렇다면 왕에게 청해 너도밤나무 숲이 구제받는 것이 순리다. 효추는 기뻐하며 이를 위에 보고했다. 그러나 어디에서도 대답이 없었다.

사태의 중대성을 이해하지 못한 것일까. 효추는 그렇게 생각하고 경위를 소상히 적어 너도밤나무가 쓰러지는 상황의 위험성과 이미 나타난 이변에 대해 상세하게 보고한 서장을 보냈다. 단, 약은 절하향 항부에 있다. 부디 이것을 새 주상께 진상해 노목에 기원해주기를 바란다.

하지만 역시 국부에서는 답변이 없었다. 새 왕이 즉위하고 넉 달 남짓이 지난 지금까지 어떤 답변도 없는 상황이다.

대답이 없다면 국부로 가지고 가면 그만이라고 말하고 싶지만 이것이 난제였다. 청조는 고목에서 자란다. 일단 뿌리가 나무껍질로 파고들면 다시 이식할 수가 없다. 나무에서 떼어내면 금방 시들어버린다. 어린나무에서 자라준다면 나무째 파내 운반할 수도 있을 것이다. 그러나 수령이 백 년 이상 되는 나무는 운반이 불가능하다. 청조가 뿌리를 내린 부분만 잘라내면 옮길 수도 있지만 통나무가 시들면 청조도 시들어버린다.

효추에게 발이 빠른 기수라도 있다면 얼마나 좋았을까. 한낱 하급 벼슬아치인 효추가 탈 수 있는 짐승은 말인 아겐뿐이었다. 그래서 국부에서 가지러 오든 아니면 기수를 빌려달라고 호소했건만 아무 반응도 없이 감감무소식이었다. 효추는 안절부절못했다. 호코도 교케이도 그토록 애써주었건만 정작 효추가 도움이 되지 못했다.

어째서, 왜, 호코가 물어도 효추는 대답할 수 없었다. 간신히 오랜 고생이 결실을 본다고 기대한 만큼 호코의 낙담은 더 컸다.

"몇 번이나 독촉했는데. 어딘가에서 보고가 발이 묶인 건가……."

애초에 이름뿐인 적인이 보내는 보고는 들을 가치가 없다고 생각한 것인가, 효추가 호소한 위기를 제대로 이해하지 못한 것인가. 누군가 무슨 꿍꿍이가 있어 묵살해버렸는지도 모른다.

"……미안하다."

사과하는 효추를 보며 호코도 서도들도 한숨을 쉬었다.

"결국 이거야?"

교케이는 그렇게 나직하게 내뱉었다. 경멸하는 듯한 말투가 가슴을 쳤다.

경멸당해도 싸다. 애초에 효추는 적인이다. 야목에서 열매를 채집해 나라에 헌상하는 것이 직분이고, 그 직책에 따라 보고를 올렸다. 그런데 아무 대답도 얻지 못하는 일이 본디라면 있을 리 없다.

지금 이 나라는 언제나 이런 식이다.

백성의 목소리를 무시하고 구제를 요청하는 호소는 모조리 묵살당한다. 관리는 자신의 보신에만 관심을 기울이고 나라도 백성도 무시한 채 착취하는 것밖에 생각하지 않는다. 특히 새로운 왕이 등극하고 자신의 지위가 언제까지 유지될지 모른다는 불안에 휩싸인 관리는 그런 경향이 더욱 심해졌다. 백성과 나라를 조금도 돌아보지 않는 관리를 백성은 우습게 여겼다. 장소나 사람에 따라서는 오히려 적대하는 경우도 있었다. 그래서 효추도 신분을 나타내는 끈을 짐 속에 숨긴다. 바깥으로 내보인 채 먼 길을 갈 수 없다. 최근 들어 할 수 없게 되었다.

그것도 어쩔 수 없다고 생각한다. 가도의 요소에 있던 도시 여전. 그만한 규모의 도시에 어째서 사람이 오가지 않았는가. 눈 내리는 날, 뼛속까지 얼어붙을 정도의 추위에도 어찌하여 집집의 굴뚝에서 연기가 피어오르지 않았던가. 대답은 간단하다. 사람이 없다.

예전에는 그만한 규모의 도시를 유지하는 데 충분한 인구가 있었다. 하지만 도시는 이제 텅 비었다. 그만큼 사람들이 목숨을 잃었다는 증좌다.

주민을 잃은 집집은 몹시도 을씨년스럽고, 사람이 오가지 않는 길에는 곳곳에 풀숲이 생기고 눈구덩이가 생겼다. 곽벽은 허물어지고 성문은 기울었다. 도시를 둘러싼 평야에도 변변한 농지가 없고, 농지를 둘러싼 마을도 없다. 이가조차 유지하지 못한 채 백성에게 베풀어지는 것은 아무것도 없다. 전부 효추가 속한 국관의 책임이다. 빠듯한 살림의 백성에게 조세를 착취해서 품에 넣고는 백성에게는 무엇 하나 돌려주지 않는다. 백성이 관리를 원망함이 당연하고, 미워하고 돌을 던져도 된다. 그것도 하는 수 없다고 효추는 생각한다.

그렇기에 효추는 어떻게든 가야 한다.

짊어진 청조. 이것이 시들기 전에 왕궁에, 새로운 왕에게 전해야 한다.

## 007

바람을 거스르고, 때로는 노인과 손을 맞잡고서 눈에 미끄러지는 다리를 벋디디며 간신히 산길을 끝까지 올랐다. 오르고 나니 완만한 내리막이 나오고, 그 앞으로 찬용이 보인다. 눈을 헤치고 찬용의 성문 앞에 도착했다. 노인은 한숨 돌리며 웃었다.

"무사히 도착했군. 다행이야."

목소리를 들으면서 효추는 머리 위를 우러러보았다. 아직 해가 있다.

성문으로 향하려는 노인에게 물었다.

"앞쪽 길은 상황이 어떻습니까."

"조금 가면 산을 깎은 길이 나오지. 거기서부터는 내리막길이야. 내려간 곳에 작은 마을이 있어."

"얼마나 걸리죠?"

효추가 묻자 노인은 깜짝 놀라 돌아보았다.

"얼마나 걸리느냐고? 날씨만 좋으면 한 시간이면 충분히 도착하지만, 이보게, 설마……."

효추는 두꺼운 구름 너머로 태양 위치를 가늠하며 고개를 끄덕였다.

"여기까지 친절하게 안내해주셔서 감사합니다. 이걸로 여관비라도 하세요."

효추는 돈을 내밀었다.

"필요 없네. 받을 수 없어. 그보다 정말로 무모한 짓이야."

"길을 서두르고 있어서요. 정말로 감사했습니다."

효추는 노인의 손을 잡고 억지로 돈을 쥐여주었다. 당신 때문에라도 다음 마을에 도착해 보이겠다. 마음속으로 다짐했다.

마다하는 노인의 손을 피해 효추는 빠른 걸음으로 가도를 따라 앞쪽으로 나아간다. 다행히 산에서 내리 부는 바람이 등을 떠밀어주었다.

쉴 수 있다면 쉬고 싶다. 하지만 청조가 언제까지 시들지 않고 버텨줄지 모를 일이다. 시들어버린 뒤에는 늦는다. 왕궁에 도착해도 의미가 없다.

눈을 차고 나아가자 길은 금세 완만한 오르막이 되었다. 다리는 무겁고 등과 허리도 아프다. 하지만 서두르면 충분히 다음 마을에 도착할 수 있다. 운이 좋다면 더욱 앞쪽 마을로 갈 수 있으리라.

무리인 줄은 안다. 지금까지도 무리했다. 하지만 내일 당장 청조가 시들어버릴지도 모른다는 공포가 효추를 채찍질했다.

더는 물러설 곳이 없다.

청조가 꽃망울을 맺었을 무렵, 마치 자신들의 성공에 안도한 것처럼 하늘은 야목에 청조의 열매를 내리는 것을 중단했다. 완전히 사라지지는 않았지만 청조 모종은 거의 발견되지 않았다. 자신들의 수중에는 심는 데 성공한 청조 열세 포기가 남았다. 그

중 두 포기는 열매를 맺은 뒤 시들었다. 종자로 모종 여섯 포기를 얻었다. 다해서 열일곱 포기.

나라의 미래를 짊어진 희망이 겨우 열일곱 포기밖에 없다.

그러는 동안에도 너도밤나무 숲의 고사는 계속 진행되고 있었다. 어떤 곳에서는 숲속 너도밤나무 대부분이 말라서 쓰러지기도 했다.

시간이 없다. 호코는 초조해졌다.

"눈이 녹는 봄이 가장 위험해. 녹은 눈은 땅속 깊이 스며들어 지반 깊은 곳을 약화시킬 거야. 단숨에 무너져도 이상하지 않아. 까딱하면 산 형세가 바뀔 거야."

호코는 각지의 부제(관아)에 명령해 너도밤나무가 쓰러진 뒤에 뿌리를 잘 뻗는 나무를 심도록 명령했다. 냇가를 따라 둑을 쌓고 여름에 대비해 물을 저장해 만에 하나 산이 무너질 때에는 토사를 조금이라도 막을 수 있도록 대비시켰다. 동시에 곽벽과 의창義倉(흉작에 대비해 곡물을 저장해두는 창고)을 수리하게 했지만 각지의 관아에는 예산도 없거니와 일손도 없다. 사업은 지지부진하여 진행되지 않았다. 위쪽에 똑같은 말을 진언하였으나 귀를 기울이지 않기는 산사도 다르지 않았다.

유일한 희망인 약을 준다고 금방 병이 멈추는 것도 아니다. 이목에 청조 열매가 열려도, 그것을 심어 약을 얻기까지 시간이 걸린다. 다행히 청조는 씨앗인 채 상당히 오래 살아남는다. 조건이 갖추어질 때까지 씨앗인 채 휴면하다 때를 기다리는 듯하다. 인위적으로 배양할 경우에는 고목에 접붙이기만 하면 때를 고르지 않고 뿌리를 내린다. 그렇지만 오늘 열매를 얻는다고 내일 약으로 쓸 수 있는 것은 아니다.

"되도록 빨리 약이 필요해."

한 해가 저물어간다.

"되도록 해가 바뀌기 전에 전해줘. 왕이 올해 안에 노목에 기원해준다면 내년에는 이목에 열매가 열릴 거야."

일반적으로는 이목에 난과를 기원하는 날은 정해져 있다. 단, 이것은 이사里祠가 기도를 올리는 사람을 정리하기 위해 마련한 기일로, 실제로 꼭 이날이어야만 난과가 열린다는 법은 없다. 이사가 이날이 아니면 기원하는 사람을 받지 않을 뿐이다. 노목도 마찬가지라, 노목에 올리는 기원은 보통 의식이 따르니 관례상 기원일이 마련되어 있을 뿐, 그날이어야만 한다는 법칙은 없었다. 하지만 절대로 흔들리지 않는 하늘의 섭리도 있다. 바로 왕이 기원한 새로운 동식물은 기원이 닿으면 열닷새에 열리고 노목에 열린 이듬해 적당한 계절에 온 나라 이목에 열린다는 이치다.

아무래도 월령月齡이 관계되어 있는 듯하다. 왕이 만월에 기원하면 다음 보름날에 난과가 열리고 이듬해 보름에 이목에 내려진다. 식물의 씨앗에는 파종 적기가 있으니까, 봄에 뿌리는 씨앗이면 봄날 보름에 씨앗이 든 난과가 열린다.

청조에는 적기라는 것이 없으니 연내에 왕이 난과를 얻어준다면 이듬해에 열리는 것을 기대할 수 있다. 아슬아슬하게 십이월 중순까지. 그때까지 기원만 해준다면 내년에 일찌감치 온 나라에서 청조의 난과를 얻을 수 있다. 이때를 놓쳐서 기원이 내년으로 넘어가면, 그 이듬해에나 열매가 난다. 호코는 그만한 유예는 없다고 했다. 그는 적어도 세 곳, 올봄에 큰 붕괴를 일으킬지도 모르는 곳을 파악해놓았다.

절하향 관아에서 왕궁까지는 걸어서도 두 달이 걸리지 않는다. 말이나 마차를 이용하면 연내 기원에 충분히 맞출 수 있다. 문제는 오히려 그때까지 청조가 버티느냐 하는 것이었다.

왕이 노목에 난과를 청하기 위해서는 이것을 원한다는 현물이 필요하다. 청조는 뿌리내린 나무에서 떼어내면 금세 시든다. 유일하게 옮길 방법은 씨앗인 채 옮기든지 청조가 뿌리내린 나무를 잘라 통나무 상태로 옮기는 방법뿐이다. 통나무 상태로도 오래 버티지는 못한다. 통나무가 말라 고사하면 청조 역시 시들어버린다.

"씨앗은 없어. 내년에 꽃이 피어 열매가 열리기를 기다려야만

해."

그래서는 도저히 제때에 맞출 수 없다. 그들의 수중에 있는 것은 야목에서 얻은 모종 중 살아남은 열한 포기와 씨앗에서 배양한 모종 여섯 포기. 귀중한 두 포기를 희생해서 시험한 바로는 통나무에 뿌리내린 청조가 살아남을 수 있는 기간은 길어야 보름 정도, 짧으면 엿새였다. 기온이 낮으면 조금 더 버티리라 예측되었지만 확실한 것은 며칠 정도다. 그 이상은 도박이다. 언제 시들어도 이상하지 않다.

"기수가 필요해."

되도록 다리가 빠른 기수. 하지만 그들의 자금이나 절하향 산사의 가난한 예산으로는 도저히 엄두가 나지 않았고, 급히 찾는다고 해서 제때 구해질 리도 없었다.

짐이라도 맡아줄 자는 없을지 연줄을 총동원해 찾았지만 요즘 세상에 기수를 가질 만한 여유로운 삶을 누리는 사람은 지인 가운데에는 없었다. 그렇기에 몇 번이고 나라에 짐을 가지러 와달라고 간곡히 청하고 있건만 대답 한번 없다. 효추의 목소리가 전달되기는 했는지조차 확인할 길이 없었다. 하다못해 누군가 나라의 위쪽에 다리를 놓아줄 사람은 없는가.

효추는 열심히 연줄을 찾았다. 친분을 맺는 데 필요하다 싶으면 가난한 살림에서 뇌물을 마련하고, 그러기 위해 살아보지도 않은 왕도의 자택까지 처분했다.

드디어 다리를 놓아주겠다는 고관이 나타난 것은 십일월에 접어든 뒤였다. 계주 지관 소부少府가 국부에 말을 올려줄 수 있다고 한다. 소부란 적인의 상관인 과승보다 위, 부승部丞을 통솔하는 장이었다. 소부의 위라고 하면 벌써 주사도州司徒를 보좌하는 소사도小司徒다. 국관이라면 중대부中大夫, 주의 관리라면 하대부下大夫, 효추에게는 아득히 먼 구름 위의 존재였다.

효추는 주의 소부를 찾아뵙고 사정을 설명했다. 총명해 보이는 남자는 열심히 귀를 기울이더니 주후를 통해 주상께 직접 말씀드리겠노라 단단히 약조했다. 절하향의 밭까지 모종을 가지러 올 준비도 마쳤다. 드디어 효추의 노력은 결실을 맺어야 했다.

그러나 실제로는 효추가 스스로 짐승을 불러들인 꼴이었다.

주 소부의 심부름꾼이 짐을 가지러 오기로 했다. 그러기 전에 주후가 주상께 면담 약속을 잡고, 현물을 지참해 직접 말씀을 아뢰줄 것이다. 그에 대비해 효추는 짐을 꾸릴 준비를 했다. 안전하게 모종을 옮길 수 있도록 일부러 지시하여 함을 만들고, 운반할 모종을 선정하고 잘라낼 가지 위치를 표시하고, 사자가 오면 눈앞에서 베어 짐을 꾸릴 수 있도록 철저하게 준비했다. 그런데 그 전날 밭에 불쑥 나타난 남자는 수상쩍어하는 효추에게 밭을 안내하게 하더니 한차례 모종을 검분하고는 느닷없이 데려온 수하에게 명령해 모종이 뿌리내린 나무에 도끼질을 하기 시작했다.

"무엇을 하시는 것입니까."

효추가 놀라서 소리쳤다.

"마땅히 모종을 옮겨야지. 이것들은 우리 주에서 난 결실이다. 이 부제(관아)는 주의 관할하에 있다. 향에서 주로 옮기는 것에 아무런 문제도 없어."

호코가 그만하라고 부르짖었다.

"그런 짓을 하면 시든다고!"

"시들기 전에 새로운 나무에 심으면 될 것 아닌가."

매몰차게 말한 남자는 주 과승이라고 했다.

"주 소부에 밭을 마련해두었다. 이 모종은 우리 주가 나라에 진상한다."

"어디서 함부로!"

효추는 소리지르는 서도(하관)를 제지하고 과승에게 물었다.

"틀림없이 진상하는 것이겠지?"

틀림없이 왕에게 전해진다면 누구의 공적이 되든 상관없다.

"지시는 필요 없어. 국관이라고 해서 멋대로 지시할 수 있다고 생각하면 곤란해. 언제 어떻게 처치할지는 주 소부가 결정할 일이다."

"그랬군."

빈정거리는 목소리로 말한 사람은 교케이였다.

"고사한 너도밤나무에는 비싼 가격이 붙으니 약이 있으면 방해가 되나. 아니면 산이 더욱 망가지기를 기다렸다가 약의 값어치를 끌어올리려는 심산인가."

과승은 순간 말을 잃었다.

"아무 경험도 없는 인간이 간단히 모종을 옮겨 심을 수 있을까."

교케이의 말에 과승은 서도들을 둘러보았다.

"그럼 경험자도 동행을 명령한다. 누가 할 수 있지? 거기 너."

과승은 가까이 있던 서도를 부르자 그는 고개를 가로저었다.

"저는 도저히 무리입니다."

서도들은 저마다 말했다. 실제로 그것이 가능한 사람은 침식을 잊고 모종을 돌본 호코와 교케이뿐이었다.

"그럼 하는 수 없지. 산사에게 동행을 명한다."

"하오나……."

과승의 수하가 작은 목소리로 귓속말을 했다. 산사는 하관夏官의, 라고 말하는 소리가 새어 나왔다. 산사는 하관 소속이다. 지관이 멋대로 처우를 결정할 수는 없다고 조언한 것이리라.

과승은 혀를 차더니 이내 "신경쓸 것 없어" 라고 딱 잘랐다.

"지관의 영역을 침범했다고 해도 되고, 또 뭐든 할말이 있겠지. 국문을 위해 연행한다고 하면 돼."

다시 말해 호코가 지관에게 죄를 저질렀으니 문초하기 위해 죄인으로 연행한다는 소리다. 죄를 날조해 데려가려 하고 있다. 효추는 그것을 알아채고 욕지기가 났다. 호코가 팔을 잡은 과승의 수하 손을 뿌리쳤다. 위기에서 도망치기 위해서가 아니다. 호코는 오로지 밭의 나무를 보고 있었다. 이 사달이 났는데도 귀중한 모종을 구하는 것만 생각하고 있다.

다른 수하가 호코를 붙들려 했다. 도망치려고 발버둥치는 호코를 거칠게 쓰러뜨려 덮치려다가 갑자기 그 자리에 웅크렸다. 배를 움켜쥐고 고꾸라진다. 수하를 밀어젖히고 호코가 달렸다. 바로 옆에는 달려온 교케이가 서 있었다. 교케이의 발치에 쓰러진 과승의 수하의 아랫배가 새빨갰다. 그 모습을 싸늘하게 내려다보는 교케이의 손에는 나무꾼이 쓰는 큼직한 칼이 들려 있다.

"결국 관리라는 것들은 이런 놈들인가."

교케이는 내뱉듯이 말하고 살기등등한 눈으로 효추를 보았다.

"나라니 관리니 하는 것들은 이래서 신용할 수가 없어."

효추는 자신은 다르다고 말하고 싶었다. 하지만 그렇게 단언할 수 있을까. 이 재난을 불러들인 사람은 다름 아닌 효추다. 어리석게도 사재를 털어 제 손으로 불러들였다.

그만두라는 목소리가 들렸다. 호코가 도끼를 든 수하에게 달려든 참이었다. 교케이는 효추를 흘끔 보더니 발걸음을 돌려 망설임 없이 큼직한 칼을 과승의 수하를 향해 내려쳤다. 팔이 잘린 수하가 도끼를 떨어뜨리고 비명을 지르며 그 자리에 굴렀다.

그것을 보고 다른 수하들도 일제히 움직임을 멈추었다. 한 사람 두 사람 도끼를 놓고 도망치려 했다. 과승 역시 예외는 아니었다.

"추포하라! 병사를 불러와!"

명령하더니 과승 자신은 뒷걸음질쳤다. 어쩔 줄 몰라 하며 주위 사람들을 두리번거리는 수하를 남겨두고 맨 먼저 도망친다. 수하 중 한 사람이 머뭇머뭇 교케이 쪽으로 걸음을 내디디려다 교케이가 칼을 들고 다가가자 비명을 지르며 도망쳤다. 다른 수하들도 줄줄이 뒤따랐다.

밭에는 얼어붙은 듯이 몸을 맞댄 호코의 서도들과 효추, 교케이, 그리고 넋이 나가 나무를 올려다보는 호코가 남겨졌다.

다행인지 불행인지 끝내 넘어진 너도밤나무는 없었다. 하지만 그중 네 그루는 이미 구할 방도가 없음이 명백했다. 크게 파여서 고사하기를 기다리는 수밖에 없다. 다른 한 그루는 낮은 곳에 모종 세 포기가 달려 있었지만 흔들린 탓인지 두 포기가 떨어져버렸다.

"서둘러 다른 나무로 옮겨야……."

호코는 떨어진 모종을 주워 서도에게 지시했다.

"도끼에 찍힌 너도밤나무에 달린 것도. 모종을 내려서 옮겨 심을 수 있는지 시험해보자."

그렇게 말하고는 교케이를 돌아보았다.

"도망쳐. 당신이 여기에 있다 추포될 이유는 없어."

교케이는 얄궂게 웃었다.

"그럴 수야 없지. 놈들이 곧 병사를 데리고 돌아온다."

그렇게 말하는 교케이를 무시하고 호코는 천막에 둔 짐으로 달려갔다. 안에서 지갑을 꺼냈다. 효추를 보며 "너도"라고 말한다.

"호코, 나는……."

입을 연 효추에게 안다며 고개를 끄덕였다.

"너는 이용당한 거야. 그보다 교케이를 도망치게 해야 해. 나라에 얽매이지 않는 황주黃朱가 이런 일에 휘말려서는 안 돼."

황주란 엽목사처럼 구태여 국가에 소속되지 않기를 선택한 사람들을 이르는 말이다.

효추는 고개를 끄덕이고 자신의 짐에서 지갑을 꺼냈다. 호코는 그것을 받아들고 제 지갑과 함께 교케이의 손에 쥐여주었다.

"미안하군. 이것밖에 가진 게 없어. 어쨌거나 도망쳐서 이 나라를 나가. 국경을 넘으면 쫓기지 않을 테니까."

교케이는 호코를 응시하다가 싸늘한 눈으로 효추를 바라보았다. 이용당한 효추를 경멸하는 것인가, 아니면 과승 일당과 한패라고 의심하는 것인가. 의심해도 어쩔 수 없고, 경멸당하는 것은 더욱 어쩔 수 없는 일이다. 효추는 눈을 피할 수밖에 없었다.

"이 뒤처리는 어쩔 셈이야."

교케이의 물음에 호코는 웃었다.

"어떻게든 되겠지. 여차하면 내가 했다고 입을 맞추면 될 일이야. 실제로 그렇게 말해도 틀리지 않아. 그 상황이었다면 내가 베어버렸을 거야."

교케이는 고개를 끄덕이고는 무참히 상처 입은 너도밤나무를 올려다보았다.

"모종이……."

"괜찮아. 가."

호코가 또다시 재촉하자 교케이는 자신의 짐을 붙잡고 자리를 떠났다. 너도밤나무 숲 한쪽을 구획 짓던 새끼줄 아래를 지나 숲 안쪽으로 사라진다.

그 모습을 지켜보던 효추를 호코가 채근했다.

"모종을. 도와줘."

효추는 허둥지둥 모종을 모으는 서도와 함께 움직였다. 결국 이 소동으로 남아 있던 모종 열다섯 포기 중에 여덟 포기가 시들었다. 그들 수중에 남은 모종은 겨우 일곱 포기, 이것을 배양하기 위해서는 이제 한 포기도 헛되이 쓸 수 없다.

얼마 지나지 않아 주의 병사가 달려왔지만, 그 이전에 서도 중기지가 있는 자가 향부로 달려가 사람을 모았다. 향관들은 주 지관이 향 하관의 영역을 침범했다고 도리어 과승을 규탄했다. 효추의 국관 신분도 조금쯤 도움이 되었다. 국관의 의뢰를 받고 선의로 협력하던 향 하관을 무슨 연유로 주 지관이 추포하는 것인가. 애초에 부당한 행동을 한 사람은 과승이다.

과승 쪽도 물러나지 않았지만 어쨌거나 호코가 신병을 구속당할 일은 없었다. 이리하여 희망을 걸 방법은 딱 하나 남았다. 늦지 않을지는 모른다. 효추가 직접 왕궁으로 청조를 가져간다.

왕궁으로 가져간 뒤 어찌될지는 알 수 없다. 무사히 청조를 전한다고 해도 과연 새 왕의 손으로 건너갈 수 있을까. 국관 적인을 나타내는 끈이 들어 있으니까 입궁은 가능하다. 하지만 효추의 신분으로 옥좌는 하늘과 땅에 맞먹을 정도로 멀었다. 효추의 호소는 그 중간 어딘가에서 묵살당할지도 모르고, 왕이 효추의 호소에 흥미를 보이지 않을지도 모른다. 새 왕은 정사에 그다지 열의를 보이지 않는다는 소문도 들었다.

그래도 가는 수밖에 없다. 올해 안에 노목에 기원하기 위해서는 시간이 없었다. 호코는 귀중한 모종이 뿌리내린 가지를 베어 통나무로 만들었다. 효추가 그것을 짊어지고 아겐의 등에 올라

탔다. 그렇게 절하향의 밭을 나온 것이 보름 전, 올해 마지막 달이 벌써 눈앞에 닥쳤다.

어떻게든 도착하겠다. 효추는 하늘을 우러러보았다. 저물기 시작한 하늘에는 두꺼운 납빛 구름이 포개어지고, 거센 바람에 소용돌이치면서 수없이 많은 눈송이가 날렸다.

그러니 그때까지 청조를 죽이지 말아주십시오.

## 008

효추는 완만한 언덕을 끝까지 올랐다. 산 표면을 일구어 길을 냈다. 바람을 막아주어 가볍게 한숨을 돌리기도 잠시, 길을 지나자 이내 옆으로 몰아치는 눈 섞인 바람이 덮쳐들었다.

괜찮아, 내리막이니까. 다리를 움직이기만 하면 기슭까지 갈 수 있을 것이다. 그러면 마을이 있을 것이다.

몇 번이고 눈에 걸리고 바람에 떠밀려 구르면서 효추는 언덕을 내려갔다. 다리는 언덕의 경사 때문에 자연스레 종종걸음이 되었다. 넘어져서 무릎을 찧을 때마다 하늘을 쳐다보았다. 두꺼운 구름 너머 태양의 위치를 확인한다.

조금이라도 앞으로. 하나라도 앞쪽 마을로. 어느 날 아침 눈을 떠서 시든 청조를 발견하고 그때 좀더 달려야 했다는 후회만큼은 하고 싶지 않았다.

처음부터 달렸더라면. 모닥불을 쬐지 않고 그동안에도 걸었더라면. 그렇게 후회하는 순간의 오장이 찢길 듯한 고통. 몇 번이고 악몽으로 꾼 순간이 이미 경험한 것처럼 들러붙어 떨칠 수가 없다.

고통에서 도망치듯이 언덕을 달려서 끝까지 내려갔다. 눈앞에 작은 마을 입구의 문이 열려 있다. 효추는 그곳을 향해 달려가서는 하늘을 우러러보았다. 아직 해가 있다. 조금 더 나아갈 수 있다. 생각한 순간 무릎이 꺾였다. 눈 속에 양손을 짚고 거친 숨만 몰아쉬었다.

—일어나. 아직 해가 있어. 앞쪽 마을까지 갈 수 있어.

자신을 질타해보았지만 떨리기만 할 뿐 다리에 힘이 들어가지 않았다. 눈 속에 짚은 팔을 뻗어 몸을 일으킨다. 겨우 그뿐인 당연한 동작을 어째서 할 수 없는 것일까.

"무슨 일이야, 괜찮으시오?"

누가 말을 걸었다. 효추가 고개를 들자 덩치 큰 남자가 몸을 구부리고 효추를 들여다보았다.

"이 앞에, 마을이 있나."

"있기는 한데……."

"얼마나 걸리지?"

남자는 눈을 깜빡였다.

"일각쯤 되려나. 가봤자 아무것도 없어. 예전에는 그럭저럭 큰 도시였지만 이제 사람이 없어. 건물도 대부분 남아 있지 않아. 여관도 없고."

남자는 말하고서 효추에게 손을 내밀었다.

"이렇게 눈이 내리면 절대로 폐문 전까지 도착하지도 못해. 여기도 아무것도 없는 마을이지만 오늘밤에는 여기에서 묵고 가."

"곽벽은?"

"뭐?"

남자가 눈을 동그랗게 떴다.

"곽벽은 남아 있어?"

남아 있다면 폐문 시간이 지나 도시 안으로 들어갈 수 없다. 하지만 곽벽이 허물어진 도시도 많다. 그런 도시는 일몰 뒤에도 도시 안으로 들어갈 수 있다. 이도저도 안 되면 처마 근처에서 야영해도 상관없다. 몸을 쉴 장소만 있으면 된다.

남자는 당황하면서 없다고 고개를 가로저었다.

"곽벽은 거의 남아 있지 않지."

갈 수 있다. 효추는 무릎에 손을 짚었다. 괜찮다, 어제도 그저께도 그전에도 이렇게 전진했다.

하지만 무릎을 짚은 손이 힘을 잃고 미끄러졌다. 효추는 머리부터 눈 속으로 고꾸라졌다.

"어이, 이봐. 무리하지 마. 일단 마을로 들어가 쉬어."

남자가 효추의 팔을 잡았다. 일으켜진 몸의 어깻죽지에 살포시 따스한 온기가 감돌았다.

시선을 드니 말이 보였다. 고개를 떨어뜨리고 크고 맑은 눈동자가 효추를 들여다보고 있다.

"이 녀석은⋯⋯ 당신 말인가."

일으켜 세워지면서 남자에게 물었다. 남자는 고개를 끄덕였다.

"그런데⋯⋯."

"부탁이야, 말을 빌려줘."

남자는 웃기지 말라고 소리쳤다. 효추는 간신히 일어났다.

"돈은 내지. 뭣하면 바래다주기만 해도 돼. 다음 도시까지. 그곳까지면 되니까."

"무리야. 억지 부리지 마."

효추는 그러냐며 중얼거렸다.

"그럼 됐어. 별수없지."

남자의 손을 뿌리치고 발을 내디딘다. "이봐" 하고 불러 세우는 목소리를 들으면서 다음 걸음을 떼고 다시 그 자리에 주저앉았다. 다리가 납덩이같다. 발끝에 감각이 없다. 너무 무거워서 들어올릴 수가 없다.

“무리라고 했잖아. 뭐하는 거야.”

“됐어. 놔둬.”

어차피 당신은 모른다. 알기 쉽게 설명할 방법도 모른다.

위기를 알아듣게 할 방도가 없다. 아무리 말을 다해도 누구 한 사람 이해해주지 않았다. 효추의 호소는 흔적도 없이 사라졌다. 가벼이 여긴 것인가, 고의로 무시한 것인가.

선량한 백성조차 웃는다. 서운의 여서가 그러했다. 여동생이 그러했다. 형이 그러했다. 몰랐던 것인가, 희망적인 관측에 매달리고 싶었던 것인가. 그저 매달릴 수밖에 없었던 것인가. 고개에 사는 노부부 또한 그러했다. 완곡하게 웃으며 고개를 가로저었다. 그저 그뿐이었다.

그런데 어떻게 등에 짊어진 짐의 중대성을 알아듣게끔 할 수 있을까. 한시라도 빨리, 희망이 시들어버리기 전에 도착해야 한다는 절박한 심정을 알아줄 리가 없다. 만에 하나 알아주는 사람이 있다면 그자는 도둑이다. 그토록 중요한 것이냐고, 효추에게서 빼앗으려 하겠지. 그런 꿈도 여러 번 꾸었다. 소중하게 짊어진 짐을 귀중품이라 여기고 빼앗아 뚜껑을 열고는 욕설을 퍼붓는다. 통나무 하나냐고 내뱉으며 효추의 눈앞에서 내던져버린다. 그렇지 않으면 효추가 국관이라는 것을 알고 괴롭힌다. 하급 벼슬아치가 소중히 여기는 짐 따위 버려버리면 속이 후련할 것 같다면서 빼앗아 불속에 던져 넣는다.

결국 이거냐며 경멸하던 교케이의 목소리가 지금도 귓가에 남아 있다.

결국은 이따위다.

"이봐……."

"신경쓰지 마. 내버려둬."

효추는 대꾸하고 다시 무릎을 세웠다. 양손을 짚고 어떻게든 일어나려고 발버둥쳐본다.

"그만 좀 해!"

호통 소리에 고개를 들었다. 남자가 어이가 없다는 듯이 효추를 보았다. 남자 주위에는 어느새 마찬가지로 황당한 표정을 지은 사람들이 몰려들었다.

"뭐가 뭔지 설명 정도는 하지그래? 고집 부리면 다 되는 줄 알아?"

효추는 입을 다물었다. 이를 악물고 일어서려 했다.

"고집불통이구만. 말이라도 하라고. 뭔가 짊어지고 있는 것 같은데, 그게 당신 혼자 다 짊어질 수 있는 짐 맞아?"

효추는 남자를 보았다.

짐은…… 무겁다. 너무 무겁다.

"……줘."

"뭐?"

남자는 되묻듯이 효추의 얼굴을 들여다보았다. 효추는 지쳐서 떨리는 손을 뻗었다.

"……도와줘."

따뜻하고 듬직한 남자의 손이 효추의 손을 잡았다.

"왕궁으로 가야만 해. 꼭…… 반드시, 꼭."

남자는 깜짝 놀라 눈을 휘둥그렇게 떴다.

"댁이?"

"이 짐을 새 임금님께 전해야만 해. 쉴 새가 없어. 한시라도 빨리 가야 해. 부탁이야, 이 앞에 있는 도시까지만이라도 데려다 줘."

남자는 효추의 손을 다독였다.

"무리해서 다음 도시까지 가서 거기서 쉬든, 여기서 쉬고 내일 움직이든 다르지 않잖아."

"안 돼. 그러면 안 돼. 꼭 가야 해. 시들면 끝장이야. 이제 구할 길이 없어."

"구하다니, 뭘?"

산을. 나아가서는 나라를, 백성을. 여전히 피폐한 나라의 미래를.

남자도 이해하게끔 차근차근 설명할 여유가 있다면. 하지만 그럴 시간조차 아깝다. 아무튼 앞으로. 시든 풀을 앞에 두고 그때 달렸어야 했다고 후회하는 것만큼은 도저히 할 수 없다.

"임금님 같은 높으신 양반이 받아줄까."

효추는 고개를 끄덕였다. 괜찮다고 믿고 싶다. 함 안에 신분을 증명하는 끈이 있다. 설령 효추가 왕궁 문 앞에서 쓰러지더라도 안에 든 끈과 편지로 하고 싶은 이야기는 전해질 것이다. 함을 풀기만 한다면. 인정 있는 관리에게 건네지기만 한다면.

……새로운 왕이 받아주기만 한다면.

남자는 그러냐며 고개를 끄덕였다. 효추의 몸을 부축하고는 등에 멘 함을 내렸다.

"안 돼, 이건."

"알았어."

남자는 효추가 등에 진 함을 자신의 어깨에 짊어졌다. 실눈을 지으며 웃는다.

"아무튼 급한 거지? 알았다고."

효추를 부축해 말 등으로 밀어 올린다. 효추는 간신히 안장에 매달렸다. 남자는 등에 자신의 외투를 덮어주었다.

"몸이 얼지 않도록 꽉 붙들고 있어."

고삐를 쥔 그가 걸음을 떼었다.

"이봐."

사람들 속에서 목소리가 들린다.

"제정신이야?"

"하는 수 없잖아. 갈 수 있는 데까지만 갔다 올게."

남자는 밝은 목소리로 대답하고 달렸다.

남자는 말을 끌고 달려서 다음 도시에 도착했다. 이미 눈이 그쳤지만 해도 저물었다. 하얗게 눈 덮인 대지를 얼어붙은 별이 내려다보고 있다. 남자는 효추를 안장에 태운 채 문 앞으로 달려가 그곳에 무릎을 꿇었다. 함을 내리더니 크게 한숨을 쉬면서 눈 위에 드러누웠다. 문 앞에서 모닥불을 둘러싸고 있던 무리가 말을 걸었다.

"무슨 일이야?"

"달려……왔어." 남자가 말한다. "댁……들은."

"우리는 주정(유랑 극단)이야. 다음 도시로 출발하기 전에 몸을 녹이고 있지."

"잘됐군."

남자는 몸을 일으켰다.

"이 사람과 짐을 부탁할 수 없을까? 길을 엄청나게 서두르고 있대."

황당해하며 남자 이야기를 듣던 주정 무리는 마차에 태우고 가겠다고 승낙해주었다.

“사정은 잘 모르겠지만 한 사람 정도는 짐 사이에 싣고 갈 수 있겠지.”

“부탁해도 될까?”

“어차피 주의 경계 도시까지 여기서부터 밤새워 갈 예정이거든.”

이맘때 우리를 묵게 해줄 만한 여관은 없으니까, 그렇게 말하며 주정은 웃었다.

굵직한 목소리가 이쪽으로 오라고 얘기하며 효추의 몸을 부축했다. 안장에 매달려 있던 효추의 손은 그대로 얼어서 남자가 펴주어야 했다.

효추는 마차의 짐 틈바구니에 실렸다. 몸을 웅크리고 함을 끌어안는다. 만약 이 주정들이 인기척 없는 장소에서 효추의 짐을 빼앗으려 한다면, 그렇게 생각하자 마음이 편치 않았다. 함을 꼭 끌어안고 여차할 때는 마차에서 뛰어내려 달리려는 마음의 준비만이라도 해두어야 한다.

하지만 짐칸에서 덜컹거리며 가는 동안에 한계가 찾아왔다. 효추는 어느새 몽롱한 잠속으로 빠져들었다. 누가 들깨워서 정신을 차리고 핏기가 싹 가셨다. 허겁지겁 주위를 둘러본 효추의 눈앞으로 따뜻한 국물이 담긴 그릇을 내밀었다. 먹을 수 있겠느냐고 묻는 여자의 얼굴이 김으로 부옜다. 효추는 품속에 함을 꼭 끌어안고 있었다.

거기서부터 이틀 걸려 그들은 주 경계선을 넘었다. 한번 걸음을 멈추자 효추의 다리는 다시 움직이지 않았다. 발꿈치는 물집과 튼 살로 찢기고, 발목이 무릎처럼 부어올랐다. 효추는 하루에 세 번, 잊지 않고 함 속 내용물을 확인했다. 통나무 상태를 확인하고 청조를 살핀다. 나무는 생기를 잃고 서서히 마르기 시작했다. 다행히 청조는 아직 파릇파릇한 윤기를 띠고 있었다.

"옮겨 심을 수는 없나?"

함께 함 속을 들여다본 주정 중 한 사람이 물었지만 효추는 고개를 가로저었다.

나라에 소속되지 않은 주정들은 효추의 신분을 나타내는 끈에는 아무 흥미도 없는 듯했다. 그저 정말로 왕이 받아줄지 의심할 뿐이었다.

"새로운 왕에 대한 소문은 거의 들리지 않아. 훌륭한 분이 아닌 것 아닐까."

"정사에 어두운 거 아니냐는 이야기라면 들었지."

"어둡고 자시고 이리도 악랄한 관리들이 활개치고 다녀서야, 원."

"짐을 잘 받아서 위로 전해줄 만큼 열심히 일하는 관리가 남아 있으면 좋겠는데."

효추는 묵묵히 함을 끌어안을 뿐이다. 가는 수밖에 없다. 황폐한 산야가 더 망가지기 전에.

이튿날에는 커다란 도시에 도착했다. 가도의 요충지로서는 드물게 도시의 체제를 갖추고 있었다. 여기라면 말을 빌릴 수 있을지도 모른다. 그렇게 생각했지만, 효추는 이제 일어날 수가 없었다. 주정들은 다른 마차를 찾아 말을 걸어주었다. 짐을 내리고 반대 방향으로 돌아가려는 청년에게 돈을 쥐여주고 하다못해 다음 도시까지 가달라고 부탁해주었다. 젊은 마부는 마지못해 수락하고도 다음 도시까지 길을 서둘러주었다. 폐문 전에 간신히 도착한 도시의 문 앞, 그곳에서 내려 효추는 끝내 힘이 다했다. 안간힘을 써도 다시 일어날 수가 없다. 떨리는 손으로 땅을 짚어 몸을 일으키려 했으나 제 몸을 지탱할 수가 없다. 뻣뻣한 다리는 구부러지지도 않고 움직이지도 않는다.

"더는 무리야."

젊은 마부의 말에 효추는 울었다. 어린아이처럼 "안 돼, 안 돼" 하고 반복할 수밖에 없었다. 포기하면 안 된다, 가지 않으면 안 된다, 교케이에게 죄스럽다, 호코에게 죄스럽다, 달려준 말에게 죄스럽다, 힘을 빌려준 사람들에게 죄스럽다, ……백성에게 죄스럽다.

"나이도 먹을 만큼 먹은 양반이 왜 이래."

기막혀하는 굵직한 목소리가 효추의 손에서 함을 빼앗았다.

"안 돼……."

"그만해."

사람들 속에서 나타난 남자가 흐릿한 눈앞에서 함을 짊어졌다.

"아무튼 가면 되지? 알았으니까 일단 쉬고 있어."

남자는 그렇게 말하더니 효추를 자신의 아내에게 맡기고 저물기 시작한 가도를 잔달음질하며 사라졌다. 효추는 멀어지는 짐을 보고 있을 수밖에 없었다.

손에서 멀어진다.

저것이 유일한 희망이건만.

가도의 기복 아래로 달리는 남자 모습이 사라지자 효추도 더 이상 정신을 붙들고 있을 수 없었다. 추락하는 꿈속에서는 너도밤나무 숲이 부서지는 비명 같은 소리가 울려 퍼졌다.

남자는 좌우지간 가도를 달렸다. 다 큰 남자가 엉엉 우니까 무시도 할 수 없다. 서두른다는 이야기 때문만이 아니라, 밤길이 여전히 위험한 탓에 체력이 닿는 한 계속 달렸다. 지치면 걷고,

걷다가 또 달려서 하룻밤을 달려 쓰러지듯이 도착한 도시 문 앞에서 한가하게 무리 지은 청년들을 발견했다.

“이보게들, 한가하면 달리기 좀 해주지 않겠나.”

그 무렵 효추는 작고 기울어진 집에서 잠들어 있었다. 정신없이 잠든 꿈속에서 수없이 많은 나무가 쓰러져 부서지고, 동시에 산이 무너졌다. 비탈에 무너져 내리는 토사는 어마어마하게 많은 무리의 쥐가 되어 넘쳐나고 이와 여를 집어삼켰다.

청년들은 교대로 달렸다. 뭔지 모르지만 나라를 위해서라고 한다. 나라를 위해서 일하는 게 무슨 의의가 있는지, 황폐한 나라에서 나고 자란 그들은 알지 못했다. 그저 할 일 없이 시간을 보내던 그들은 달리며 서로 체력을 겨루는 것이 즐거웠다. 어차피 직업도 없고 할 일도 없다. 날품 파는 일을 찾아 그날 먹을 밥을 얻을 뿐이다. 이렇다 할 오락도 없고 의욕을 느낄 일도 없다. 그래도 나라를 위해서라고 하면 조금은 의미 있는 일을 하는 기분이 들었다.

이윽고 한 사람이 탈락하고, 두 사람이 탈락하고, 마지막 한 사람이 다섯 마을 앞 고을로 달려갔다. 제아무리 젊은 체력도 거기서 바닥났다.

“뭔지 모르겠지만 나라를 위해서래. 왕궁에 전해야만 한대, 되도록 빨리.”

그는 그렇게 말하며 마차에 탄 모자에게 함을 맡겼다.

다시 눈이 내리기 시작했다. 간신히 정신을 차린 효추는 다리에 댄 천을 갈아주는 친절한 아낙의 손길에 말없이 따르면서, 손에서 떠나버린 함을 생각했다. 지금쯤 어떻게 되었을까. 어딘가의 산야에 내던져졌을까. 아낙의 남편은 청년들에게 맡기고 왔다고 하는데, 그 청년들은 얼마나 중요한 짐인지 알아주었을까. 알지도 못하고 버렸더라도 효추에게는 더이상 뭐라고 할 자격이 없다. 효추는 끝까지 짊어지지 못했다.

그렇게 생각하며 울었다. 하는 일 없이 녹봉을 받기만 하는 직책, 단 한 번의 의무와 책임을 효추는 완수하지 못했다.

호코는 어쩌고 있을까. 교케이는 지금 어디에 있을까. 무엇을 하고 있을까, 생각하고 있을까. 이런 한심한 결과를 상상이나 하고 있을까.

미안하다고 중얼거리며 눈을 감았다. 다리는 고관절까지 부어서 굽힐 수도 꿈쩍할 수도 없었다. 양손도 팔꿈치까지 부어올랐다. 새빨개진 손가락은 무언가를 붙잡으려는 것처럼 굳어버렸다.

마찬가지로 붉어진 손을 호호 불며 여자는 고삐를 고쳐 쥐었다.

짐칸을 돌아보자 주워 모은 땔감 틈에 태운 아들들이 함을 소중하게 안고 있다. 이 아이들을 먹여 살리기 위해 객지로 돈을 벌러 간 남편의 소식은 끊어졌다. 남편이 마지막으로 일하러 간 도시는 올가을 장마로 산이 무너져 묻혀버렸다. 그곳에서 재난을 당했는지, 아니면 처자식을 버리고 어딘가로 떠나버렸는지 모르겠다. 남겨진 그녀는 거친 땅을 일구고, 겨울에는 아들들의 고사리손까지 합세해 산과 들에서 땔나무를 줍고, 길을 서두르는 나그네를 태워 푼돈을 벌어서 간신히 입에 풀칠을 하고 있다.

그래도 아직 괜찮다. 그녀는 아직 아이를 포기하지 않았다. 이里에 있는 집을 팔아서 산 말과 야윈 몸으로 불평 한마디 하지 않고 일하는 아들들, 재산은 그뿐이다. 무척 추울 텐데, 배고플 텐데, 우는 소리 한마디 하지 않고 짐칸에 앉아 함을 안고 서로 몸을 맞댄 채 산야를 바라보았다.

폐허 같은 나라, 결실을 거둘 수 없는 대지, 이 아이들의 장래는 어떻게 될까. 새로운 왕이 옥좌에 오르기는 했지만, 과연 그것으로 자신들에게 살길이 있을지 여자로서는 판단하지 못할 일이었다. 살림살이가 나아졌다는 실감은 나지 않는다. 가도는 여전히 엉망이고, 가는 도시마다 여전히 생기가 감돌지 않았다.

"하지만 이걸 임금님께 전하면 좋아지겠지."

큰아들이 말한다.

"그렇겠지."

여자는 복잡한 심경으로 대답했다. 믿고 싶지만 믿을 수 없다. 아이에게 그렇게 말하기는 꺼려졌다. 희망만은 품었으면 싶다. 미래와 세상에 절망하지 않기를 바랐다.

"분명히 임금님이 구해주실 거야."

큰아들이 아우에게 하는 말을 듣고 그녀는 고삐를 당겼다.

진실은 알 수 없다. 하지만 아무튼 서둘러보자. 함 속에 희망이 들어 있다고 믿고.

—함 속.

효추는 깊은 밤에 눈을 번쩍 떴다. 높이 낸 창의 종이도 유리도 끼우지 않은 작은 구멍으로 얼어붙은 달이 절반만 보였다.

이 나라는…….

어떻게 될까. 새로운 왕은 나라를 구해줄까. 그것을 위해 자신은 무엇을 했을까. 새로운 시대를 바랄 만큼의 일을 했을까.

산야는 우리를 살려줄까. 아니면 이 나라도 사람들에게도 가망이 없다고 단념하고 무너져버릴까.

문득 따뜻한 생물을 떠올렸다. 계주를 넘고는 쓰러진 아겐. 오랜 세월 함께 온 나라를 누빈 말이었다. 그대로 죽어버렸을까. 절하향의 밭에서 그곳까지 있는 힘을 다해주었다. 만약, 만약 그 도시로 돌아갈 수 있다면 소식을 확인하고 싶다. 불행하게 힘이 다했다면 얼마든지 극진히 장례를 치러주고 싶다.

생각하자 잇따라 그리운 사람들 모습이 머릿속에 떠올랐다. 호코, 교케이, 고생을 아끼지 않고 일해준 서도들. 서운의 사람들, 지금도 산골 마을에 사는 늙은 어머니.

모든 사람이 구원받을 날이 오면 좋을 텐데.

효추가 눈도 붙이지 않고 기도하면서 아침을 맞이한 그 무렵, 모자는 분기점에 있는 도시에 도착했다. 그곳에서 먼 친척 남자에게 함을 맡겼다. 그다지 친교는 깊지 않았지만, 분명히 이전에 장사를 하면서 왕궁을 드나든 적이 있다고 했다.

짐을 남자에게 맡긴 뒤 아이들은 몇 번이고 몇 번이고 부탁한다고 외쳤다. 내심 당황하면서도 짐을 받아든 남자는 걱정하지 말라고 쾌활하게 말하며 아이들을 쓰다듬고는 자신의 말에 뛰어올랐다. 나이든 말을 고생시키고 싶지는 않다. 이 말이 그에게 남겨진 유일한 재산이었다. 하지만 아이들의 진지한 눈이 그를 움직였다. 그 눈동자를 배신할 수 없다.

아무튼 왕궁으로 가면 되겠지. 그곳에서 누구에게 면회를 청하면 될까.

남자는 한때 왕궁에 출입했지만 단순히 짐을 납품했을 뿐이다. 관리에게 얼굴이 먹히는 것도 아니고, 친분 있는 관리가 있는 것도 아니다. 요즘 세상에 아무 뇌물도 없이 면회를 청한다고 관리가 만나줄까. 어디 아는 하인은 없던가.

곰곰이 생각해보니 대부분 벌써 국부를 떠났거나 이미 죽었다는 사실이 떠올랐다. 정변에 폭동, 재해와 요마의 습격, 왕도도 예외가 아니라서 잃어버린 사람의 숫자는 변경 마을에서 잃은 사람들보다 훨씬 많다. 선왕의 폭거와 그 뒤에 길게 이어진 공위는 국토를 더이상 망가질 수 없을 만큼 망가뜨렸다. 그의 부모는 선왕에게 처형당했다. 열 살 남짓에 가족을 잃은 그는 여동생이 한 명 있었지만, 어린 여동생은 어느 날 남자들에게 끌려가서 돌아오지 않았다. 어른이 되어 겨우 얻은 가족, 그의 처자식 역시 폭한의 습격으로 세상을 뜨고 말았다.

이제 와 이런 나라가 정말로 다시 일어설 수 있을까.

씁쓸한 기억과 함께 생각에 잠겨 있던 남자는 문득 떠올렸다. 왕궁에 드나들 때 장사 동료에게 새로 즉위한 왕이 임명한 지관 수인遂人은 말이 통하는 인물이라고 들은 적이 있다.

남자는 국부의 자세한 직분 같은 건 알지 못한다. 같은 지관의 증표가 있으니까 수인에게 전하면 되지 않을까. 적어도 관할이 다르다는 말은 하지 않으리라.

—아저씨 부탁해요.

남자는 마음속으로 알겠다고 중얼거리고 늙은 말을 격려하면서 가도를 달렸다. 곧장 관궁關弓으로 향한다.

목적지인 현영궁玄英宮까지는 이틀 거리다.

*

새해가 온 그날도 눈이 내렸다. 절하향 너도밤나무 숲에도 눈은 하늘하늘 떨어졌다. 호코는 오로지 청조만을 지키고 있었다.

효추는 무사히 도착했을까.

효추를 보내고 두 포기가 더 죽었다. 대신에 헛걸음일 것을 각오하고 야목을 돌며 간신히 새로 네 포기를 얻을 수 있었다.

지켜야 한다.

그달 중순, 보름밤에도 눈이 내렸다.

변경에 방치되어 황폐해진 마을에는 새해를 축하하는 목소리도 들리지 않고, 어제와 마찬가지로 오늘이 찾아와 지나간다. 마을에서 또 한 사람이 죽어, 주민은 여덟 명이 되었다. 이날 밤에도 남자가 기댄 이목은 가지 대부분이 거멨다.

남자, 교케이는 그저 무릎을 끌어안고 발치에 보슬보슬 떨어지는 눈을 의식하지 않고 멍하니 바라보았다.

이 나라에서 도망칠 생각이었다. 하지만 도저히 포기할 수 없었다. 교케이에게는 고향이 없다. 태어난 나라는 기억나지 않고, 그 뒤에 이르렀던 나라도 대부분 기억에 없다. 부모의 얼굴조차 떠오르지 않은 지 벌써 오래다.

어디에도 발붙이지 않고 여러 나라를 방랑하며 나라에도 토지에도 머물지 않고, 동시에 속박당하지도 않은 채 살아왔다. 그렇기에 오히려 고향을 아끼는 호코와 효추의 생각을 가벼이 여길 수가 없었다.

그처럼 하나의 토지를 그리워하며 아낄 수 있다면 얼마나 좋을까.

있지도 않은 고향을 향한 망향의 한을 미련처럼 달고 계주를 떠나 광주光州를 지나 유국으로 향하는 국경 근처까지 이르렀다. 그리고 그곳에서 발을 멈추었다.

교케이는 그대로 국경을 넘을 수가 없었다. 미련이 남는다.

호코는 어찌되었을까. 혹시라도 교케이를 대신해서 붙잡히지는 않았을까. 그리고 효추는.

국관의 직함은 있지만 내실은 아무것도 하지 못하는 하급 벼슬아치. 하지만 고향을 구하려는 그의 마음만은 진실로 다가왔다. 아무것도 하지 못하는 것에 답답하기도 했고, 주의 관리가 밭으로 밀어닥쳤을 때에는 그들과 내통한 것이 아닌지 의심도 했다. 아마 여전히 고향을 구하려고, 고향을 포함한 토지와 백성을 구하고 싶어 발버둥치고 있으리라.

그래서 무엇이 바뀔지는 알 수 없다.

이 마을에 이를 때까지 교케이는 많은 농가와 도시를 보았다.

이토록 황폐하고 쇠퇴한 나라가 단순히 새로운 왕이 즉위한 것만으로 정말로 구원받을 수 있을까.

교케이는 미련을 버리지 못하고 버려진 한촌에 머물며, 낮에는 마을 주민을 도와 잡일을 하면서 그저 한결같이 기다렸다.

한숨을 푹 내쉬었을 때, 교케이의 코끝에 물방울 하나가 떨어졌다.

올려다보자 새벽하늘을 배경으로 교케이의 머리 위를 뒤덮은 은회색 가지가 보였다. 가지 중간쯤에 작고 노란 열매가 달렸다.

흩날리는 가랑눈은 손끝만 한 열매에 머무른다. 그대로 천천히 녹아서 물방울로 변하더니 작은 굴곡을 따라 흘러 뚝 하고 떨어졌다.

뚝, 또 한 방울이 그의 코끝에 떨어졌다.

교케이는 일어났다.

작은 열매에 곱은 손을 포갰다.

# 풍신

風信

## 001

소꿉친구인 메이슈明珠는 그때 일을 제대로 기억하지 못한다고 했다. 렌카蓮花는 그것이 부러웠다.

렌카는 그해 봄을 죽을 때까지 잊을 수 없다.

봄이 한창이던 시기, 렌카는 막 열다섯 살이 되었다. 아침부터 햇살은 눈에 부실 정도로 하얗고, 하늘에는 구름 한 점 없었다. 다가오는 여름을 느꼈다. 엄마가 입은 삼베 웃옷의 하얀색이 더없이 시원해 보였다. 엄마는 여름에 대비해 병풍을 안뜰로 끌고 나와 씻었다. 돌바닥 위에 뒤집어 놓은 병풍. 모과나무를 투각한 병풍은 렌카가 기억하는 한 줄곧 엄마가 소중히 해왔던 물건이다. 크고 작은 구멍이 규칙적으로 늘어서 꽃무늬를 이룬 병풍에 엄마는 겨울 동안 종이를 붙여 바람막이로 썼다. 겨울을 난 병풍은 화로의 연기에 그슬려 연회색으로 더러워졌다. 그런 병풍을 펼쳐 안뜰에 누이고 우물에서 퍼 올린 물을 뿌렸다.

엄마가 소매를 걷어올렸다. 하얗고 통통한 팔이 젖어서 반질반질하게 빛났다. 렌카는 엄마가 물을 뿌려 적신 곳부터 병풍의 종이를 벗겨냈다. 날씨가 좋아지면 이렇게 종이를 벗겨 바람이 통하게 한다. 그것을 볼 때마다 렌카는 여름이 왔다고 생각하고는 했다.

젖어서 불은 종이를 벗기고 병풍을 짚으로 문지른다. 미지근한 물이 상쾌했다. 달라붙은 헌 종이가 때처럼 벗겨지고 반들반들한 모과나무의 나뭇결이 나타난다. 부지런히 짚을 문지르는 렌카 옆에서 아직 어린 여동생이 종이를 찢으며 놀았다. 손가락을 펴서 구멍을 뚫고는 환호성을 지르는 동생을 렌카는 가볍게 나무랐다. 그러면 벗기기 어려워지잖아.

나무라자 동생은 작은 손가락으로 구멍을 붙잡고 젖은 종이를 한 조각 떼어내어 렌카에게 내밀었다. 주려는 것인지 아니면 자신도 일하고 있다고 언니에게 항의하고 싶었던 것인지. 손을 움직이기 바쁜 렌카가 무시하자 던져버리려 했지만 젖은 종이가 손가락에 붙어 떨어지지 않는다. 바동거리다 종이가 코에 붙어버렸다. 그 모습을 본 엄마가 큰 소리로 웃었다.

정말, 뭐하는 거야. 웃기기도 하고 어이없기도 해서 렌카가 중얼거렸을 때, 앞뜰 쪽에서 대문을 두드리는 거센 소리가 들렸다. 집안일을 봐주는 할아범이 문으로 이어지는 대청에 앉아 안뜰 모습을 흐뭇하게 지켜보다 낯빛을 바꾸고 뒤돌아보았다. 대청에 문을 새로 지었는데, 할아범은 일부러 그 문 앞에 의자를 두었다. 의자를 차고 일어나더니 바깥을 살필 수 있도록 문에 낸 작은 창으로 상황을 살펴보았다. 그러면서 렌카 쪽으로 한 손을 흔들었다. 가라는 신호다.

안뜰을 나가 몸을 숨겨.

엄마가 숨을 삼키고 곧장 어린 여동생을 안아 올렸다. 렌카를 향해 손을 내민다. 물에 젖은 통통한 하얀 팔. 부드러워 보이는 손바닥과 매끈하고 가는 손가락. 렌카가 손을 잡으려 했을 때, 갑자기 깜짝 놀란 것처럼 엄마의 손이 멀어지며 물러났다. 앗, 하고 숨을 토하는 목소리가 들렸다. 시선을 들자 엄마와 엄마 품에 안긴 여동생을 한 번에 꿰뚫은 표창標槍이 눈에 들어온다.

말을 잃은 렌카의 머리 위에 그늘이 졌다. 고개를 들어 쳐다보니 그림자처럼 검은 짐승이 공중에 떠 있었다. 짐승에 탄 병사가 감정 없는 눈빛으로 렌카를 응시한다. 풀썩 하고 엄마가 쓰러지는 소리가 들렸다. 동시에 그림자는 렌카의 머리 위에서 날갯짓하더니 단숨에 북쪽으로 날아갔다.

그 부분까지는 자잘한 것마저 극명하게 기억하고 있다. 물 온도도 감촉도 물방울이 반사하는 반짝거리는 빛도. 엄마의 목소리, 냄새, 흐트러지며 바람에 나부끼던 동생의 머리카락, 웃으면 복숭아처럼 불그스름해졌던 뺨.

그 뒤로는 급류를 타면서 본 경치 같다. 돌바닥에 쓰러진 엄마, 순식간에 흐른 피, 달려온 할아범과 아빠, 옆집에서 울려 퍼진 비명. 아빠는 엄마 옆에 무릎을 꿇었다. 할아범은 렌카를 끌어안다시피 해서 집 뒤쪽으로 끌고 갔다. 렌카는 그 자리에 머물러 있고 싶었지만 자신의 몸이 남의 것처럼 뜻대로 되지 않았다. 할아범의 손에 이끌려 후원으로 달려나갔다. 그와 동시에 옆집과 담 사이에 위치한 쪽문이 열리고 옆집에 사는 메이슈가 휘청거리며 모습을 드러냈다.

메이슈도 렌카와 마찬가지로 남자아이 옷을 입고 있었다. 밀랍처럼 낯빛을 잃고 눈은 초점을 잃었다. 메이슈의 할아버지가 그녀를 쪽문 바깥으로 밀어낸다. 렌카를 끌어안은 할아범은 다른 쪽 팔로 메이슈를 받아들더니 양쪽 옆구리에 안아 들고 후원 바닥에 마련된 지하로 연결된 문 너머로 뛰어들었다.

지하에 어둑한 통로가 나왔다. 땅을 파고 지지대로 통나무와 판자를 세웠을 뿐이다. 바닥은 질퍽하고, 썩은 물 냄새가 났다.

렌카는 그제야 비로소 비명을 질렀다. 엄마를 부르고 동생을 부르고 아빠를 불렀다. 계속 소리를 지르려는 렌카의 입을 할아범이 막고 통로 안쪽으로 끌고 갔다. 저항하면서도 끌려가는 사이에 머리 위에서 털썩 사람이 떨어졌다. 뒷집에 사는 젊은 새댁이다. 그녀는 지난해에 뒷집에 사는 젊은 선생과 혼인했다. 렌카와 마찬가지로 지하로 뛰어내린 것이다. 머리 위에서 가라는 선생 목소리가 들리더니 내동댕이치듯 출입구가 닫혔다. 하지만 그녀는 꼼짝하지 않았다. 출입구로 손을 뻗고 남편 이름을 불렀다. 그런 그녀를 그 자리에 두고 할아범은 렌카와 메이슈를 안쪽으로 끌고 갔다.

앞으로, 앞으로 나아가자 통나무를 눕혀 놓았을 뿐인 계단이 나왔다. 계단 아래는 석굴이었다. 석굴 안에는 미리 와 있던 세 남자가 바닥 한쪽 구석에 있는 더 깊은 지하 출입구를 열어놓았다. 안은 캄캄한 굴이었다. 렌카와 메이슈는 굴속으로 밀어넣어졌다. 출입구가 닫히고 위에 짐을 움직이는 소리가 들렸다.

비좁은 어둠 속에서 렌카는 메이슈를 끌어안았다. 메이슈는 숨을 쉬지 않나 싶을 정도로 조용했다. 구멍 밑바닥에는 질펀하게 물이 고여 있었다. 렌카는 메이슈를 끌어안고—꽉 매달려 있었을 뿐인지도 모른다—오열을 꾹 참았다. 아무것도 보이지 않으니까, 보고 싶지 않으니까 눈을 꾹 감고 있었다.

여자는 나라에서 나가야 한다고 들었다. 그런 포고가 있었다고 한다. 하지만 렌카도 엄마도 아빠 곁을 떠나 집을 나가고 싶지는 않았다. 마을 여자들은 모두 그러고 싶어 하지 않았다. 렌카 같은 나이 어린 소녀는 남자아이 차림을 하게 되었다. 그보다 나이가 많은 여자들은 집안에 숨어 있기로 했다. 여차할 때를 대비해 문을 몇 겹이나 달고 뒤에는 쪽문을 설치하고 지하에 토굴이나 통로를 팠다.

하지만 정말로 그것 때문에 벌이 내릴 줄은 생각지 않았다.

집안에 숨어 있으면 될 줄 알았다. 남몰래 비밀 통로를 왔다 갔다 하며 이웃 아이들과 놀면 된다. 집에서 나가지 않고 건물과 안뜰 안에서만, 지금까지와 똑같이 그날그날 살아가면 된다. 엄마는 장을 보러 나가지 못하게 되었지만 평소처럼 바지런히 일하며, 온 집안을 청소하고 밥을 짓고 렌카와 동생과 아빠를 챙겼다. 렌카 역시 학교는 가지 못했지만 이전과 똑같이 이웃집의 메이슈와 놀고, 동생을 보살피고, 엄마를 도왔다. 바깥에 나갈 수 없는 렌카를 가엾게 여겨 아빠와 할아범은 나갔다 올 때마다 여러 가지 선물을 들고 왔다. 강에서 낚은 작은 물고기, 계절마다 피는 꽃, 사소한 장난감과 예쁜 소품. 불편함이 있기는 해도, 누군가의 보살핌 속에 틀어박혀 지내는 생활에는 기묘한 안락함이 있었다. 마치 폭풍우가 치는 날에 안전한 집안에서 가족에게 둘러싸여 있을 때 같았다.

바깥에 폭풍우가 치고 있다는 사실을 까맣게 잊고 있었다.

폭풍우가 치니까. 바깥에는 재난밖에 없으니까, 그러니까 집 안에서 이리도 안심할 수 있었던 것임을 전혀 알지 못했다.

죄송해요. 렌카는 누군가를 향해 몇 번이고 몇 번이고 사죄했다. 착각했어요, 죄송합니다. 다음에는 잘하겠습니다. 진지하고 성실하게 살겠습니다. 그러니까 시간을 되돌려주세요. 처음부터 다시 하게 해주세요. 하다못해 오늘 아침 눈을 뜨는 순간으로 되돌려주세요.

메이슈의 등을 끌어안으면서 몇 번이나 기도했다. 렌카의 오열이 옮은 것처럼 메이슈도 이윽고 소리 죽여 울기 시작했다. 메이슈는 몇 번이고 거짓말이겠지, 하고 작은 목소리로 되뇌었다. 렌카가 대답하지 못하자 희미한 숨소리를 내며 잠들었다. 렌카도 이내 꾸벅꾸벅 졸았다. 몇 번인가 메이슈가 "있니?" 하고 물어서 잠결에 "있어" 하고 중얼거렸다.

몇 차례쯤 눈을 떴을 때 머리 위에서 덜컹덜컹 소리가 들렸다. 출입구 위에서 짐을 움직이는 소리였다. 렌카는 숨을 죽이고 메이슈를 꼭 끌어안았다. 메이슈가 눈을 뜨고 마찬가지로 비명을 지르려다 허둥지둥 숨을 삼켰다. 출입구가 열리고 어슴푸레한 빛이 비쳐들면서 "괜찮니?" 하는 목소리가 들렸다. 그제야 마음을 놓고 "괜찮아요" 하고 대답했다. 출입구를 연 사람은 낯선 초로의 남자였다. 그가 렌카와 메이슈를 구멍 안에서 끌어올려 빛이 있는 바깥세상으로 데리고 나갔다.

바깥으로 나간 렌카와 메이슈는 서로 끌어안고 울었다. 그곳에는 아무것도 남아 있지 않았다.

틀어박힌 여자들을 연기로 몰기 위해서 병사들이 고을에 불을 놓았다. 화마는 렌카와 메이슈의 집이 있는 구획과 그곳에 사는 사람들을 송두리째 태워버렸다. 구출된 렌카와 메이슈는 울면서 불탄 자리를 헤매다 누구의 것인지도 모를 뼈를 몇 개 주웠다. 그것이 마지막 인사였다.

아빠와 할아범은 병사에게 살해당했다고 한다. 메이슈의 엄마와 언니 역시 살해당한 듯하다. 느닷없이 나타난 공행사空行師가 아무런 예고도 없이 화살을 쏘았다. 동시에 병사가 대문을 부수고 들어왔다. 메이슈를 도망치게 하려다 아빠와 오빠가 죽고, 할아버지는 불타는 집에서 도망칠 곳을 잃고 숨이 끊어졌다. 하지만 메이슈는 전후의 일을 하나도 기억하지 못했다. 그날이 어떻게 시작되었는지도 모르겠다. 캄캄한 곳에 렌카와 틀어박혀 있었더니 누가 구해주었다. 그것밖에 기억나지 않는다고 한다.

"엄마랑 언니가 함께 있었을 텐데. 무얼 하고 있었는지 하나도 기억이 안 나."

메이슈는 그렇게 말하며 사소한 것까지 기억하는 렌카를 부러워했다.

하지만 렌카는 엄마의 웃는 얼굴을 기억하지 못한다. 엄마가 동생을 보며 웃었던 것은 기억한다. 구김살 없이 환한 미소였다는 인상은 남아 있다. 그런데 그때의 얼굴을 똑똑히 떠올릴 수 없다. 그런 주제에 엄마의 팔꿈치에서 흐르던 물방울이나 물을 뿌려 닦아서 반들반들 빛나던 병풍의 나뭇결은 선명했다.

어째서 더 좋은 기억이 없을까. 엄마, 아빠, 동생의 얼굴을 잘 봐둘 것을 그랬다. 하다못해 그날 눈을 뜨고 나서 악몽 같은 순간 직전까지 평소처럼 평화로웠던 시간을 더 자세히 지켜보고 음미해둘 것을 그랬다.

후회하면서 메이슈와 손을 잡고 걸었다. 두 아이는 이제 태어난 고을에 머무를 수가 없었다. 고을 어른들은 다 함께 여자들을 숨기는 길을 선택했다. 그 결과 본보기로 공격당했다. 본디 백성을 지켜야 할 주사가 마을을 덮쳤다. 병사는 눈에 띄는 여자들을 남김없이 죽이고 저항하는 남자들도 죽였다. 살아남은 남자들은 살아남은 여자들을 마을 바깥으로 내보낼 수밖에 없었다.

노파부터 나이도 차지 않은 어린아이까지 한 덩어리가 되어 가도를 남하했다. 정주征州에서 주 경계를 넘어 건주建州로 들어가, 그곳에서 다시 맥주麥州의 항구로 가서 나라를 나간다. 그럴 수밖에 없어서 마냥 걸었다.

건주에 막 들어섰을 즈음, 숙소에서 눈을 뜨자 옆에 있던 메이슈가 없었다. 당황해서 다 함께 찾으니 숙소 옆에 있는 개천에 떠올라 있었다. 노파는 발이 미끄러졌나 보다고 위로해주었지만 렌카는 그렇지 않다는 사실을 알고 있었다. 전날 밤 잠들기 전에 메이슈가 소중히 여기던 반지를 주었다. 길을 떠나는 동안에 수척해진 메이슈는 반지가 빠져 잃어버릴 것 같다고 했다.

"잃어버리면 바보 같잖아. 그러니까 렌카에게 줄게. 소중히 간직해줘."

렌카는 작별 인사 같아서 싫었다. 정말로 그것이 작별이 되었다.

소꿉친구를 낯선 땅에 묻은 렌카는 다시 걷기 시작했다. 길을 떠나오는 동안에 절반이 사라졌다. 병으로 운신하지 못하게 된 사람도 있다. 목숨을 잃은 사람도 있다. 어느 틈에 자취를 감춘 사람도 있었다. 그중 몇 사람은 처형당할 각오를 하고 돌아갔으리라. 그렇지 않다면 메이슈와 마찬가지로 앞으로 나아가기를 포기했는지도 모른다.

렌카와 일행은 장례 행렬처럼 우울하게 앞으로 나아갔다. 그리고 맥주 근처 섭양攝養의 길목에서 조기弔旗를 보았다. 렌카에게 모든 것을 빼앗은 왕이 죽었다는 증거였다.

그날 렌카는 길을 떠난 뒤 처음으로 울부짖었다. 이렇게 간단히 왕이 죽다니. 부모와 동생의 죽음은 무엇이었나. 집에서 일하던 할아범도, 메이슈의 가족도 마을 사람들도, 그리고 메이슈도. 이때까지만 견뎠더라면 죽지 않았을 것이다.

지쳐 잠들 정도로 울고 고열에 시달리다 열이 내리자 빈껍데기만 남았다. 세상은 가짜 풍경을 그려놓은 종이처럼 두께를 잃고, 모든 것이 꿈처럼 현실미가 없어서 자신의 기억과 감정조차 어쩐지 남 일 같았다. 렌카를 간호해준 여자들은 마을로 돌아갈 수 있다고 기뻐했지만, 렌카는 돌아가지 않겠다고 했다. 돌아가도 의미가 없다. 그곳에는 이제 아무도 없다.

"하지만……."

주위 여자들은 입을 열었지만 말을 잇지는 못했다.

"여기가 좋아요. 나, 이제 아무데도 안 가요."

나아가기를 그만두기로 했다. 메이슈처럼 모든 것을 내던져버릴 기력은 없지만 더이상 흘러가기도 싫었다.

그래서 렌카는 섭양에 머물기로 했다. 여자들이 섭양에 살 곳을 찾아주었다. 렌카는 섭양 출신이 아니니까 그곳의 이가에는 들어갈 수 없다. 대신에 하녀를 구하는 집을 찾아주었다. 그렇게 렌카는 외톨이가 되었다.

더위가 한창인 여름이었다. 하지만 섭양은 쓸쓸한 고을이었다. 전란의 흔적은 없지만, 인구는 눈에 띄게 적고 고을 주위에 펼쳐지는 논밭에도 방치된 곳이 많았다. 초로의 남자가 안내해 도착한 곳은 고을 외곽 넓은 정원이었는데, 이렇다 할 저택도 보이지 않고 그저 무성한 나무들이 짙게 녹음을 드리운 곳이었다. 시끄럽게 매미가 울었다. 나무 틈으로 커다란 연못이 보였다.

남자에게 이끌려 커다란 소나무가 가지를 뻗은 대문으로 들어갔다. 넓고 쓸쓸한 앞뜰을 지나자 앞문 문간에 쉰 중반쯤 되어 보이는 남자가 기다리고 있었다.

남자는 가케이嘉慶라고 했다. 군郡의 춘관 보장씨保章氏라 한다. 렌카는 보장씨가 무엇을 하는 관리인지 알지 못했다. 그저 어째서 군성에 살지 않는지 궁금했다. 이렇게 외지고 황폐한 정원에 살다니 이상했다. 아니면 이곳은 가케이의 별저일까.

멍하니 그런 생각을 하던 렌카에게 가케이는 노인을 소개해주었다. 하는 일은 이 노인에게 배우라며 온화한 목소리로 말한다.

"익숙해질 때까지는 시간이 걸리겠지. 한동안 느긋하게 쉬도록 하여라."

위로해주고 있다는 것을 알았다. "고맙습니다." 렌카는 대답했다. 그렇게 힘든 일자리는 아닌 것 같다고 무심하게 생각했다.

## 002

렌카가 몸을 의탁하게 된 곳은 괴원槐園이라는 이름이 붙어 있었다. 그곳은 정원이라기보다 후원이었다. 넓은 못가에 뜰과 건물이 배치되어 있고 논밭이나 축사도 띄엄띄엄 있었다. 밭을 일구고 가축을 돌보는 사람들이 사는 여廬 같은 형태의 작은 촌락도 있었다. 원래는 군의 태수太守가 별장으로 만들었다고 하는데 현재는 지난날의 모습은 남아 있지 않다. 어느 건물이고 오래되어 낡고 대부분 쓰이는 낌새가 없었다.

사는 사람은 보장씨인 가케이와 부하 세 사람, 그들을 보조하는 서도(하관) 몇 명으로 단출했다. 그 밖에 시중을 드는 나이든 하인과 렌카가 더해졌다. 못 건너편에 있는 작은 여에는 여러 남녀가 살았지만 독립해서 생활하는 모습으로 보아 가케이의 하인은 아닌 듯했다.

"저 사람들은 뭘 하는 거예요?"

렌카가 묻자 조코長向라는 노인이 가르쳐주었다.

"평범하게 논밭을 일구고 가축을 기르며 살고 있지. 그들은 섭양의 주민이야. 여 대신에 여기에서 지내며 생활한단다."

춘관부의 의뢰로 근교 여가 아니라 괴원의 여에서 살고 있다고 한다. 아무래도 그들의 존재가 보장씨 업무를 위해 필요한 듯하다. 조코의 말로는 보장씨는 제사를 관장하는 춘관 중 하나로 책력을 만드는 것이 일이라고 한다. 듣고 보니 렌카의 집에서도 해마다 이부에서 책력을 받아왔다. 그것으로 날짜와 환절기를 확인했다.

"주인어른께서 그걸 만드시는구나……."

누군가 책력을 만든다는 사실이 렌카에게는 신기했다. 책력을 인쇄하는 사람은 상상할 수 있어도 책력 자체를 만드는 사람을 상상해본 적은 없었다. 해마다 누군가 만드는 것인지조차 몰랐다.

렌카의 일은 세끼 식사를 만드는 조코를 돕고, 가케이와 그 아랫사람들에게 식사와 차를 나르는 정도였다. 조코는 나머지 시간은 마음대로 써도 된다고 했다. 가케이에게 그렇게 명령받았다고 한다.

"나라 밖으로 나가야만 해서 오랫동안 집을 떠나 있었다며? 고생했으니까 우선 푹 쉴 수 있게 하라셔. 가케이 님은 무척 너그럽고 상냥한 분이시란다."

배려는 고마웠지만 이 정도 일이라면 굳이 일손을 더 찾을 필요가 없다. 어쩌면 렌카의 처지를 가엾게 여겨 고용해준 것일까. 어느 날 아침 조코에게 묻자 "글쎄" 하고 대답했다.

"가여운 여자아이가 있으니 도와달라고 하면 받아줄 만한 양반이시기는 하지."

"군의 관리쯤 되니 부유하네요."

자선으로 여자아이를 맡을 정도로. 렌카의 말에 조코는 웃었다.

"가난하지는 않겠지만 가케이 님은 사치스러운 분도 아니야. 그보다 가케이 님도 다른 분들도 입는 거나 먹을 것에 관심이 없으시지."

자선을 베풀려는 것만도 아니라고 조코는 말했다.

"요새 나이 탓인지 허리가 자주 아파서 말이지. 내가 아플 때는 이것저것 부탁하마. 원래는 여자 일손이 두 사람 있었는데, 예의 포고로 마을을 떠나버렸어. 두 사람이 없어도 그럭저럭 살림을 꾸려가고 있었으니 정말로 필요했는지는 의문이다만, 나도 슬슬 은퇴해 이가의 신세를 질까 싶던 참이란다."

그때까지 필요한 것을 배우면서 느긋하게 있으면 된다고 말하고는 아침 식사를 싸서 내밀었다. 렌카는 고개를 끄덕이고 식사를 들고 높은 지대에 있는 다락집으로 향했다. 다락집이라고는 해도 높기만 한 작은 건물이다. 한 칸뿐인 이층집 위에 망루 같은 좁은 3층이 얹어 있다. 건물에 도착한 렌카는 말도 하지 않고 안으로 들어갔다. 노인이 가르쳐준 대로 텅 빈 1층을 지나 삐걱거리는 계단을 밟고 2층으로 올라간다. 사방이 뚫린 2층에는 가케이의 부하, 후기候氣인 세이하쿠清白가 있다.

“아침을 가져왔어요.”

렌카가 말을 걸자 바깥을 보던 세이하쿠는 “응” 하고 대답했다. 세이하쿠는 키가 작고 뚱뚱한 청년이다. 군의 관리라면 신선이니 겉으로 보이는 나이는 아니겠지만, 외모는 서른 살 전후로 보인다. 한 손에 가늘고 긴 유리판을 들고 눈앞에 드리워 들여다보았다가 떼기를 되풀이했다. 눈에 보이는 풍경과 유리 너머로 보이는 풍경을 비교하는 것 같았다.

렌카는 무얼 하는 걸까 싶어 고개를 갸웃거리며 책상 위에 틈을 만들어 아침 식사 꾸러미를 얹었다. 다락집 2층은 잡다한 물건으로 가득차 있었다. 깨끗하게 정리되어 있던 예가 없고, 책상이나 선반에 빈자리가 있던 적도 없다. 그 탓인지 세이하쿠에게 날라다 주는 식사는 식기를 쓰지 않고 한 손으로 먹을 수 있는 것으로 한정된다.

“저, 여기에 놓으면 될까요?”

렌카가 물어도 듣는지 안 듣는지 “응” 하고 건성으로 대답한 채 유리를 들여다보다가 떼기를 되풀이했다. 렌카는 잠시 세이하쿠를 지켜보다가 조심스레 물었다.

“저어…… 무엇을 하시는 건가요?”

세이하쿠는 유리에서 눈을 떼더니 돌아보며 놀란 듯이 눈을 깜빡거렸다. 렌카가 그곳에 있다는 사실을 그제야 깨달은 것 같았다.

"주제님께 여쭈었다면 죄송합니다."

렌카가 용서를 빌자 다시 눈을 깜빡인다. 이게 누구지, 하고 기억을 더듬는 것처럼 보였다. 벌써 사흘이나 렌카가 식사를 가져왔건만.

"아니. ……음, 자네는 새로운 서도였던가?"

"아니요. 하녀예요."

"아, 그래."

세이하쿠는 바깥을 가리켰다.

"공기가 얼마나 맑은지 보고 있는 거야."

설명을 들어도 렌카는 이해가 잘 가지 않았다. 역시 식사를 날라 오는 렌카는 안중에 없었던 것이라고 내심 혀를 차고 "그런가요"라고만 대답했다. 맨 처음 소개했을 때 책상에 놓여 있는 긴 관 같은 것을 들여다보면서 건성으로 대답했으니, 어쩌면 렌카의 얼굴과 이름도 기억하지 못하는 게 아닐지 의심했는데, 아무래도 정말로 그런 것 같다.

이상한 사람. 렌카는 마음속으로 중얼거리고 인사를 올렸다. 세이하쿠는 동트기 전부터 늦은 밤까지 여기에서 지낸다. 가케이와 그 아래 관리들이 사는 안채에는 눈을 붙이기 위해서만 돌아가는 모양인데, 돌아가지 않는 날도 많았다. 하지만 이 다락집에는 침실이 없다. 잠들 수 있을 만한 곳은 허술한 교상交床 하나뿐이다. 대나무로 만든 접이식 침대인데, 설마 군의 관리가 이것을 침상으로 삼는다고 믿기 어려웠지만 달리 누울 만한 물건은 없다.

참말로 희한한 사람이라고 생각하면서 안채로 돌아가려고 걷는데 길옆 풀숲에 가늘고 긴 모습이 보였다. 세이하쿠와 마찬가지로 게카이의 부하인 후풍候風 시쿄支橋다. 시쿄는 세이하쿠와는 반대로 마르고 키가 큰 남자다. 나이는 사십 대 중반쯤이라고 생각되지만, 가끔 더 젊어 보이기도 하고, 많아 보이기도 한다. 시쿄 역시 세이하쿠와 마찬가지로 안채에 붙어 있는 경우가 거의 없다. 밤과 식사 때에는 안채로 돌아오지만 그 밖의 시간은 대부분 바깥에서 보낸다. 지금도 풀숲에 웅크리고 앉아 부지런히 무언가를 찾고 있다.

"안녕하세요."

렌카가 말을 걸자 깜짝 놀라서 몸을 일으키고 렌카 쪽을 돌아보았다.

"아아…… 안녕하세요."

인사하고는 렌카가 나온 다락집을 보았다.

"그렇군요. 세이하쿠한테 갔다가 돌아오는 길입니까? 수고가 많으시네요."

웃으면서 작은 손바구니를 들고 풀숲을 나왔다. 무슨 열매라도 따고 있었던 걸까 싶어 "무얼 하고 계셨어요?"라고 묻자 생글생글 웃으며 손바구니를 내밀었다. 렌카는 별생각 없이 안을 들여다보고 저도 모르게 뒷걸음질쳤다. 안에는 매미 허물이 잔뜩 들어 있었다.

"이거……."

"굉장하죠. 아까부터 뒤져서 이만큼이나 찾았어요."

말씨가 정중하고 늘 쾌활한 남자지만 이해하기 어렵기는 세이하쿠와 별 차이 없었다.

"……매미 맞죠?"

"허물이에요."

그렇게 말하더니 대뜸 묻는다.

"어, 기분 나빠요?"

"으음…… 그다지 좋지는 않네요."

"그런가요."

기분 탓인지 시쿄는 아쉬워하는 듯했다.

"이런 것을 어쩌시려고요?"

"모으고 있습니다."

모아서 대체 어쩔 작정일까. 렌카가 멍하니 시쿄의 얼굴을 바라보았다.

"계속 모으고 있어요. 허물을 판에 늘어놓는 거죠."

"늘어놓아요?"

"네. 순서대로 죽 늘어놔요."

렌카는 그러냐고만 대답했다. 허물을 늘어놔서 어쩌려는 걸까. 정말로 잘 모르겠다.

"저…… 그보다 아까 세이하쿠 님께서 유리판 같은 것을 들여다보고 계셨는데 그건 무얼 하는 걸까요?"

특별히 알고 싶어서 물은 것은 아니다. 그저 기분 나쁜 허물에서 화제를 돌리고 싶었을 뿐이다.

시쿄는 "유리판"이라고 중얼거리며 다락집을 쳐다보았다. 여기에서도 다락집 2층에서 바깥을 바라보는 세이하쿠가 보였다.

"아아. 공기가 얼마나 맑은지 조사하는 거겠죠."

"예에."

렌카는 중얼거렸다. 세이하쿠의 대답과 똑같다. 여전히 모르겠다.

"저 판은 살짝 부연 유리를 겹친 물건이에요. 길이가 다른 유리판을 겹쳐서 붙였죠. 왼쪽 끝이 한 장이라면 오른쪽으로 갈수록 두 장, 세 장으로 늘어나요."

렌카는 이해했다. 확실히 그런 모양새였다.

"그것을 통해 저기……." 시쿄는 다락집을 가리켰다. "난간에 달린 목표를 보고 유리 없이 연못 너머 망루에 달린 목표를 보고, 어떻게 보이는지 비교하는 거예요. 그렇게 유리 몇 장만큼 희미하게 보이나 확인하는 거죠."

렌카는 고개를 끄덕이며 못 반대쪽을 보았다. 못 근처에 망루가 서 있고, 그 외벽 중간쯤에 하얗고 둥그런 판이 달려 있다. 저게 뭔지 궁금했는데 그런 쓰임새의 물건이었나.

납득은 했지만 그다지 신경쓰이던 것도 아니고, 설명을 들은 지금도 딱히 감흥을 느끼지 못했다.

"그런가요. 감사합니다."

렌카는 고개를 꾸벅 숙였다. 시쿄도 이해가 안 간다. 그것을 확인하고 서둘러 자리를 떴다.

그날 저녁 식사는 객청에서 먹는다고 했다. 연못가의 이 층짜리 누각이다. 못을 향해 돌출된 노대가 있어 여름밤에는 아늑한 곳이었다. 건물 사방에 있는 문을 전부 활짝 열고, 여기저기에 등불을 켠다. 조코와 함께 커다란 식탁에 요리를 늘어놓자 웬일로 가케이와 다른 세 사람이 모였다.

맨 처음 얼굴을 비춘 가케이는 옆구리에 문서를 잔뜩 안고 있었다. 일하는 렌카를 유심히 보며 묻는다.

"몸은 좀 나아졌나."

"예, 아주 건강해요."

고맙다는 말을 덧붙였지만, 자신이 정말로 건강해졌는지 건강해졌다고 해서 그것을 감사해야 할지 알 수 없었다. 그저 특별히 몸이 아프지도 않고, 일이 고되다고 생각한 적도 없는 것은 분명하다.

가케이는 그러냐고만 말하고 렌카의 얼굴을 가만히 보았다. 결코 거짓말은 아니지만, 그렇다고 진심도 아닌 것을 들킨 기분이 들어 렌카는 저도 모르게 고개를 숙였다.

"괴로울 때도 있겠지만 그런 때에는 누군가에게 힘들다고 말하려무나."

렌카는 흠칫 놀랐다. 일이 힘들 때를 말하는 것일까 아니면 또 다른 괴로움을 말하는 것일까.

대답하지 못하고 있는데 수선스럽고 조급한 발소리가 들리더니 장력掌曆인 스이가醉臥가 들어왔다. 스이가는 희끗희끗한 머리가 눈에 띄는 나이든 남자로, 찌그러진 것처럼 작은 노인인데 괜스레 부산했다. 이 노인이 가케이의 세 번째 부하다.

스이가 역시 안채에는 좀처럼 머물지 않는다. 서재에 틀어박혀 산더미 같은 서적과 문서에 파묻혀 있었다. 가케이도 마찬가지지만, 가케이는 늘 책상을 향해 묵직이 버티고 있는 데 비해 스이가는 여기서 서적을 뒤지고 저기서 문서를 뒤엎으며 얌전히 앉아 있는 법이 없다. 식사할 때에도 한 손에 서면을 든 채 서거나 앉거나 떠드느라 바빴다.

"여, 렌카는 오늘도 건강한가."

스이가는 날마다 만날 때마다 몇 번이고 그렇게 묻는다. 그러면서 대답도 기다리지 않고 가버린다. 이때도 그랬다. 렌카가 입을 열기도 전에 들고 있던 서면을 식탁에 던지고 안에서 책 한 권을 꺼내더니 가케이 곁에 종종걸음으로 다가갔다.

"역시 내 말이 맞았어. 당신이 말한 기록은 어디에도 없어."

"그럴 리가 없는데."

"아니야, 아니야. 당신 착각이야. 누계를 내면 돼, 누계를."

스이가가 상사를 '당신'이라 부르면서 가케이에게 책을 드밀었을 때, 세이하쿠와 시쿄가 무슨 이야기를 나누면서 들어왔다. 세이하쿠 역시 문서 다발을 안고 있다. 그에 비해 시쿄는 판 하나를 들고 있었다.

시쿄가 식탁에 둔 판을 보고 렌카는 흠칫 놀라 몸을 물렸다. 책 두 배만 한 판에는 매미 허물이 늘어서 있었다. 허물을 실로 죽 이어놓았다.

—정말로 늘어놓았구나.

"그런 물건을 들고 오는 녀석이 어디 있냐." 스이가가 대뜸 말했다. "아가씨가 기분 나빠하잖아."

"이거 말입니까?"

시쿄가 눈을 깜빡였다.

"당연하지. 여자들은 곤충을 싫어하는 법이야."

"곤충이 아니에요. 곤충 허물이죠."

"마찬가지야, 마찬가지. 그런 물건을 음식 옆에 두다니, 이 무슨 몰상식한 남자냐고 생각하고 있을 거다. 판에 늘어놓고 기뻐하는 건 이해 불가능이다."

스이가는 말하면서 재빨리 다가와서 판을 식탁에서 들어올려 빈 의자 위에 놓았다. 그러더니 벌써 흥미를 잃은 것처럼 재빨리 가케이 곁으로 돌아가 뭐라고 떠들어댔다.

렌카는 이해할 수 없기는 스이가도 마찬가지라고 생각하며 마음속으로 한숨을 쉬었다.

"그렇게 기분이 나쁜가요?"

시쿄가 슬픈 듯이 판을 보기에 렌카는 허둥지둥 고개를 저었다.

"저기…… 아니요. 그런데 그런 걸 어디에 쓰나요."

"비교하는 거예요." 시쿄가 대답했다. "이렇게 종류별로 나눠서 크기를 견줄 수 있도록 늘어놓고 허물 상태를 서로 비교하죠."

"예에" 하고 렌카는 고개를 끄덕이고 물었다.

"비교해서, 그러고요?"

시쿄는 어리둥절해서 대답했다.

"그게 다예요."

렌카는 잠시 말을 잃었다가 역시 이해할 수 없어 한숨을 내쉬었다.

스이가는 앉아서 한차례 요리를 그러넣는가 싶더니 일어나서는 가케이와 세이하쿠에게 말을 걸었다. 세이하쿠는 말을 걸 때만 대꾸하면서 밥을 먹으며 서면에 무언가 계속 써넣었다. 가케이는 스이가와 이야기를 나누면서 한편으로 매미 허물을 보고 시쿄와 열띤 대화를 나누었다.

이상한 사람들.

렌카는 문득 명치 부근에 차가운 덩어리를 느꼈다.

무척 기묘하고 속세와 떨어진 사람들. 렌카가 있던 세상은 그리도 비참했는데. 살해당한 가족, 물에 뛰어든 메이슈, 불합리한 법을 만들고 잔인한 운명을 강요한 왕. 왕은 보복을 당해 죽어, 이제 이 나라에는 왕이 없다. 렌카가 살던 고을이 습격받기 이전부터 나라는 기울고 있었다. 아니, 줄곧 안정되어 평화로웠던 적이 없다고 어른들은 하나같이 한탄했다. 그리고 왕이 죽은 지금, 여태까지보다 더욱 괴로운 시대가 오리라는 것은 자명했다.

이 사람들은 후원 바깥에 펼쳐진 세상을 어떻게 생각하는 걸까.

렌카는 생각했다. 적어도 그들이 바깥세상을 화제로 삼는 것을 들은 기억이 없다. 후원 바깥의 황폐해진 국토도 나라의 미래도 그들에게는 매미 허물만 한 가치조차 없을지 모른다.

조금 괘씸한 기분으로 식사 시중을 들었다. 그들이 식사를 마치고 한 손에 술잔을 든 채 이야기에 푹 빠져 있는 모습을 곁눈질하며 렌카는 묵묵히 그릇을 치웠다.

"얘, 그리 화내지 말거라."

조코가 주방에서 설거지를 하며 말했다.

"시쿄 님도 나쁜 마음은 없어."

"아니에요."

렌카는 허둥지둥 미소를 지었다.

"딱히 허물 때문에 화내는 게 아니라…… 사람들이 하는 소리를 도무지 알아들을 수가 없어서 조금 지쳤을 뿐이에요."

"그러니?"

"저분들은 날마다 뭘 하시는 걸까요?"

"많은 것들을 조사하고 계시지."

"조사요?"

"그렇지. 책력을 만드는 것이 일이니까."

조코는 말하면서 그릇을 뚝딱 씻었다.

"날이면 날마다 날씨와 바람 상태를 보고, 생물과 초목의 상태를 살피고, 그것들을 전부 기록해서 과거 기록과 비교하지."

"책력을 만드는 데 필요해요?"

조코는 "그럼" 하고 대답한 뒤에 "아" 하고 웃었다.

"너희 집은 장사를 했다고 했나. 밭을 일군 적이 없구나."

렌카는 고개를 끄덕였다. 부모는 여의 집과 농지를 남에게 빌려주고 도시에서 장사를 했다.

"책력의 기본을 짜는 사람은 풍상씨馮相氏야. 특히 국부의 풍상씨가 태양과 달과 별의 상태를 보고 날짜를 산출하지. 책력에는 동지나 하지 같은 절기가 적혀 있지 않니. 그리고 역주曆注에 길흉을 나타내는 글귀가 있어. 그런 건 전부 하늘의 상태를 보고 풍상씨가 계산하거나 예측해서 결정하는 게야."

"결정한다고요? 날짜도요?"

"그렇지. 이를테면 올해는 윤달이 없지. 없어도 된다고 풍상씨가 판단한 게야. 그렇게 만든 책력을 군마다 보충하지. 군마다 보장씨가 주를 더하고 그것을 각 향에서 조정하여 배포해. 책력은 보통 향에서 발행하지?"

렌카는 떠올렸다. 그러고 보니 이부에서 받아 온 책력에는 향 이름이 붙어 있었다.

"그렇지."

조코가 중얼거리더니 뭐가 생각난 듯이 주방 한쪽에 있는 선반을 뒤졌다.

"렌카는 본식本式 책력을 본 적이 있니?"

렌카는 고개를 갸웃했다.

"책력에 종류가 있어요?"

"있고말고. 나 같은 사람은 연말에 이듬해 책력을 받으면 그걸로 끝이지."

"저희 집도 그랬어요."

"그렇지. 하지만 농민은 이것을 받는단다."

조코는 말하면서 책 한 권을 꺼냈다. 렌카는 눈을 깜빡였다. 부모가 언제나 이부에서 받아 오던 책력은 커다란 종이 한 장이었다. 이웃에 사는 노인은 아주 얇은 책자로 된 것을 함께 받아 왔지만, 그것은 역주라는 점괘 분량이 많았다. 조코가 손에 든 책력은 그 책자의 몇 배나 두꺼웠다. 표지에는 천인력이라고 적혀 있다.

"여기가 천인향薦引鄕인가요?"

"맞아. 이를테면 입추가 지났으니까 곧 처서란다. 여기를 보렴. 처서 안에 '화내등禾乃登'이라고 적혀 있지."

렌카는 조코가 펼쳐서 가리킨 곳을 보고 고개를 끄덕였다.

"이건 벼가 여물기 시작하는 무렵이야."

"벼禾가 익는다登……."

조코도 고개를 끄덕였다.

"여기까지는 내가 쓰는 책력에도 적혀 있어. 하지만……."

조코가 가리킨 손끝에는 여러 가지가 세세히 적혀 있었다. 렌카는 그것을 들여다보고 읽었다.

"논의 물을 뺀다. 멧돼지보다 참새. 비 내릴 기척이 있다면 벤다……."

"그렇지. 이날까지는 반드시 논의 물을 뺄 것, 올해는 멧돼지보다 참새를 조심하라, 큰비가 내릴 낌새가 있다면 장마가 질 테니 아직 하지 않았으면 수확하라는 얘기로구나. 이게 어르신들이 많은 것을 조사한 결과야."

렌카는 놀라웠다.

"나라는 넓지. 추운 지방도 있고 더운 지방도 있어. 그러니까 군마다 보장씨가 실제 상황을 보고 올해는 이런 기후가 되리라고 예측해서 이렇게 주를 보충하는 게야. 군의 보장씨가 만든 주를 각 향이 조정해 책력을 발행하지. 농민은 이것을 보고 농사를 짓는단다."

렌카는 조코가 건네준 책력을 넘기며 훑어보았다. 책력에는 더욱 자세한 사항이 적혀 있었다. 파종해야 할 작물, 수확해야 할 작물, 논과 밭의 손질 방법, 가축을 돌볼 때 조심해야 할 사항. 고기잡이할 때 주의 사항, 재해에 대비해 경계해야 할 사항.

"우리가 흔히 보는 책력은 여기서 필요한 부분만 적은 것이지. 그래서 초력抄曆이나 초본抄本이라고 부르기도 한단다. 초력과 달리 책력은 몇 번이나 수정해. 대개는 계절마다 새로 수정되니까 그것을 받으러 가지. 특히 앞으로는 수정이 늘 거야. 책력은 점점 더 중요해질 게고. 왕이 붕어하셨으니까."

렌카가 깜짝 놀라 시선을 들자 조코는 무겁게 고개를 끄덕였다.

"……그런 왕이라도 있고 없고는 다르지. 앞으로 천기는 어지러워질 게야. 재난이 이어지겠지. 농민이 농사에 실패한다는 것은 백성이 굶주린다는 소리야."

렌카는 책력을 끌어안았다.

"어르신들은 정말로 중요한 일을 하고 계신 게야."

## 003

이튿날, 평소처럼 렌카가 아침을 가져다주러 세이하쿠 방에 가자, 그는 맨 처음 만났을 때처럼 책상에 놓인 긴 관 같은 것을 들여다보고 있었다.

"그건 뭔가요?"

렌카가 묻자 작은 것을 크게 보기 위한 도구라고 한다. 세이하쿠는 관을 들여다본 채 범국範國에서 들여온 것이라고 우쭐거리며 말했다. 그러면서 한 손으로 바지런히 바둑돌을 움직였다. 바둑을 두는 것은 아니고 상자 안에 넣은 바둑돌을 다른 상자로 옮기고 있다. 무엇을 하는지 묻고 싶었지만 세이하쿠가 고개를 들 낌새가 전혀 없어서 인사하고 다락집을 나왔다.

돌아가는 길의 풀숲에서는 어제와 마찬가지로 시쿄가 쪼그리고 있었다. 아마도 여전히 매미 허물을 찾고 있으리라.

안녕하세요, 하고 인사하자 시쿄는 고개를 들고 생글거리며 "안녕하세요"라고 대답하고 손에 든 손바구니를 부끄러운 듯 등 뒤로 감추었다.

"오늘도 허물을 찾으세요?"

렌카가 묻자 시쿄는 고개를 끄덕였다. 시쿄의 나이는 렌카의 부친과 별 차이 없다. 어엿한 어른일 텐데 어린아이처럼 부끄러워하는 모습이 이상했다.

"도울까요?"

렌카가 말하자 시쿄의 표정이 확 폈다. 활짝 웃는다.

"정말요?"

"네. 허물을 찾으면 되는 거죠?"

시쿄는 크게 끄덕이고 풀숲 안 어디를 찾으면 되는지 어떻게 다루면 되는지 신이 나서 가르쳐주었다.

반 시간 안에 시쿄의 손바구니가 가득차고, 풀숲에는 허물이 전혀 보이지 않았다.

"이 풀숲은 제패했다."

득의양양하게 혼잣말하는 것이 우습다.

"이게 기후를 살피는 데에 도움이 되나요?"

나란히 안채로 돌아가면서 렌카가 묻자 시쿄는 "글쎄요" 하고 고개를 갸웃거렸다.

"도움이 될지도 몰라서 요 몇 년 동안 줄곧 모으고 있는데 말이죠."

그런 불확실한 것인가 싶어 내심 기막혀하는 렌카에게,

"그러니까요, 저 산 중턱에 야목이 있어요."

시쿄는 연못 북쪽에 있는 높직한 산을 가리켰다.

"여기 매미는 거기서 열린 아이들이 아닐까요. 이 근처에는 달리 야목은 없으니까요. 난과가 열려 떨어지면 속에서 유충이 잔뜩 나오죠. 매미 유충을 본 적 있습니까?"

렌카가 고개를 가로저었다.

"애벌레 같은 녀석이에요. 그놈이 땅속으로 파고들죠. 그리고 몇 년에 걸쳐 땅속을 이동해 여기 풀숲까지 온 거예요."

렌카는 저도 모르게 풀숲을 돌아보고 산과 번갈아 보았다.

"저렇게나 멀리서요?"

이 이야기에는 정말로 깜짝 놀랐다. 사람 다리로도 한나절은 걸릴 것이다. 그만한 거리를 작은 애벌레가 땅속에서?

"유충에게는 원대한 거리죠. 나무뿌리에서 수액을 빨아먹으며 몇 년에 걸쳐 이동해 저 풀숲에서 겨우 지상으로 나와 매미가 되는 거예요."

시교는 그렇게 말하며 손바구니 속 허물을 치하하듯이 바라보았다.

"매미는 몇 년에서 십 몇 년을 흙속에서 지냅니다. 그러니까 매미 허물을 보면 그들이 땅속에 있던 동안 어떻게 살아왔는지 상상할 수 있어요."

기후가 좋아 수액이 풍족하면 유충은 빠르고 크게 자란다. 그렇지 않으면 매미가 되는 것이 늦어지고, 허물도 작고, 감촉이 무르다.

"거기까지는 아니, 아마도 이게 흙속 기후와 관계가 있을 겁니다. 지상의 기후는 세이하쿠 같은 후기가 빈틈없이 조사하고 기록하고 있죠. 하지만 흙속은 잘 모릅니다. 지상의 상태와 똑같은지 아닌지도 알 수 없어요. 하지만 흙속의 일이 흙에서 자라는 식물 상태에 무척 커다란 영향력을 끼친답니다."

렌카는 "아아" 하고 중얼거렸다.

"매미 허물을 보면 근래 몇 년 동안의 흙속 상태를 알 수 있는 거로군요? 그러면 나무나 풀의 뿌리가 어떻게 지냈는지도 알 수 있고요?"

"그렇죠."

시료가 활짝 웃으며 크게 끄덕이고는 쑥스러운 듯이 고개를 숙였다. "아니, 알 수 있으면 좋겠다고 생각하며 모으는 거예요. 최근에 각지의 후풍에게도 협력을 요청해 기록하고 있는데 결과를 낼 수 있을지는 실은 아직 잘 몰라요."

사실은 매미를 실제로 기르며 관찰하는 것이 가장 좋다고 한다. 하지만 매미를 사육하는 것은 의외로 어려운 일인 듯하다. 맥주에 열심히 기르고 있는 주 후풍이 있는데 아직 결과는 신통치 않다고 한다.

"세이하쿠가 하는 것처럼 도구를 써서 확실한 기록을 얻으면 좋겠는데."

"그러고 보니 오늘은 세이하쿠 님께서 관을 들여다보며 바둑돌을 옮기고 계셨어요."

"꽃가루를 세고 있나. 그러면 대답도 하지 않았겠죠. 실례해서 죄송합니다."

"대답은 해주셨어요. 고개는 한 번도 들지 않으셨지만요."

시쿄가 웃는다.

"눈을 떼면 꽃가루를 어디까지 셌는지 놓쳐버리거든요. 미안합니다."

시쿄가 사과할 일도 아닐 텐데 깍듯하게 말하며 고개를 살짝 숙인다. 역시 특이한 사람이다. 렌카의 마음이 조금 따스해졌다.

이 사람들은 결코 속세를 잊고 있는 것이 아니라 괴로운 시대를 사는 백성을 구하려고 열심인 거다. 그렇게 생각했다.

여름이 지나 가을에 접어들고, 가을이 깊어질 무렵에는 대강 일을 익혀 조코의 일 대부분을 대신 할 수 있게 되었다. 조코는 툭하면 "이제 렌카에게 맡기고 은퇴해야지"라며 웃었지만 일을 그만둘 낌새는 좀처럼 없다. 오히려 함께 일하는 것을 반기는 눈치였다. 렌카도 그것이 기뻤다. 찬바람이 불기 전에 나이 많은 여자가 한 사람 돌아왔다. 렌카는 일자리를 잃지나 않을지 불안했지만 가케이는 렌카를 쫓아낼 마음이 없는 듯했다. 일손이 한 사람 늘어서 렌카의 일이 줄었다. 그 대신에 어느새 시쿄나 세이하쿠를 돕는 일이 늘었다.

실제로 돕고 보니 백성을 구하고자 열심이라는 것은 아무래도 과대평가였던 듯한 기분이 들었다. 시쿄도 세이하쿠도, 가케이와 부하들은 대부분 저마다 일에 열중하고 있다. 갖가지 것을 조사하는 데에 흥미가 있고, 거기에만 열심이다. 처음에 조코가 말했듯이 흥미가 있는 일 외에 먹는 것도 입는 것도 노는 것도 그들에게는 아무래도 좋은 일인 듯했다. 사람들이 사는 세상도 기본적으로 안중에 없다. 없다기보다 바깥세상을 늘 깜빡했다.

그 사실을 알고도 렌카는 이전만큼 싸늘한 기분은 들지 않았다. 그도 그럴 것이 그들은 정밀한 책력을 만드는 데 몰두하고 있는 것이고, 믿을 수 있는 책력을 만드는 것이 어째서 필요한지 알고 있기 때문이다. 그 점만은 잊지 않고, 강한 책임감과 긍지를 지니고 있다. 그들을 보고 있으면 그 사실을 잘 알 수 있었다.

새로운 왕이 오른 것 같다는 소문이 퍼졌을 때도 그랬다.

선왕은 죽었지만 그전에 스스로 자리에서 물러난 덕분에 재보는 무사했던 모양이다. 그렇다면 다음 왕은 비교적 빨리 오른다. 가을에는 새로운 왕이 나타난 것 같다는 소문이 돌았다. 하지만 한편으로 위왕이라는 소문도 들렸다. 새로운 왕은 국관이 결탁해 자신을 배제하고 있다고 호소하고 국관은 위왕이라고 지탄하고 있다고 한다. 결국 그것이 원인으로 각지에서 작은 분란이 일어났다. 전란이 본격적으로 일어날 것 같다는 소문을 조코가 듣고 알렸다.

식사할 때 조코가 그 이야기를 하자 스이가와 세이하쿠는 입을 떡 벌렸다.

"아아……" 하고 어리둥절해한 사람은 스이가다. "그런가. 그러고 보니 왕이 붕어하셨던가."

이 말에 렌카는 진심으로 기가 막혔다. 아무래도 기가 막힌 것은 조코도 마찬가지인 듯했다.

"여러분이 현세에 어둡다는 사실은 잘 알고 있지만 아무리 그래도 그 정도는 아신다고 생각했습니다."

"알고 있고말고. 깜빡했을 뿐이야."

스이가가 대꾸하자 세이하쿠도 고개를 끄덕인다.

"정말 그럴까요." 조코는 한숨을 내쉬었다.

"전란이 날지도 몰라요. 여기에도 내일 불똥이 튀지 않으리라는 법이 없어요."

"우리는 병사가 아니니까." 그렇게 말한 사람은 시쿄다. "싸우는 직책이 아니죠."

"마음가짐에 대한 이야기를 하는 겁니다."

조코가 거세게 말하자 가케이가 가볍게 나무랐다.

"전란이 난다고 해서 백성이 터전을 잃는 것은 아니잖나."

"렌카의 고향처럼 불타버리면 잃습죠."

렌카는 조코의 말에 가슴이 철렁했다.

"그런 이야기를 하는 게 아니야. 전란이 나도 백성은 먹고살아야 하고, 그날그날 생활을 지속해야만 해."

가케이의 말에 시쿄가 덧붙였다.

"설령 모든 백성이 전쟁터로 가게 되더라도 노인이나 어린아이, 몸이 불편한 이들은 남지요."

가케이가 고개를 끄덕이고 말했다.

"분명히 지금은 왕이 계시지 않아. 앞으로 나라에 온갖 재난이 닥치겠지. 백성은 재해와 요마와 전란 같은 고난을 부르는 많은 적과 싸워야 해. 하지만 고난과 맞부딪쳐 싸우는 것만이 길인 걸까?"

가케이의 말에 조코는 입을 다물었다.

"싸우는 것이 도리라면 하루하루를 유지하는 것도 도리가 아닐까."

"예……." 조코는 수긍했다. "그 말씀이 맞습니다."

무척 송구스러워하는 조코를 보면서 하루하루를 유지하는 것도 도리라고 렌카는 마음속으로 말해보았다. 백성은 전쟁 한복판에서도 그날그날을 살아가야만 한다. 그렇다면 누군가 그 생활을 지탱해줄 필요가 있다. 백성이 잘살아갈 수 있도록 돕는다. 결코 영웅적인 행위는 아니지만, 분명히 필요하고 중요한 일이다. 그렇게 생각했다.

## 004

가을이 더욱 깊어졌다. 후원의 농지도 수확을 마쳤다. 후원에 인접한 언덕에 방목되어 있던 소와 양도 축사 근처 목장으로 돌아왔다.

시쿄와 세이하쿠를 돕게 되면서 렌카는 마을에 드나드는 일이 늘었다. 여기서는 주로 서도(하관)가 백성과 함께 생활하면서 조사를 했는데, 시쿄와 세이하쿠, 가케이 또한 노상 드나들었다.

달에 한 번은 마을을 담당하는 서도와 객청에서 회합을 가졌다. 그때에는 마을에 사는 사람들도 불러서 연회 같은 회합을 치른다. 반대로 마을에서 작은 축제나 경사가 있으면 가케이 일행이 초대받기도 했다.

여에 사는 사람들은 가케이가 시키는 대로 이런저런 것을 기록하거나 온갖 것을 시험하기도 한다. 그래서 모두가 기후와 농작업에 대해 잘 안다. 그래서일까 그들 쪽에서 제안하거나 조언하는 일도 있었고, 가케이와 서도들도 백성들의 의견을 너른 마음으로 받아들였다.

가케이 일행과 드나드는 사이에 렌카도 마을 사람들에게 예쁨을 받았다. 성실하게 일하며 살아가는 사람들과의 교류가 진한 그리움을 자극했다. 여름옷을 빨아서 정리해야 한다, 옷도 두

툼하게 지어야 한다, 그런 별것 아닌 대화가 스스로도 놀랄 정도로 가슴을 저몄다. 렌카가 처음 드나들 무렵에는 온통 남자만 살았지만 가을이 깊어지고 첫서리가 내릴 즈음에는 여자와 아이들 몇 명이 돌아왔다.

"이 아이를 안고 도망쳤는데." 얼마 전에 돌아온 여자가 말했다. "바깥은 정말로 난리였어."

맥주의 항구에서 안국으로 가는 선박을 기다리는 동안에 왕의 붕어를 들었다. 그래서 서둘러 돌아왔다고 한다.

"남편이 모은 돈을 들려주고 가케이 님도 노잣돈을 주셨지만, 언제까지 도망쳐 다녀야 할지 모르니까 마음껏 쓸 수도 없는 노릇이고. 아끼면서 가도 젖먹이 아이가 있으면 장사치들이 봉으로 여기니까."

여자는 한숨을 쉬고 아이를 안아 올렸다.

"저기에 요마가 나왔다든가, 저쪽에서는 내란이라든가, 끔찍한 소문뿐이라 뭐가 진짜인지도 모르겠어. 조금도 마음을 놓을 수가 없었어."

여자는 말하고 나서 아이를 안은 채 연못 주위에 펼쳐진 풍경을 둘러보았다.

"돌아올 수 있어 다행이야. 드디어 안심하고 숨을 쉴 수 있어."

렌카는 고개를 끄덕였다. 후원 안은 늘 평온하다. 이렇게 마을이 있어도 여기는 역시 군이 보유하는 후원의 일부이며 바깥세상과는 동떨어져 있다. 마을에 사는 사람들의 생활은 군이 보장하고 있으니 여러 의미로 우선하여 편의를 도모할 수 있다.

"바깥에서는 많은 사람이 어려움을 겪고 있어. 알고는 있지만 언제 병사에게 쫓길지, 화적에게 습격당할지 모를 여행이었으니 지쳐버렸어. 지금은 아무튼 돌아올 수 있어서 다행이야."

이해한다고 대답했을 때, 시쿄가 부르러 왔다. 마을 남자와 이야기를 마친 모양이다.

"그럼 갈까요."

시쿄의 말을 듣고 여자는 아이를 어르며 웃었다.

"시쿄 님을 도우려면 큰일이겠구나. 오늘은 어디에 가니?"

"산에 간대요. 쥐의 보물을 찾을 거예요."

"그래?"

여자가 웃었다. 렌카는 또 오겠다며 손을 흔들고 시쿄를 뒤따랐다.

"저쪽 비탈이 좋겠어요."

시쿄는 그렇게 말하고 연못 북쪽에 펼쳐진 산 서면을 가리키고는 산을 올랐다. 오늘은 아침부터 쌀쌀한 바람이 불었지만 시쿄를 뒤쫓아 비탈을 오르는 사이에 땀이 났다. 시쿄는 비탈에 들어서자 커다란 나무 옆에서 걸음을 멈추었다. 지면을 꼼꼼히 살피고 이내 소리를 질렀다.

"아, 찾았다."

시쿄가 가리킨 곳에는 땅에 뻗은 뿌리 사이로 아주 작은 구멍이 있었다.

"이게 들쥐의 보금자리예요. 하지만 여기를 뒤지면 애써 자리 잡은 쥐를 깜짝 놀라게 하니까 근처를 뒤져보죠."

"근처요? 구멍인가요?"

"묻어둘 때도 있고 나뭇잎이나 돌 아래에 둘 때도 있어요. 이렇게 땅바닥에 떨어진 가지 밑이나."

"거기에 보물이 있어요?"

"쥐한테는 보물이죠."

시쿄가 그렇게 대답하며 웃는다.

"흐응" 하고 중얼거리고서 렌카는 땅바닥에 쪼그리고 앉았다. 보금자리 굴 주위에 있는 돌과 가지를 뒤집고 낙엽을 헤쳐보았다. 그러면서 조금씩 이동해 바위 곁에 있는 쓰러진 썩은 나무를 뒤집었을 때였다. 쓰러진 나무 아래의 썩은 낙엽 사이로 꿈틀거리는 물체가 있었다. 자세히 보니 몸이 털로 덮인 둥글둥글하고 커다란 벌이었다.

렌카는 짧게 비명을 지르며 펄쩍 물러났다. 주위를 둘러보고 적당한 돌을 잡는다. 돌을 던지려고 했다.

"안 돼……. 안 돼요."

시쿄가 허겁지겁 렌카의 손에서 돌을 빼앗았다.

"괜찮아요, 지금은 쇠약해진 상태 같아요."

움직임이 느리고 날아오를 낌새도 없다. 지금이라면 쏘이지 않으리라.

"아니요, 죽이면 안 됩니다."

렌카는 벌을 가리켰다.

"쏘인다고요. 아주아주 위험해요."

"이 벌은 쏘지 않아요. 그녀는 마지막으로 살아남은 개체이니 그러지 마세요."

살아남았다는 말이 가슴을 쳐서 렌카는 시쿄를 바라보았다.

"이 벌은 호박벌이에요. 크고 위험해 보이지만 꽃의 꿀을 빨거나 꽃가루를 모으는 온순한 벌이죠."

—온순해?

렌카는 가랑잎 사이를 기어다니는 벌을 보았다. 검고 투명한 날개, 몸에 호랑이 같은 줄무늬가 있고 털이 많다. 자주 보는 꿀벌과 비교하면 몇 배나 크고 사나워 보인다.

"말벌이나 쌍살벌처럼 아무 짓도 하지 않은 인간을 쏘지는 않아요. 물론 자신이 위험하다고 생각하면 쏘지만요."

"하지만……."

"이렇게 덩치가 커도 꿀벌 친구예요. 온순하고 부지런하죠."

"정말로…… 안 쏘나요?"

"괜찮아요. 특히 지금은 추워서 멍해 있으니까요."

"그렇구나."

렌카는 시쿄 옆에 쪼그리고 앉았다.

"꿀벌 친구인데 무리는 어디에 있어요?"

"없습니다. 모두 죽어버렸어요."

"네?"

렌카가 시쿄를 쳐다보았다. 시쿄는 어린아이처럼 쪼그리고 앉아 무릎에 턱을 괴고 느릿느릿 움직이는 벌을 응시했다.

"호박벌은 꿀벌처럼 집단으로 벌집을 만들어요. 하지만 꿀벌처럼 다 함께 겨울을 나지는 못하죠. 호박벌은 여왕벌을 남기고 모두 죽어버려요. 겨울을 날 수 있는 개체는 그녀뿐이에요."

"한 마리만요?"

"네. 그녀는 홀로 올겨울을 나지요. 추위를 견디고 봄이 되면 야목에 소란素卵을 얻으러 가요."

"……소란요?"

"알의 씨앗이에요. 달걀에서는 병아리가 태어나지 않지요? 닭이나 거위는 이목에 빌어 병아리를 얻어요. 하지만 들새나 곤충은 그렇지 않습니다. 야목에 알의 씨앗이 되는 소란이 열려요. 들새는 그것을 쪼아 먹고 새끼가 든 알을 낳는 겁니다."

크기는 종류마다 제각각이지만 진주 같은 빛깔의 작은 알갱이라고 한다.

"벌이 이만한 데에 비해 벌의 소란은 큽니다. 작은 진주만 하죠. 봄에 깨어난 여왕벌은 야목에 가서 소란을 안고 돌아옵니다. 소란을 계속 품은 채 알을 낳는데 그 알에서 일벌이 부화해 새로운 자신의 무리와 벌집을 만들지요."

시교는 쓰러진 나무를 살며시 원래 위치로 돌려놓았다.

"호박벌은 부지런하고 유쾌한 녀석들이에요. 그들이 열심히 일해주지 않으면 나무는 열매를 맺지 못하죠. 저희는 호박벌이 일해준 덕분에 먹을 것을 얻어요. 음?"

시교는 쓰러진 나무 옆에 낙엽이 봉긋이 부풀어 있는 곳을 찾았다. 안에서 반짝반짝 겨울 햇살을 반사하며 도토리가 굴러 나왔다.

"여기에 보물이 있습니다."

"이게 쥐의 보물이에요?"

"맞아요. 들쥐가 겨울을 대비해 모아둔 거죠. 와, 열심히 모았구나."

시교는 나타난 나무 열매를 하나씩 세고 원래 장소로 돌려놓았다. 렌카는 하라는 대로 수치를 장부에 적었다. 확인을 마치고 장소를 옮겨 더 찾았다. 오후 내내 부근에서 똑같이 도토리를 모아둔 곳을 몇 군데 찾아냈다.

"쥐들은 올가을에 아주 열심히 일했네요. 어쩌면 올겨울은 평소보다 혹독할지도 모르겠어요."

렌카가 고개를 갸웃하자 시쿄는 미소 지었다.

"인간이 아닌 다른 생물은 기후 변화에 훨씬 더 민감해요."

## 005

그해 겨울은 시쿄가 말한 대로 예년보다 혹독하게 느껴졌다. 봄도 늦게 찾아오고, 간신히 찾아온 봄 또한 빈번하게 이어지는 장마로 조금도 화창하지 않았다. 마을에서 재배한 작물은 생육이 늦었다. 결실은 작고, 조금만 더, 조금만 더 수확을 늦추는 사이에 충분히 익지 않은 채 썩어버렸다.

"어째 개운치 않은 봄이로군."

조코는 몇 번이나 그렇게 말했다. 이렇게 우중충한 날씨가 이어지면 허리와 무릎이 쑤신다고 한다. 조코를 돕고 싶지만 렌카는 이제 시쿄와 세이하쿠를 돕는 일이 더 많았다. 최근에는 세이하쿠에게 아침을 나르기 전에 반드시 정해진 시간에 우물 수온을 잰다. 그 시간을 재기 위해 범국제의 값비싼 시계 태엽을 감는 것도 렌카의 일과가 되었다. 태엽을 감고 아침마다 정해진 시간에 안채 옆에 있는 망루의 종을 친다. 세이하쿠에게 아침을 가져다주고 그곳에서 한차례 세이하쿠를 돕고는 그 이후에 시교를 돕는다. 조코는 꼭 시교의 제자 같다면서 웃었다.

아주 가끔 장을 보거나 볼일 때문에 나가는 조코를 따라갈 때도 있다. 렌카가 처음 왔을 무렵 섭양은 더없이 쓸쓸한 고을이었는데 요새는 분위기가 조금 달라졌다. 마을에서 도망쳤던 여자들이 돌아오고 조금씩 활기를 띠었지만 동시에 지칠 대로 지쳐 보이는 나그네도 늘어났다. 그들은 모두 내란과 재해를 피해 섭양에 이른 사람들이었다.

새 임금님이 오른 것 같다는 소문은 아무래도 진짜인 듯했지만, 진짜 왕인지 위왕인지는 여전히 분명치 않은 것 같았다. 주마다 군마다 대응은 저마다 달랐고, 기치를 정하지 못한 섭양 같은 고을은 위태위태했다.

"어느 편에 설지 향성은 골치를 앓고 있겠지."

조코는 그렇게 말했다. 초봄의 장마 탓인지 작물값이 올랐다. 겨울의 추위가 혹독했기 때문에 하층민은 얼마 없는 저금을 숯값으로 몽땅 썼다. 그래서인지 마을에 갈 때마다 조금씩 치안이 나빠진 듯한 느낌이 든다. 어쩐지 거친 분위기가 느껴졌다.

"진짜 임금님이 맞을까요?"

"글쎄. 나 같은 게 어떻게 알겠니. 맥주 사람들은 아니라고 하는데, 정주는 일찌감치 새 왕을 지지하고 주성으로 맞이했다고 하고."

건주의 주후도 새로운 왕을 지지하고 있다고 한다. 하지만 섭양 같은 구석에 있는 군은 아직 기치를 분명히 하지 못하고 있다. 특히 맥주에 가까운 세 개 군이 위왕이라는 쪽으로 다소 기울어 있었다.

"그래요."

렌카는 중얼거렸다. 후원 바깥으로 나가면 공기가 무거워진다. 바깥은 달라지지 않는다. 불안하고 우울하고 어수선하다. 비정상적인 포고가 진지하게 내걸리고 그것을 이유로 시가에 불을 지른다. 그런 시대의 분위기가 지속되고 있다.

—지긋지긋해.

진심으로 몸서리가 나서 후원으로 돌아가면 마음이 가벼워졌다. 오랜만의 햇살에 실눈을 짓고 있는데, 조코가 "할 일은 없으니까 놀고 있으렴"이란다. 아마도 금방 시쿄나 세이하쿠가 부르러 오겠지만 그때까지 밝은 햇볕을 쬐고 있어도 되겠지.

렌카는 안채를 나와 연못을 따라 나 있는 정원 길을 달렸다.

연못 북쪽에는 마을 사람들이 꽃을 기르는 구역이 있다. 값비싼 관상용 식물부터 어디에서나 보는 잡초까지 계단 모양으로 만든 구획마다 한가득 꽃을 피웠다.

렌카는 길옆 볕이 잘 드는 돌에 앉았다. 멍하니 바람을 쐬며 연못 표면에 반짝반짝 잔물결이 치는 모습을 바라보았다. 그리고 문득 깨달았다. 마침 렌카의 눈앞에 펼쳐진 둥근 초원 공중에 떠 있는 점은 뭘까.

커다란 검은 콩 같은 것이 공중에 머물러 있다. 의아해하고 있는데, 같은 자리에서 희미하게 떨리던 점이 갑자기 움직인다. 허공을 날아 옆에 보이는 도구 창고 쪽으로 향하더니 이내 슥 되돌아와 또다시 허공에 머무른다.

눈여겨보니 아무래도 벌레 같았다. 커다란 곤충이 재주 좋게 한곳에 머물러 있다. 무언가를 기다리듯이 멈춰 서 있던 그것은 갑자기 활공해 창고 쪽으로 향했다가 또 되돌아왔다. 무엇을 하러 온 것일까 싶어 흥미가 동한 렌카는 창고로 향했다.

원래는 평범한 판잣집이지만 지금 시기의 창고는 꿈처럼 아름다웠다. 창고 지붕에 덩굴져 오른 장미가 새하얀 꽃을 잔뜩 달고 작은 건물을 뒤덮었다. 작년 가을에는 빼곡히 빨간 열매를 단 모습을 보았다. 열매를 쪼아 먹으러 많은 새가 찾아왔다.

곁으로 다가가자 하얀 장미꽃에서 꽃으로 많은 벌이 날아다녔다. 살짝 겁을 먹고 걸음을 멈추었던 렌카는 작게 소리를 질렀다.

호랑이 같은 줄무늬 털을 가진 커다란 벌.

"……호박벌?"

살금살금 곁에 다가가보았다. 향긋한 장미꽃 향이 난다. 작은 꽃이 송이송이 달린 장미 주위를 여러 마리 벌이 날아다녔다. 렌카가 가까이 다가가도 신경쓰는 기색 없이 꽃에서 꽃으로 옮겨 다녔다.

렌카는 창고 지붕에서 크게 늘어진 가지 옆에 쪼그리고 앉았다. 하얀 폭포처럼 흰 꽃이 흐드러지게 낙하했다. 호박벌은 무리 지어 흰 꽃 속에 몸을 파묻고 있었다.

"그렇구나. ……동료가 많이 생겼구나."

가족이라고 해야 할까. 쓰러진 나무 밑에서 홀로 겨울을 참고 견딘 여왕벌이 추위를 극복한 증거다.

꽃에 무리 지은 호박벌은 좀처럼 가만있지 못했다. 빛을 떠낸 손바닥 같은 부드러운 꽃잎 안에 뛰어들어 꽃술에 파묻힌다. 몸을 덮은 짧고 푹신한 검은색과 갈색 털에 장미 꽃가루가 금색으로 엉겨붙었다. 검고 투명한 날개를 떨며 꽃과 꽃을 돌아다니면서 몸에 붙은 꽃가루를 다리로 그러모은다. 다리 사이에 둥그런 금빛 꽃가루 경단이 만들어졌다. 부지런히 꽃가루를 그러당겨 경단을 크게 키운다.

벌에도 개성이 있는 모양이다. 오로지 꽃가루만 모으는 벌, 너무 욕심을 내다 경단을 떨어뜨린 벌, 떨어진 경단을 주워 자신의 다리에 붙이는 벌.

후후, 웃은 렌카는 자신이 눈물을 흘리고 있다는 사실을 깨달았다. 무엇이 슬픈 것도 아니다. 그저 그윽한 향기 속 하얗고 아름다운 꽃잎에 몸을 파묻고 부지런히 일하는 벌들이 사랑스러웠다. 반짝반짝 빛나는 날개, 부드럽게 빛나는 털, 윤기 나는 금빛 꽃가루. 부웅 하는 날갯소리가 바람 소리, 새소리와 함께 졸음이 쏟아질 듯한 한가로운 음색을 연주하고 있다.

이렇게 일하는 벌들도 가을에는 전부 죽는다.

자연의 무자비.

그래도 생명은 끊임없이 살아가고, 건실하게 유지되어 이어진다.

렌카는 작게 중얼거렸다.

"……힘내."

## 006

그로부터 얼마 지나지 않아 벌어진 일이다. 렌카는 세이하쿠를 돕기 위해 다락집 3층에 있었다. 다락집 최상부는 작은 방만 한 좁은 장소다. 사방은 기둥과 창밖에 없어서 정말로 망루 역할밖에 하지 못한다. 세이하쿠는 창밖에 커다란 받침을 설치해 풍향이나 풍속, 눈비의 양을 측정하는 도구와 꽃가루나 모래 먼지를 채집하기 위한 도구를 늘어놓았다. 세이하쿠는 도구들을 정기적으로 손질한다. 이날 렌카는 도구 손질을 돕고 있었다.

그것 말고도 바닥에 몇 가지 도구와 선반이 놓여 있어서 세이하쿠와 렌카, 두 사람이 들어가면 제대로 움직일 수도 없다. 빈틈에 주저앉은 렌카가 도구를 닦고 있는데 갑자기 세이하쿠가 소리쳤다.

"저건 뭐지?"

그 목소리에 렌카는 돌아보았다. 세이하쿠는 창밖으로 몸을 내밀고 동쪽, 섭양 시가 쪽을 보고 있었다. 의아하게 여긴 렌카는 일어나서 똑같이 동쪽을 보았다. 시가 위에 호박벌처럼 머문 검은 점이 흩어지는 것을 발견했다.

그 순간 렌카의 머릿속에 무시무시한 기억이 되살아났다. 저건 호박벌 같은 온화하고 부지런한 생물이 아니다.

"……공행사."

중얼거리고 반사적으로 세이하쿠의 팔을 붙잡았다.

"안 돼요, 숨어요."

"왜 그러지?"

주사라고 말하려 했지만 떨려서 목소리가 나오지 않았다. 되살아난 공포로 이가 덜덜 떨린다.

숨어. 저놈들 눈에 띄는 장소에 있지 마.

검은 점은 시가의 상공을 하강했다 상승하고 이동하기를 되풀이했다. 그 움직임을 렌카는 본 적이 있다.

"내, 내려가요. 여기는 안 돼요."

놀란 세이하쿠의 손을 잡아끈다. 2층으로 내려가자마자 시쿄는 어디에 있을지 생각했다. 평소처럼 후원을 돌아다니고 있을까.

1층으로 뛰어 내려가 조심조심 문을 열고 바깥 상황을 살폈다. 조금 떨어진 길옆 물가에 시쿄의 가늘고 긴 그림자가 보였다.

"시쿄 님, 숨어요!"

렌카는 소리쳤다. 목소리를 들었는지 시쿄가 돌아보았다. 렌카는 필사적으로 손을 흔들었다.

—빨리. 부탁이야, 빨리.

어리둥절해서 고개를 갸웃거리더니 시쿄가 달려온다. 참지 못하고 렌카는 바깥으로 달려나갔다.

"서두르세요!"

손을 뻗었을 때였다. 머리 위가 그늘졌다. 사나운 말을 닮은 생물이 머리 위를 지나가 그림자를 드리우고 갔다.

"시쿄 님, 엎드려요!"

돌아온 시쿄에게 달려들어 팔을 잡아끈다. 머리 위를 휙 가로지른 그림자는 순식간에 연못 상공을 건너 대안으로 크게 방향을 틀었다.

"저건……."

시쿄가 몸을 구부리며 올려다보았다. 대안에서 선회한 그림자는 마치 잠깐 들른 것처럼 마을에 연거푸 불화살을 쏘고 다시 질풍처럼 못을 건너더니 안채에도 똑같이 불화살을 쏘고 시가로 되돌아갔다.

"앗!"

시쿄와 렌카가 동시에 소리를 질렀다. 허둥지둥 일어나 동시에 달려가려 했지만 달린 방향은 반대였다.

"시쿄 님, 어디로."

"렌카 양이야말로 서재로 가야죠. 불을 꺼야 합니다."

"하지만 저쪽도."

렌카는 연못 건너편을 가리켰다. 민가 옆에서 희미하게 연기가 피어올랐다.

시쿄는 흠칫 놀라 그쪽을 보고 말했다.

"가세요. 조심해요. 저는 안채로 가겠습니다. 서재에는 기록이 있어요. 기록만은 가지고 나와야 해요."

그게 먼저냐고 소리지르고 싶었다. 그때 세이하쿠가 구르듯이 다락집을 달려나와서 쏜살같이 안채로 향했다. 서두르라는 세이하쿠의 목소리에 떠밀린 것처럼 시쿄도 뒤따랐다. 렌카는 그 모습을 흘끔 보고 연못 건너편으로 달려갔다.

렌카가 숨을 헐떡이며 마을로 달려갔을 때, 마을 한쪽에서 불길이 치솟았다. 사람들이 황급히 뛰어다니며 연못 사이를 왔다 갔다하고 있다. 그 발치에 몇 사람이 뉘어 있었다.

"할아버지……."

렌카가 낯익은 노인에게 말을 걸었다. 들통을 들고 달려온 노인은 한 손을 들었다.

"무사하니? 저쪽에 다친 사람이 있어. 부탁한다."

"불은요?"

"축사야, 걱정할 것 없어."

렌카는 고개를 끄덕이고 노인이 가리킨 쪽으로 달려갔다. 그 앞쪽 집 앞에 모여 있는 여러 사람의 모습이 보였다.

"괜찮으세요?"

렌카가 달려가자 얼마 전에 돌아온 노파가 눈물에 젖은 얼굴을 들었다. 울면서 노파가 가리킨 곳에는 작은 몸이 뉘어 있었다. 그 몸에 매달려 여자가 큰 목소리로 울부짖었다.

"……갑자기 위에서 불화살이 날아왔어……." 노파는 렌카의 팔을 붙잡았다. "이게 무슨 일이람. 정말로 갑작스러웠어. 아무 전조도 없이 와서 불화살을 쐈는데, 거기에 이 아이가……."

말하더니 노파도 울음을 터뜨렸다. 렌카는 작은 시신을 감싸듯이 뒤덮고 울기만 하는 여자의 등을 보았다. 주변에는 머리카락이 탔을 때 같은 불쾌한 악취가 감돌았다.

—바깥은 폭풍우였어.

렌카는 입술을 깨물고 이전에도 똑같은 생각을 했던 것을 떠올렸다.

후원 안의 평온함에 몸을 완전히 내맡긴 채 바깥에서 휘몰아치는 폭풍우를 깜빡하고 있었다. 세상은 이렇게나 간단히 사람을 배신한다.

렌카는 자신이 틀렸다고 생각하며 눈물을 훔쳤다. 착각했어요, 죄송합니다. 다음에는, 다음번에야말로 제대로 살게요. 두 번 다시 폭풍을 잊지 않을게요. 재난을 깜빡하지 않을게요. 그러니까 제발 시간을 되돌려주세요.

절대로 이루어질 수 없는 기도라고 잘 알고 있다.

"……또 다친 사람은요?"

렌카는 쓰디쓴 것을 삼켰다. 주위 여자들에게 다친 곳이 있는지 물으며 확인했다. 불을 끄려다 화상을 입은 소년의 상처를 살필 때 누군가 소리 질렀다.

"저기……."

목소리가 가리킨 곳에는 검은 연기가 몇 줄기나 피어올랐다. 섭양 시가다. 불이 난 것이다.

"건주 주후는 새로운 왕 편에 붙었다고 하니까." 렌카 옆에 서 있던 노인이 불쑥 말했다. "섭양의 태수는 위왕이라고 하셨대. 그래서……."

새로운 왕에게 무릎을 꿇으라는 소리인가. 입술을 깨무는데 목소리가 들리더니 달려오는 가케이 일행이 보였다. 서도 한 사람이 서둘러 다가갔다.

"무사하십니까?"

"우리는 무사해. 안채에 불이 붙었지만 작은 화재로 끝났어. 이쪽은?"

서도는 말없이 고개를 젓고 렌카를 돌아보았다. 그곳에는 아이와 젊은 남자의 시신이 천에 덮여 뉘어 있었다. 불화살을 맞고 죽은 아이와 불타서 무너지는 축사에 깔린 남자다.

"렌카 양, 괜찮습니까?"

가케이 뒤에서 시쿄가 서둘러 달려왔다. 렌카는 시쿄가 뻗는 손을 뿌리쳤다.

“당신들은 완전히 틀려먹었어.”

시쿄가 걸음을 멈추고, 가케이 일행이 돌아보았다.

“속세를 잊어도 될 리가 없어. 이게 세상이야!”

렌카는 외치며 시신 두 구를 가리키고 연기가 피어오르는 시가를 가리켰다.

“태평하게 후원에 틀어박혀서 자신의 즐거움에만 틀어박혀 있지. 하지만 바깥세상은 움직여. 재난 한가운데에서 흔들리고 있어. 재해에 전쟁, 언제든 사람에게 엄니를 드러내려고 몸을 도사리고 있어. 보고도 못 본 척한 결과가 이거야!”

시쿄 일행은 모두 고개를 떨구고 시선을 피했다.

“눈을 피하지 말고 나를 봐! 가족이 살해당하고 전부 잃었어. 이게 현실이야!”

시가에서 피어오르는 연기가 늘어난다. 저 연기 아래에서 수많은 사람이 목숨을 잃어간다. 상공에는 이미 공행사의 모습은 보이지 않았지만 노호 같은 목소리가 멀리서 들렸다. 아마도 저곳에서는 아직 싸우고 있으리라. 여기에는 누군가 공격해 올 기척은 아직 없지만, 그것은 고을 외곽이라 향성과 떨어져 있기 때문이다.

“……하지만 저희는 달리 할 수 있는 일이 없어요.”

시쿄가 불쑥 말했다.

"렌카 양의 가족을 살아 돌아오게 해줄 수 없듯이 전쟁을 막거나 전란과 재해로 망가지는 세상을 지킬 수도 없어요."

지금 시가로 달려가봤자 병사에게 반격하지도 못하리라고 시쿄는 말했다.

"저희는 무력합니다. 이게 일이니까 하고 있지만, 그러기에 앞서 이 정도밖에 할 수 있는 일도 없어요. 하지만……."

시쿄는 고개를 들었다. 렌카의 얼굴을 휙 본다.

"하지만 책력은 필요합니다. 이런 시대이기 때문에 필요한 겁니다. 그것만은 의심할 여지가 없어요. 누군가 책력을 만들어야만 합니다. 그래서 그것밖에 하지 못하는 저희가 하는 겁니다."

그날 많은 집이 불타고 무너지고, 많은 사람이 죽었다. 피해는 적은 편이었다. 태수가 항복하고 새로운 왕 아래로 들어가겠다고 선언했기 때문이다. 누가 무엇을 납득한 것도 아니지만 섭양은 새로운 왕의 진영으로 들어갔다.

렌카는 한동안 가케이의 서도와 마을 주민들과 함께 시가 사람들을 도우러 갔다. 부상자를 나르고 간호를 돕고 무너진 집을 정리하고 죽은 사람들을 장사지냈다. 그동안에 가케이와 시쿄, 세이하쿠, 스이가는 그전과 마찬가지로 후원에 틀어박혀 있었다. 여태까지와 똑같이 기후를 조사하고 기록하고 있을 것이다.

얼마쯤 지나 고을이 안정되자 렌카는 똑같은 생활로 돌아왔다. 아무래도 새로운 왕이 위왕이라는 설은 틀렸던 것 같다는 소문이 퍼졌다. 위왕이 아니라 정당한 왕인데, 국부의 관리가 새로운 왕의 등극을 방해하고 있다고 한다. 그렇다면 이 무슨 쓸데없는 피해였을까. 렌카는 생각했다. 처음부터 새로운 왕을 지지했다면 아무도 죽지 않고 끝났을 것이다.

그런 생각을 하면서 객청에 점심을 차렸다. 객청에 들어온 가케이는 렌카를 보자 가볍게 끄덕이고 말을 걸지는 않았다. 이어서 나타난 스이가도 부산하고 정신없는 움직임을 렌카를 보자마자 멈추고 입속으로 우물우물 인사 같은 말을 중얼거렸다.

렌카는 정중히 인사했다. 그들의 상황을 이해할 수 없지만 달리 갈 곳이 없다. 여기서 일하지 않으면 살아갈 수가 없다.

식탁 위에 그릇을 다 놓고 나가려는데, 다른 문으로 달려 들어오는 시쿄가 보였다. 시쿄는 곧장 가케이에게 달려갔다.

"제비가 돌아왔어요."

활기찬 목소리로 그렇게 알렸다. 마치 이보다 더한 낭보는 없다는 듯한 말투다. 렌카가 그곳에 있다는 사실조차 알아차리지 못한 것 같았다.

"여에 있는 집 처마의 둥지에 돌아왔어요. 시가에서도 무너진 집 처마에 둥지를 짓기 시작했어요."

"그런가, 돌아왔나."

가케이도 스이가도 기뻐했다.

"이거, 잘됐군, 잘됐어. 시가가 공격당한 것이 마침 알이 부화한 뒤였으니까." 스이가가 말을 이었다. "지금부터라도 어린 새가 이소할 때까지 충분히 여유가 있어."

"네" 하고 웃은 시쿄는 걸음을 멈춘 렌카를 알아보고 급히 미소를 지우고 고개를 떨어뜨렸다. 렌카는 아무 말도 하지 않고 객청을 나왔다.

저 사람들은 달라지지 않아.

줄곧 속세와 떨어진 채 어린아이처럼 산다.

그렇게 생각하는 것을 알아챘는지 다들 렌카를 어려워했다. 그런 것도 정말로 어른스럽지 못하다.

렌카는 묵묵히 일했다. 그런 렌카를 보고 조코는 몇 번이고 한숨을 쉬었지만 특별히 무슨 말을 하지는 않았다. 이따금 하고 싶은 말이 있는 듯한 모습을 내비쳤지만 마음을 돌린 것처럼 입을 다문다. 어쩌면 가케이가 아무 말도 하지 말라고 명령했는지도 모른다.

자신들이 틀리지 않았다고 생각한다면 지금까지처럼 당당히 있으면 될 텐데. 정말로 매사에 어린아이 같다.

—나는 저런 어른은 되지 않을 거야.

렌카는 남몰래 그렇게 생각하고 되도록 아무 일도 없었던 것처럼 행동하려고 신경썼다. 그렇게 접하는 동안 세이하쿠가 쭈뼛거리며 이전처럼 도와달라고 부탁하게 되었다. 가케이나 스이가도 어물쩍거리면서 말을 걸기 시작했다. 시쿄는 요즘 바깥에 나가는 일이 많은지 별로 얼굴을 마주치지 못했다. 가끔 만나면 늘 미안한 듯이 시선을 피한다. 하지만 어느 날 마음을 고쳐먹었는지 고개를 들고 렌카에게 다가왔다.

"렌카 양……." 입을 열었다가 역시 다시 다물었다. "……아뇨, 아닙니다."

렌카는 마음속으로 한숨을 쉬었다.

"뭐죠? 이전처럼 분부하셔도 괜찮아요. 다 할게요. 이것도 일이니까요."

렌카의 말에 시쿄는 조금 서글퍼 보였다.

"……그럼 부탁합니다."

시쿄가 렌카에게 부탁한 것은 함께 후원 바깥으로 나가 제비 둥지를 들여다보고 새끼 숫자를 확인하는 일이었다.

"제가 길 이쪽을 셀 테니까 렌카 양은 반대쪽을 부탁드립니다."

작은 접사다리를 들고 날마다 후원의 대문을 나가 큰길을 왕복했다. 처마 끝에 있는 둥지를 확인하고 제비가 오가는 둥지가 있으면, 부모 새가 없을 때를 기다렸다가 둥지를 들여다보고 알과 새끼 숫자를 확인해 장부에 기록했다.

여전히 엉거주춤한 시료와 행동을 함께하기는 마음이 무거웠지만 제비 둥지를 들여다보는 것은 재미있었다. 접사다리를 올라 슬쩍 들여다보자 둥지 안에 웅크린 새끼가 새카만 눈을 동그랗게 뜨고 바라본다. 다른 둥지에서는 갓 부화한 새끼가 부모 새가 돌아온 줄 착각하고 커다란 입을 벌리고 늘어서 있다. 빨리, 빨리, 하며 재촉하듯이 우는 모습이 흐뭇했다.

"누나는 뭘 하는 거야?"

헌옷집 앞에서 사다리를 오르려는데 갑자기 누가 말을 걸었다.

렌카의 발치에는 남자아이 하나가 눈을 동그랗게 뜨고 있었다. 렌카는 마음속으로 뭘 하는 걸까 생각하면서도 "제비 새끼가 몇 마리인지 세고 있어"라고 대답했다.

아이 바로 옆에는 아이 엄마가 서 있었다. 지독히 지친 듯이 보였다. 그녀는 "아아" 하고 둥지를 올려다보았다. 손에는 헌옷 꾸러미를 들고 있다. 아이의 옷을 사러 온 것일까.

"그러고 보니 어느새 제비가 돌아왔구나……."

"네."

렌카가 대답하자 여윈 모습의 아이 엄마는 한동안 머리 위를 멍하니 올려다보았다. 렌카는 개의치 않고 접사다리를 올라갔다. 반쯤 허물어진 처마 밑에 새로운 둥지가 생겼다. 안을 들여다보고 여느 때처럼 부모 새로 착각한 새끼들의 환영을 받고, 숫자를 확인한 뒤 사다리를 내려왔다. 장부에 숫자를 적는다. 그렇게 장부를 덮고 돌아보자 조금 전 아이 엄마가 멈추어 서서 둥지를 올려다본 채 눈물을 뚝뚝 흘렸다.

"저기…… 왜 그러세요?"

"응?"

작게 외친 아이 엄마는 그제야 깨달았는지 자신의 뺨을 만지고 허둥지둥 눈물을 닦았다.

"어머나, 참. 왜 이럴까."

그리 말하며 얼굴을 문지른다.

"엄마, 왜 그래……?"

아이는 불안한 듯이 엄마를 쳐다보았다. 아이 엄마는 "아니야" 하고 아들의 머리를 쓰다듬었다.

"울 일이 아닌데. 저렇게 크게 입을 벌리고 삐악삐악 우는 게 귀여웠을 뿐인데."

"힘들어?"

"그렇지 않아. 새끼가 있어 다행이라고 생각했어."

아이 엄마는 아들에게 말하고 다시 한번 얼굴을 닦고 렌카를 보았다. 여윈 얼굴에 행복해 보이는 미소가 떠올랐다.

"이런 시대라도 둥지를 짓고 새끼를 기르는구나."

아이 엄마의 미소에 렌카는 봄에 있었던 일을 떠올렸다. 일 년 전, 모든 것을 잃은 봄이 아니라 얼마 전 일하는 호박벌들을 보았을 때의 일이다. 자신도 똑같이 눈물을 흘렸다. 아마도 이 아이 엄마와 똑같은 심정으로.

"……그러네요."

"무사히 자라면 좋겠다. 다들 무사히 커서 둥지를 떠날 수 있을까……."

아이 엄마는 그렇게 말하고 다시 둥지를 올려다보는데 시쿄가 모습을 드러냈다.

"무슨 일 있어요? 끝났나요?"

"네."

대답하는 렌카와 모자를 의아하게 번갈아 보았다.

"이 여자분이 무슨 실수라도 했나요?"

시쿄의 물음에 아이 엄마는 "아니요" 하고 손사래를 쳤다.

"아니에요. 내가 왜 이러지. 제비를 보고 있으니 괜히 눈물이 나서. 전쟁이 나서 집이 무너졌는데, 그래도 둥지를 튼 걸 보니 장해서요."

애달픈 듯이 말하고 그녀는 아들의 머리를 또 쓰다듬었다.

"난리가 나기 전에도 둥지를 지었죠. 우리집 근처에도 둥지가 있었어요. 하지만 화재로 건물이 불타버려서……. 아마도 새끼들도."

그녀는 말을 끊었다.

"이런 때 태어나다니 가엾어라. ……하지만 또 돌아와서 처음부터 다시 시작하는구나. 이번에는 다 자랄 때까지 무사히 키워야 할 텐데."

"그래야죠."

시쿄가 고개를 끄덕였다. 그런 시쿄의 손을 아이가 이끈다. 머리 위를 가리켰다.

"새끼가 잔뜩 있어."

"있네요." 시쿄는 아이를 보며 미소 지었다.

"또 전쟁으로 부서질까?"

"아니요." 시쿄는 아이를 안아 올렸다. 둥지를 들여다볼 수 있게 몸을 받쳐준다.

"새끼가 몇 마리 있는지 보이세요?"

"하나, 둘…… 다섯에 여섯 마리."

렌카는 고개를 끄덕였다. 이 둥지는 여섯 마리다.

"잔뜩 있네요." 시쿄는 아이를 내렸다. "길 맞은편에 있는 둥지는 여덟 마리였어요. 작년보다 훨씬 많아요."

"많아?"

시쿄는 고개를 끄덕였다. 그리고 아이 엄마를 보고 단언했다.

"새로운 왕이 즉위하실 겁니다."

"네?"

소리를 지른 렌카와 아이 엄마를 보고 시쿄는 다시 한번 고개를 끄덕였다.

"위왕이라던 분이 진짜 왕이었는지는 정확히 몰라요. 하지만 이 세계 어딘가에 새로운 왕이 오르십니다. 덕분에 하늘의 기운이 바로잡히기 시작했어요. 그래서 제비들은 인제야 이렇게 많은 새끼를 기르기 시작한 거예요."

렌카는 장부를 끌어안았다.

"시쿄 님, 정말이에요……?"

"정말이라고 단언할 수 있습니다. 새끼가 예년보다 많아요. 그것도 훨씬 많아요."

"그런가요?"

아이 엄마는 아들을 끌어안고 시쿄를 쳐다보았다.

"제비가 가르쳐준 거예요. 곧 괴로운 시대가 끝납니다, 그렇게요."

시쿄가 웃었다.

"그러니까 제비를 본받아 기운을 냅시다."

"네."

아이 엄마는 고개를 끄덕이고 젖은 볼을 붉히며 미소 지었다. 깍듯이 고개를 숙이고 혼잡한 사람들 속으로 멀어지는 모습을 지켜보고서 시쿄는 접사다리를 들고 걷기 시작했다.

렌카는 허둥지둥 그 등을 쫓았다.

"시쿄 님……."

어떻게 말해야 좋을지 망설이는 렌카를 돌아보고 시쿄는 걸음걸이를 늦추며 나란히 섰다.

"제비는 새끼를 기르는 중에 둥지가 망가지면 두 번째 알을 낳기도 하지만, 그때 부화하는 새끼는 대부분 첫 번째보다 적어요. 하지만 지금은 첫 번째보다 많습니다. 예년보다 훨씬 많아요. 다시 말해 그만큼 야목에 많은 소란이 열렸다는 뜻입니다."

"야목……."

"하늘이 안심하고 길러도 된다고 제비에게 가르쳐준 거예요. 그렇게 제비가 전하고 있어요."

그리 말한 시쿄의 머리를 스치며 검은 새가 날아갔다. 시쿄는 새를 돌아보고 날렵한 꽁지깃이 반파된 작은 가게 처마로 사라지는 모습을 보았다.

"조금만 더 참으면 돼요."

렌카는 고개를 끄덕였다.

품에 끌어안은 장부에 공연히 눈물이 뚝뚝 흘러 떨어졌다.

“렌카 양도 무척 괴로웠지요. 하지만 곧 좋은 시대가 올 거예요.”

“네.”

렌카는 대답하고는 참지 못하고 고개를 숙였다. 시교가 그런 렌카를 끌어안고 머리를 쓰다듬어주었다. 아까 아이 엄마가 아이에게 했던 것처럼.

그렇게 되면 좋겠다.

분명히 그렇게 될 것이다. 시교는 후풍이니까. 정확한 책력을 만드는 것이 일이니까.

렌카는 여름 들어 처음으로 죽은 부모를 생각하고 여동생을 생각하며 그제야 엉엉 울었다.

히쇼의 새 — 십이국기 5

**1판 1쇄** 2015년 8월 31일
**1판 7쇄** 2023년 3월 10일

-

**지은이** 오노 후유미 ◎ **일러스트** 야마다 아키히로 ◎ **옮긴이** 추지나
**책임편집** 지혜림 ◎ **편집** 임지호 ◎ **아트디렉팅** 이혜경 ◎ **조판** 이현정
**저작권** 박지영 형소진 이영은 ◎ **마케팅** 정민호 이숙재 김도윤 한민아 이민경 안남영 김수현 왕지경 황승현 김혜원 ◎ **브랜딩** 함유지 함근아 박민재 김희숙 고보미 정승민
**제작** 강신은 김동욱 임현식 ◎ **제작처** 영신사
**펴낸곳** (주)문학동네 ◎ **펴낸이** 김소영 ◎ **출판등록** 1993년 10월 22일 제2003-000045호

-

**주소** 10881 경기도 파주시 회동길 210
**문의** 031-955-1901(편집) ◎ 031-955-2696(마케팅) ◎ 031-955-8855(팩스)
**전자우편** editor@elmys.co.kr ◎ **홈페이지** www.elmys.co.kr

**ISBN** 978-89-546-3726-8(04830) ◎ **SET** 978-89-546-2614-9(04830)

-

엘릭시르는 출판그룹 문학동네의 장르문학 브랜드입니다.

-

잘못된 책은 구입하신 서점에서 교환해드립니다.
기타 교환 문의: 031-955-2661, 3580